Diogenes Taschenbuch 23686

de
te
be

Nicht schon wieder tot!

Hinterhältige Kriminalgeschichten

Ausgewählt von Daniel Kampa

Diogenes

Nachweis am
Schluss des Bandes
Umschlagillustration von Tomi Ungerer

www.diogenes.ch
150/11/8/1
ISBN 978 3 257 23686 6

»Wenn Sie mir mehr (Krimis) schicken,
werde ich keine Zeit mehr haben,
Philosophie zu treiben.«

Krimi-Fan Ludwig Wittgenstein
in einem Brief an
Norman Malcolm

»Noch heute lese ich lieber Krimis
als Wittgenstein.«

Jean-Paul Sartre

Inhalt

Jakob Arjouni

Das Innere

Wie jeden Morgen war das Frühstück eine fast stumme Zusammenkunft. Warum seine Frau auf diesen täglichen Beweis für das Scheitern ihrer Ehe bestand, war Jürgen Schröder-von-Hagen nie ganz klargeworden. Sie waren seit vier Jahren verheiratet, schliefen seit zwei Jahren in getrennten Zimmern, und vor etwa einem Jahr hatte Elisabeth, nachdem Jürgen ein paar Tage, anstatt sich im Balkonzimmer pünktlich um acht an den gedeckten Tisch zu setzen, in eine Tchibo-Kaffeestube gegangen war, gesagt: »Wenn du noch einmal nicht zum Frühstück erscheinst, reiche ich die Scheidung ein.«

Wie meistens, wenn sie mit ihm sprach, war ihr Ton kühl und beherrscht gewesen, und es bestand kein Zweifel, dass sie ihre Drohung wahr machen würde, obwohl sie eine Scheidung mehr scheute als er. Ihre Familie, deren Ruf und Name standen dagegen. Sie war eine von Hagen, und sämtliche von Hagens nahmen ihre adelige Herkunft so wichtig, wie man sie in den neunziger Jahren noch nehmen konnte, ohne irgendwo eingeliefert zu werden. Scheidungen wurden, soweit möglich, vermieden. Dabei war es für alle Verwandten ein offenes Geheimnis, dass sich Elisabeths Wahl eines mittelmäßig begabten Studenten russischer Sprache und Literatur als das herausgestellt hatte, was allgemein erwartet worden war: als Fiasko. Gegen große Widerstände hatte sie Jürgen Schröder in einer Zeit geheiratet, in der sie, damals noch Jurastudentin, gegen Formen, Pflichten und Dünkel der von Hagens aufbegehrte und ein sogenanntes eigenes Leben leben wollte. Die Zeit verging, und nach Hochzeit und Studium – und mit Eintritt in eine Welt ohne Vorlesungsräume und Kantinen, dafür mit Büros in stuckverzierten Altbauten und Abendgesellschaften auf Penthouse-Terrassen – besann sie sich auf ihre Herkunft und lernte den damit verbundenen Status zu schätzen. Was blieb, war ein für ihren neuen Bekanntenkreis völlig unpassender Ehemann.

»Heute Abend kommt mein Bruder zum Essen.« Elisabeths Blick blieb ausdruckslos auf ihren Mann gerichtet, während sie Zucker in ihren Kaffee rührte und die Tasse zum Mund hob.

»Ach so«, sagte Jürgen und verbesserte sich im selben Moment. »Ich meine: Soso«, denn dass ihr Bruder zum Essen kommen würde, war ja keine Antwort auf irgendeine Frage, die er sich gestellt hatte. In den Jahren mit Elisabeth hatte Jürgen gelernt, oder lernen müssen, seine Worte genau zu wählen. Selbst bei kleinen Verfehlungen wurde er von ihr zurechtgewiesen wie ein Schuljunge.

»Ich wollte heute ohnehin länger arbeiten.« Jürgen versuchte ein versöhnliches Lächeln. Dass Elisabeths Bruder zum Essen kam, hieß, dass Jürgen zu verschwinden hatte. Für den Bruder, einen reichen Immobilienmakler und braungebrannten High-Society-Playboy, war Jürgen nicht viel mehr als irgendein Ungeziefer, und wie manche Kinder Spaß daran haben, Fliegen die Flügel auszureißen, genoss er es, Jürgen im Beisein Elisabeths zu quälen (und quälte damit natürlich noch viel mehr seine Schwester). Er erkundigte sich nach dem Befinden »unseres kleinen Erbschleichers«, dachte laut darüber nach, ob die Kenntnis russischer Sprache und Literatur eine Familie ernähren könne, und fragte in Anspielung auf Jürgens hübsches, etwas blasses Äußeres, wie es denn überhaupt mit der Familienplanung stehe, ob Jürgens Kraft für Nachwuchs nicht reiche, oder ob Frauen ihm womöglich nur das zweitliebste Geschlecht seien?

Elisabeth zündete sich eine Zigarette an, blies den Rauch aus und sah ihm nach, wie er zum Fenster zog.

»Warum bist du nur so eine Flasche!«

Jürgen sah erschrocken auf. Normalerweise beließ Elisabeth es bei Anspielungen oder vielsagender Stille, so direkt attackierte sie ihn selten, schon gar nicht beim Frühstück. Das Frühstück, hatte sie ihm gleich am Anfang ihrer Beziehung gesagt, sei ihr als Moment der Ruhe und Vorbereitung auf den Tag heilig, und solange man am Tisch säße, bestehe sie auf der Illusion, die Welt sei nach acht Stunden Schlaf wieder in Ordnung.

»Aber Elisabeth ...! So war es doch verabredet. Du selbst hast gesagt, wenn dein Bruder kommt, soll ich ...«

»Ja, ja!«, unterbrach sie ihn, ohne vom Fenster wegzusehen. Die Sonne schien, und es versprach ein warmer Frühlingstag zu werden. An der Universität war Jürgen ihr aufgefallen, weil er aussah wie Montgomery Clift, und als sie ihn kennenlernte, hatte sein Werdegang vom Sohn eines Dorfmetzgers zum belesenen Studenten in einer großen Stadt sie fasziniert – dass man von einer sozialen Schicht zur anderen auf- oder absteigen konnte, war ihr damals noch ziemlich ungewöhnlich vorgekommen. Außerdem hatte der Gedanke, mit einem Metzgersohn im Bett zu liegen, für Elisabeth seine Reize gehabt, so wie Jürgen, auch wenn er es vor sich selber leugnete, nie nur mit der Frau, die er liebte, geschlafen hatte, sondern immer auch mit einer von Hagen.

Jürgen starrte auf den Teller vor sich. Nach einer Weile hob er den Kopf und fragte: »Warum fahren wir nicht mal wieder ein paar Tage nach Prag, so wie früher?«

Elisabeth reagierte nicht.

»... Um miteinander zu sprechen. In Ruhe. Uns wieder kennenzulernen. Zwischen Arbeit und anderen Verpflichtungen bekommen wir doch gar nichts mehr voneinander mit.« Er sah sie erwartungsvoll an. Schließlich überwand er sich zu Sätzen, die er sich in der Stille der letzten Monate oft zurechtgelegt hatte: »Nach außen wirke ich vielleicht wie ein Feigling, der nichts auf die Beine kriegt, aber was weißt du von meinen Gedanken, Gefühlen, Träumen? Und sind die nicht wichtiger als die Frage, ob ich nun bald meinen Abschluss an der Universität mache, oder als mein Verhalten gegenüber deinem Großkotz von Bruder? Natürlich könnte ich darauf bestehen, mit euch am Tisch zu sitzen und uns allen einen unangenehmen Abend bereiten, aber wozu? Der Mensch besteht doch aus mehr als einer öffentlich handelnden Hülle. Das darin verborgene Innere macht ihn ja erst zum Menschen. Aber um dieses Innere beim anderen zu sehen und zu verstehen, muss man sich Zeit nehmen.«

Während Jürgens Rede hatte Elisabeth sich nur bewegt,

um die Zigarette in den Aschenbecher zu drücken. Sie sah nach wie vor zum Fenster hinaus, und nichts ließ darauf schließen, dass sie ihm zugehört hätte.

Behutsam rückte Jürgen seinen Stuhl vom Tisch ab und stand auf.

»Überleg es wenigstens. Von mir aus könnten wir schon nächstes Wochenende fahren.« Einen Moment blieb er unschlüssig stehen, dann fügte er lächelnd hinzu: »Wenn wir rechtzeitig anrufen, bekommen wir vielleicht wieder unser Zimmer mit Blick auf die Brücke. Weißt du noch? Unser Schwalbennest.«

Auf dem Weg zur Universität machte Jürgen bei der Bank halt. Er hatte sein eigenes Konto mit seinen eigenen plus/minus fünfhundert Mark drauf. Zwar bezahlte Elisabeth das gemeinsame Essen, das gemeinsame Auto und die Miete für die Wohnung, aber für Stifte und Kantinenkaffee kam er selber auf. Das bewahrte ihm ein Gefühl von Unabhängigkeit. Musste er Elisabeth trotzdem um Geld bitten, bestand er darauf, es zu *leihen*.

Während er in der Schlange am Schalter wartete, stellte er sich vor, wie er mit Elisabeth Arm in Arm durch die Prager Altstadt spazieren ginge, wie sie auf Parkbänken säßen, wieder miteinander redeten und lachten, und wie er ihr abends im Restaurant eröffnen würde, dass sein Studium sich nur deshalb so hinzöge, weil er nebenbei einen Roman schreibe. Seit drei Jahren arbeitete er daran, ohne jemandem davon zu erzählen. Erst nur als Überraschung, ähnlich einem selbstkomponierten Geburtstagslied, für Elisabeth und einige Freunde gedacht, war der Roman mehr und mehr zu Jürgens Lebensinhalt geworden. Inzwischen war er überzeugt, dass er damit nicht nur ein rauschendes Comeback als Elisabeths Mann und Mentor feiern, sondern sich darüber hinaus einen Namen in der Literaturwelt machen würde.

›Einen Roman!‹, würde Elisabeth ausrufen, wie damals, als er ihr gesagt hatte, er habe während seines Studienaufenthalts in Moskau in einer Rock-'n'-Roll-Band gespielt.

›In einer Rock-'n'-Roll-Band?! In Moskau?! Ist ja toll!‹

Zu der Zeit hatte Elisabeth noch flache Schuhe, Kniestrümpfe und karierte Röcke getragen und damit in der Kantine regelmäßig für Gelächter gesorgt. Frisch vom Schweizer Nobelinternat, bewegte sie sich durch die Universität wie ein parfümiertes Schaf. Wurden in ihrem Beisein ein paar Bier getrunken, runzelte sie die Stirn, als habe sie es mit Drogenabhängigen zu tun, und zum Trampen sagte sie Autostopp mit einem Gesichtsausdruck, als sei das eine merkwürdige sexuelle Neigung.

Jürgen, mit dem Rucksack weit gereist und mit der Erfahrung jedes jungen Menschen, der mit wenig Geld auskommen muss, war sich ihr gegenüber vorgekommen wie ein Messias des wirklichen Lebens. Schlechtbezahlte Jobs, billige Unterkünfte, Wohngemeinschaftsfraß – in Elisabeths Gegenwart verwandelte sich sein Alltag in eine Art schmutzige Heldensaga. Natürlich nur gerade so schmutzig, dass Elisabeth nicht davonrannte. Jürgen trank und rauchte nicht, saß die meiste Zeit über Büchern oder übte Gitarre und war früher am Wochenende am liebsten zum Wandern aufs Land gefahren.

Ja, früher! Wie sehr hatte Elisabeth seine bescheidene

Lebensführung bewundert! Sein Desinteresse an allem Materiellen, seine Suche nach Echtheit und Wahrheit bei den Menschen, seine Ablehnung jeder Oberflächlichkeit! Und heute? »Flasche!« Was war geschehen?

Die Tür zur Straße ging auf, und Jürgen registrierte ein seltsames Männchen mit Perücke.

»Bitte!«, sagte die Frau hinterm Schalter. Jürgen trat vor und schob sein Auszahlungsformular über den Tresen.

»Wie hätten Sie's gerne?«

»In Fünfzigern, bitte.«

... Damals hatte Elisabeth sein Sein geliebt, heute verlangte sie einen äußeren Schein, wie ihn ihre Anwaltsfreunde pflegten. Dabei musste sie doch wissen, dass gerade er das Scheinen, welcher Art auch immer, zutiefst ablehnte! Er war er! Oder versuchte wenigstens, es zu sein.

Gedämpftes Licht, eine Flasche Wein, ihre Hände, die sich berühren. *Es ist nämlich so: Eigentlich schreibe ich einen Roman. Ich bin fast fertig. – Einen Roman?! Warum hast du mir das nie erzählt?!* Später, im Hotelzimmer, würde er ihr das Manuskript geben, und sie würde die ganze Nacht lesen, und ...

»Bitte.« Die Frau hinterm Schalter legte ihm das Geld hin. ... Und am Morgen würde er aufwachen, und Elisabeth säße am Fenster in der Sonne und ...

Plötzlich tönte es hinter Jürgens Rücken: »Hände hoch und keine Bewegung!«

Wie alle anderen im Raum hielt er irritiert inne. Langsam wandte er den Kopf. Das seltsame Männchen, das eben hereingekommen war, stand neben der Tür und hielt eine Pistole in die Runde.

»Alle auf den Boden!«, befahl es, doch die meisten waren über sein Aussehen zu verdutzt, um sofort zu gehorchen. Was sich da vor ihnen als Bankräuber gebärdete, trug einen braun glitzernden Anzug mit seidenem Einstecktüchlein, spitze Lacklederschuhe mit goldenen Schnallen, eine breite, gelbrosa gemusterte Krawatte – und die Sonnenbräune im Gesicht kam offensichtlich aus der Tube. Die Augen waren hinter einer riesigen Sonnenbrille verborgen, wie sie Filmstars in den Siebzigern getragen hatten, und die rotbraunen Locken der Perücke hingen bis auf die Schultern.

Das Männchen wiederholte schreiend: »Runter, aber dalli!« und stieß mit der Pistole vor sich in die Luft. Immer noch schauten einige ungläubig, doch schließlich ging auch der Letzte zu Boden.

Das Männchen stieg über Beine hinweg zum Schalter und schob der Frau dahinter eine Tasche zu.

»Tut mir leid«, sagte die Frau, um eine ruhige Stimme bemüht, »aber wir kommen an größere Barbeträge nicht ran, da ist ein Zeitschloss davor.« Und fast flehend fügte sie hinzu: »Das müssen Sie doch wissen!«

»Zeitschloss?« Das Männchen runzelte die Stirn. »Was ist das?«

»Ein Mechanismus, der verhindert, dass mehr als soundsoviel Geld während einer Stunde ausgezahlt werden kann.«

»Und wie viel kann ausgezahlt werden?«

Doch ehe die Frau zu einer Antwort kam, wurden Polizeisirenen laut, und kurz darauf quietschten Autoreifen auf der Straße.

»Dumme Fotze!«, zischte das Männchen, und hatten eben noch manche der am Boden Liegenden fast Mitleid mit dem naiven Bankräuber gehabt, machte sich jetzt schlagartig Angst vor seiner möglichen Panik breit.

Die Frau hinterm Schalter hob abwehrend die Arme. »Ich habe den Knopf nicht gedrückt!« Tatsächlich hatte einer ihrer Kollegen den Alarm ausgelöst.

Das Männchen sah sich hastig um, bückte sich dann über Jürgen, den Jüngsten im Raum, und hielt ihm die Pistole an den Kopf.

»Du kannst sicher nicht Auto fahren, oder?«

In der instinktiven Annahme, damit als Geisel nicht in Frage zu kommen, antwortete Jürgen: »Doch!«

Das Männchen schnaubte gehässig. »Dann bist du mein Typ, Trottel!«

Die Verhandlungen mit der Polizei zogen sich bis zum Abend hin. Nach und nach ließ das Männchen sämtliche Bankangestellten und Kunden bis auf Jürgen frei. Als Gegenleistung wurden Essen, Getränke und Zigaretten in die Bank gebracht, und vor die Tür stellte man einen vollgetankten Mercedes. Bisher unerfüllt blieb die Forderung nach einer halben Million im Kofferraum.

Jürgens Füße waren mit Handschellen an ein im Boden verankertes Tischbein gefesselt. Der Rücken tat ihm weh, und immer wieder rutschte er auf der Suche nach einer bequemeren Position auf seinem Stuhl hin und her. Zum zigsten Mal hörte er das Männchen ins Telefon sagen: »Ohne das Geld fahre ich nicht! Und wenn ich noch lange warten muss, knall ich ihn ab und mich auch, mir ist das scheißegal!« Schon seit einer Weile hatte das Männchen die Brille abgelegt, und unter der verrutschten Perücke schauten kräftige schwarze Haare hervor. In regelmäßigen Abständen zog es eine kleine Dose aus der Tasche und schluckte Pillen.

Vor Angst und daraus entstehender Atemnot hatte Jürgen die ersten Stunden nach Eintreffen der Polizei keinen klaren Gedanken fassen können. Seine ganze Konzentration galt dem gleichmäßigen Füllen der Lungen mit Luft, und alles um ihn herum geschah wie hinter verschwommenen Scheiben. Anschließend, als die Gefahr, in Ohnmacht zu fallen, gebannt schien, quälte er sich mit Vorwürfen, auf die Frage, ob er Auto fahren könne, so idiotisch geantwortet zu haben. Gleichzeitig spukten ihm Zeitungsartikel und Fernsehberichte über durchdrehende Geiselnehmer durch den Kopf. Seit seiner Jugend beschäftigten und bedrängten ihn Gedanken an den Tod, doch hatten sie sich im Grunde immer um ein großes und fernes Ereignis gedreht, das zwar unausweichlich auf ihn zukam, aber im täglichen Weitermachen unwirklich blieb. Zum ersten Mal hatte man eine Pistole auf ihn gerichtet, und das ›große Ereignis‹ war so schnell und banal vor ihm aufgetaucht wie ein Nachbar im Treppenhaus. Erst als es draußen schon dämmerte, gelang es ihm, die Angst hin und wieder zu verdrängen. Er suchte nach Fluchtmöglichkeiten, verfolgte die Verhandlungen mit der Polizei und beobachtete das Männchen. Schon seit einer Weile war ihm klar, dass sich hinter der Verkleidung vom lächerlichen Alten ein junger Mensch verbarg. Die Bewegungen des Bankräubers waren kraftvoll und gelenkig, und dort, wo die Schminke im Gesicht zerlief, kam faltenlose Haut mit Teenager-Akne zum Vorschein.

Der Bankräuber knallte den Hörer auf die Gabel. »Arschlöcher!«

Jürgen wandte schnell den Blick ab. Der Bankräuber schluckte erneut Pillen, dann ging er zum Schaltertresen, wo Kartons mit Sandwiches, Schokolade, Fruchtsäften, Filterzigaretten und Champagner standen. Er nahm eine Flasche Moët & Chandon, drehte den Drahtverschluss auf, zielte und ließ den Korken gegen eine Luftaufnahme der Dresdner Oper knallen. Mit der Flasche und zwei Pappbechern setzte er sich zu Jürgen an den Tisch.

»Wie geht's denn so?«, fragte er, während er die Becher vollschenkte.

Jürgen sah auf. Was sollte er darauf antworten?

»Mach dir keine Sorgen, noch ist alles möglich!«

›Beruhigend‹, dachte Jürgen. Dann hob der Bankräuber einen Becher und wollte offenbar mit ihm anstoßen. Das war doch wohl nicht sein Ernst?! Und auf einmal verwandelten sich Jürgens Angst und Verzweiflung der letzten Stunden in wütenden Hass. Was fiel diesem albernen Schwein ein?! Warum tat er so unbekümmert und redete, als säßen sie in der Kneipe?! Und warum guckte er ihn so komisch an?! Aus großen, grünen, wimpernverhangenen Augen! Ja, diese Augen! Schon ein paarmal, seit der Bankräuber die Sonnenbrille abgenommen hatte, war es Jürgen durch den Kopf gegangen, wie unpassend so schöne Augen in der Fresse eines kaltblütigen Geiselnehmers waren. Und jetzt schauten diese Augen – Jürgen fasste es nicht – auch noch freundlich, fast unsicher …?! Sollte er denn für völlig dumm verkauft werden?!

Gerade wollte Jürgen dem Impuls nachgeben, den ihm zugeschobenen Becher wegzuschlagen und irgendwas zu brüllen, als er plötzlich innehielt … Ja, die Augen schauten unsicher. Und vom Haaransatz perlte Schweiß über die geschminkte Stirn.

»Na los!«, forderte ihn der Bankräuber auf. Seine Stimme war hoch, fast wie die eines Mädchens. Und hinter der rotzigen Art verbarg sich… Jürgen stutzte. War das möglich…? Aber natürlich! Jetzt sah er es ganz deutlich.

Langsam griff Jürgen nach seinem Becher und stieß mit dem Bankräuber an.

»Was glotzt 'n so?«

Jürgen überlegte: War es für ihn besser, wenn sein Gegenüber weiterhin glaubte, er habe dessen Verkleidung nicht durchschaut, oder würde die Wahrheit irgendeine Beziehung zwischen ihnen schaffen, die einen Mord nicht mehr zuließe? Er sah nach der Pistole. Sie steckte im Gürtel.

»Hör mal, bis die sich dazu durchringen, mein Geld in die Karre zu schmeißen, werden wir hier noch 'ne Weile miteinander sitzen. Und wenn wir dabei was quatschen könnten, würd's die Sache nicht langweiliger machen.«

»Ihr Geld?«, entfuhr es Jürgen.

»Na, deins vielleicht?«

Jürgen seufzte lautlos. Seine Entdeckung hatte ihm so viel Auftrieb gegeben, und die flapsige Antwort ärgerte ihn so sehr, dass er, ohne weiter darüber nachzudenken, sagte: »Geld von Steuerzahlern. Und Steuerzahlerinnen!«, fügte er hinzu und fixierte die grünen Augen. »…Wozu Sie gehören würden, falls Sie arbeiten gingen!« Er kam sich klug vor.

Für einen Moment war nur das Summen der Deckenlampen zu hören. Die Augen der Bankräuberin wurden schmal.

»... *Wozu* würde ich gehören?«, kam es fast flüsternd.

»Zu den Steuerzahlerinnen!«, wiederholte Jürgen triumphierend, als gäbe es weder Handschellen und Pistole noch Geiselnahme.

»Ach was!«, rief die Bankräuberin, sprang auf, zog die Pistole, beugte sich über den Tisch und drückte Jürgen den Lauf auf die Stirn. In ihren Augen war nichts mehr von Unsicherheit oder Wärme. »Und was macht das für 'n Unterschied?! Ist das 'n Grund, sich auf einmal die Eier zu kraulen?! Das Ding schießt auch mit meinem Zeigefinger!«

Vor Schreck machte sich Jürgen in die Hose.

»Was heißt das, Sie können um diese Uhrzeit nicht so viel Bargeld auftreiben?! So 'n Schwachsinn! ... Ja, Hunderter und Fünfziger, na und? ... Wieso schwierig? ... Hören Sie, lange mache ich das nicht mehr mit! Und das wird 'ne sauschlechte Presse für Sie geben, weil der Typ, den ich hier habe, nämlich 'n Hübscher ist, und 'n Kluger und Tapferer, wo alle Welt sagen wird: Ach Gott, warum ausgerechnet der! Und nur wegen 'ner läppischen halben Million! ... Hören Sie auf! Hab Ihnen schon mal gesagt, ich bin mir wurscht! Wenn's ginge, würd ich mich zweimal abknallen! Für mich ist das hier nur so 'ne Art letzte Party, bei der sich entscheidet, ob ich die ganze Scheiße noch länger ertragen kann oder nicht! ... Ob ich über meine Probleme mal mit jemandem geredet hätte?! Bulle, du hast 'n Rad ab! ... Wenn Sie mir helfen wollen, dann treiben Sie das Geld auf, und zwar fix! Ich fang jetzt nämlich an, mich zu besaufen, und wenn ich merke, dass ich einschlafe, mach ich Schluss. ... Zwei Stunden? Wenn's dabei bleibt, okay. Ich vertrag was. Aber wenn Sie in zwei Stunden noch mal anrufen und mit Geschwätz kommen, knallt's!«

Die Bankräuberin legte auf und wandte sich zu Jürgen, der in seinem Urin saß und vor sich auf den Boden starrte.

»Haste gehört? Tapfer biste!«

Sie hatte die Perücke abgelegt und die Schminke weggewischt. Aus ihrem übermüdeten, graublassen Gesicht leuchteten Akne und blutverkrustete Schrammen. Doch unter der zerstörten Oberfläche war ihr Gesicht weich, mit Resten von Babyspeck, und selbst wenn sie die Gangsterin mimte, und dann um so offensichtlicher, behielt sie den Blick eines Kindes: neugierig, unschuldig, frech, traurig. Nahm man nur ihre Augen und ihr seltenes Lächeln, war sie beinahe schön. Sie konnte kaum älter als achtzehn sein.

Sie schenkte sich Champagner nach, riss eine Packung Zigaretten auf, steckte sich eine an und setzte sich vor Jürgen auf die Tischkante. »Mann, stinkst du!«

Jürgen hob den Kopf. Er hatte geweint und sah erbärmlich aus. »Wenn ich kurz zum Waschbecken dürfte ...«

»Um dann auf mich loszugehen? So dämlich wärst du doch!«

»Bestimmt nicht! Ich schwöre Ihnen, ich ... Ich werde Sie ab jetzt unterstützen. Ich meine, ich kann wirklich gut Auto fahren, und wenn Ihr Geld da ist, bringe ich Sie, wohin Sie wollen.« Er brach ab, zögerte. »... Aber vorher ... So kann ich doch nicht rumlaufen ...«

Die Bankräuberin betrachtete ihn nachdenklich. Dann leerte sie den Becher in einem Zug, warf ihn hinter sich, sprang vom Tisch, trat die Zigarette aus, zog die Pistole und schloss Jürgens Handschellen auf. In der Personaltoilette lehnte sie sich gegen die Tür und sah Jürgen beim Ausziehen zu.

»Süßen Arsch haste.«

»Ähm ... danke.«

Jürgen wusste nicht, was stärker war: die Angst oder die Peinlichkeit. Halbnackt stand er am Waschbecken und spülte seine Hose aus.

»Hast du 'ne Freundin?«

»... Ja – das heißt ... nicht wirklich. Ich bin verheiratet ...«

»Aber?«

»Was, aber?«

»Klang so nach ›Aber‹.«

»So ...«

Jürgen drehte das Wasser ab und wrang die Hose aus. Das hatte gerade noch gefehlt: dass er sich mit diesem durchgedrehten Kind über seine Eheprobleme unterhielt! Andererseits spürte er, wie beim Reden, egal, über was, die Situation für ihn an Bedrohung verlor.

Als Jürgen die nasse Hose anziehen wollte, sagte die Bankräuberin: »Bist du verrückt? Willste krank werden?«

Kurz darauf saß Jürgen wieder an das Tischbein gefesselt, während die Hose auf der Heizung trocknete. Um seine Hüften hatte er ein Handtuch gebunden.

Die Bankräuberin schluckte Pillen und linste durch einen Rollladenspalt hinaus auf die Straße. Immer noch kreisten Blaulichter, Neugierige standen hinter der Absperrung, Polizisten lehnten gegen Autos und rauchten.

Die Bankräuberin hatte das Jackett ausgezogen, und Jürgen versuchte, durch ihr zerknittertes Herrenhemd die

Form ihres Busens zu erahnen. Ihr Körper war klein und kräftig, wie das Gesicht mit Resten von Babyspeck. Jürgen dachte an das Zwinkern und das kecke »Schade eigentlich«, mit dem sie ihm das Handtuch zugeworfen hatte. Inzwischen war er überzeugt, dass sie eins der Straßenkinder war, die am Bahnhof rumlungerten, Schnaps soffen und bettelten. Ob sie auf den Strich ging? Die Pillen, die sie dauernd schluckte, waren jedenfalls sicher nicht gegen Husten und bestimmt nicht billig.

Jürgen zupfte sein Handtuch gerade.

»Darf ich Sie etwas fragen?«

Die Bankräuberin nickte, ohne den Blick von der Straße zu nehmen. »Klar.«

»Sie sind noch sehr jung …«, begann er, hielt aber sofort inne und suchte nach Worten, die ihren Altersunterschied weniger deutlich machten.

»War das die Frage?«

»Ich meine, in deinem Alter macht man doch noch keine Banküberfälle.« Er kam sich wie achtzig vor. Wenigstens hatte er sie gedutzt.

»Gibt's da 'ne Begrenzung? Banküberfälle erst ab dreißig?« Spöttisch lächelnd wandte sie sich ihm zu. »Um die Kohle erst zu haben, wenn man eh bald in Rente geht?«

»Mit dreißig geht man doch nicht in Rente!«

Jürgen schaute die Bankräuberin irritiert an. Warum lachte sie? Hatte er empört geklungen? Wegen der Dreißig?

»… Die ganze Fragestellung ist doch idiotisch. Natürlich macht man Banküberfälle in gar keinem Alter, aber wenn, dann doch wenigstens nicht so früh, dass man sich sein Leben schon versaut, ehe es richtig angefangen hat.«

Die Bankräuberin legte die Hände ineinander, beugte den Kopf vor und lächelte wie eine Fernsehshowmasterin, die von einem Kandidaten die Antwort auf die Preisfrage erwartet. »Wann fängt ein Leben denn richtig an?«

Fordernd und ironisch sah sie Jürgen in die Augen. Er wich ihrem Blick aus, tat, als fehlten ihm gegenüber so viel Naivität die Worte. Tatsächlich spürte er, dass er das Gespräch nicht in den Griff bekam. Er wollte nicht den belehrenden Alten abgeben, sondern den helfenden Kumpel. Sie sollte ihn nicht als Fremden sehen. Dabei verwirrte ihn, wie wenig Hass sie in sich zu tragen schien. Eine von der Welt enttäuschte, rebellierende Jugendliche hätte er verstehen können, doch wie näherte man sich einer Achtzehnjährigen, die so tat, als sei ihr bis aufs Geld alles egal, und ihn behandelte wie eine nette, aber – abgesehen von seiner Rolle als Geisel – unbedeutende Parkbank-Bekanntschaft? ... Na ja, vielleicht nicht ganz so unbedeutend.

»... Weiß ich auch nicht genau«, sagte Jürgen. »Aber ich denke, es hängt damit zusammen, wie viel man gesehen und begriffen hat, um auswählen zu können, was man will und was nicht.«

Die Bankräuberin zuckte verächtlich die Schultern. »Und was siehste mit fünf Mark in der Tasche? Und was begreifste, wenn du Mülleimer nach Pfandflaschen durchsuchst?«

Beinahe wäre Jürgen damit rausgeplatzt, dass auch er nur Metzgersohn sei und sich alles habe erkämpfen müssen, doch eine Art Schamgefühl hielt ihn davon ab, mit einem Straßenkind um die schlechtere Herkunft zu buhlen. Nebenbei huschte ihm der Gedanke durch den Kopf, seine Heirat mit Elisabeth sei in diesem Zusammenhang einem Banküberfall vielleicht nicht ganz unähnlich.

»Glaubst du denn wirklich, mit dem Überfall durchzukommen? Wenn nämlich nicht, sind fünf Mark und die Möglichkeit, frei herumzulaufen, vergleichsweise herrlich.«

»Herrlich!« Die Bankräuberin lachte auf. »Na, von mir aus. Aber so herrlich hatt ich's nun schon 'ne Weile, und wie gesagt: Wenn ich das Geld nicht kriege, isses vorbei mit ›vergleichsweise‹.«

»Das ist doch nicht dein Ernst!« Jürgen setzte sich, so gut das mit einem Handtuch um die Hüften und gefesselten Füßen ging, im Stuhl auf und sagte beschwörend: »So wie du redest und lachst, wie dir der Champagner schmeckt, und bei der Mühe, die du dir mit deiner Verkleidung gegeben hast! So verhält sich doch keiner, der sterben will!«

Die Bankräuberin sah ihn einen Moment überrascht an, dann bewegte sie den Kopf, als verscheuche sie irgendwelche Gedanken, und plötzlich grinste sie. »Nicht schlecht, die Verkleidung, hm? Hab ich 'ner alten Schwuchtel geklaut, die hinter Benny her gewesen war.«

Jürgen wartete, ob sie noch mehr sagen würde, doch die Bankräuberin wandte sich ab, ging zum Schaltertresen und riss eine neue Packung Zigaretten auf. Von jeder Packung rauchte sie höchstens zwei oder drei, und im ganzen Schalterraum verteilt lagen offene, fast volle Winston-Schachteln.

Nach einer Weile fragte Jürgen: »Wer ist Benny?« und hoffte, wenn er jetzt behutsam genug vorginge, die gleichgültige Fassade des Mädchens zum Bröckeln zu bringen. Doch es antwortete nicht. Jürgen sah auf den ihm zugewandten Hinterkopf und den darüber schwebenden Rauch. *War* die Schwuchtel hinter Benny *her gewesen,* weil sie es jetzt nicht mehr war, oder weil Benny nicht mehr war? Ihre große Liebe? Vielleicht ging es ihr gar nicht ums Geld, sondern ums Sterben ...?

Jürgen nahm einen Schluck aus dem Pappbecher, dann noch einen, trank ihn leer und schenkte sich nach. Plötzlich ertappte er sich bei der Vorstellung, wie er, anstatt mit Elisabeth, mit der Bankräuberin im Prager Hotelbett läge. Verwirrt stieß er den Becher um, und Champagner lief über seine Beine.

»Weißt du, was 'ne gute Geiselnahme wär?«

Jürgen sah von dem Versuch auf, sich mit dem Handtuch die klebrige Flüssigkeit abzuwischen, ohne seinen Hintern zu entblößen.

»Nein. Was?«

Die Bankräuberin drehte sich um. »Wenn die Geisel mitmachen würde. Wenn sie auch weg wollte. Kapiert? Dann müsste der Geiselnehmer nicht mehr auf sie aufpassen, und sie wärn zu zweit. Die Polizei würde weiter glauben, es wär 'ne richtige Geiselnahme, und beide gehn lassen. Das Geld würden sie sich natürlich teilen.«

Jürgen brauchte einen Augenblick, um zu begreifen, dann starrte er sie entgeistert an. Wollte sie ihn auf den Arm nehmen? Oder hatte er es tatsächlich geschafft, ihr Vertrauen zu gewinnen? Und was dann? Um Himmels willen! Jetzt lächelte sie. Jürgen war es nicht gewohnt zu trinken, und der Champagner schoss ihm geradewegs ins Hirn. Unter dem Blick der Bankräuberin wurde er rot. Schnell sah er zu Boden.

Er räusperte sich. Mit belegter Stimme fragte er: »Wohin willst du eigentlich?«

»Irgendwohin, wo die Sonne scheint.« Dann betrachtete sie ihn einen Moment nachdenklich, bis sie listig ein Auge zukniff. »Du denkst, du kannst mir hier was vormachen, hm?«

Jürgen sah auf und schüttelte den Kopf. »Nein, wirklich nicht! Es ist nur so … verwirrend.«

Sie saßen sich am Tisch gegenüber, zwischen ihnen leere Champagnerflaschen und unzählige angebrochene Winston-Schachteln. Bis zum mit der Polizei vereinbarten endgültigen Übergabetermin für die halbe Million war es noch eine Stunde hin. Die Bankräuberin hatte, auf dem Stuhl nach hinten kippelnd, die Hände hinterm Kopf gefaltet, ihre Augen waren glasig und blutunterlaufen. Sie war seit über achtundvierzig Stunden auf den Beinen, und als sie gespürt hatte, dass Jürgen, auf welche verquere Art auch immer, irgendwas an ihr fand und ihr auf der Flucht wahrscheinlich keine Schwierigkeiten machen würde, war die Anspannung von ihr gewichen, und sie war in einen Zustand der Erschöpfung gefallen, aus dem sie weder Champagner noch Pillen mehr herausholen konnten.

Dagegen befand sich Jürgen in hellwachem Rausch: Gedanken und Fragen stürmten auf ihn ein, und vor seinen Augen entstanden verschwommene Bilder von Glück und Abenteuer. Noch hatte er sich nichts zuschulden kommen lassen, aber … Und wenn er wirklich mitginge? Solange sie ihn mit der Pistole bedrohte, blieb ihm sowieso nichts anderes übrig, doch was würde er tun, wenn sie ihn einen

Moment außer Acht ließe? War er durch die in den letzten Stunden erfahrene Erniedrigung und Angst einfach nur verrückt geworden, oder hatte das Mädchen durch sein Alles-auf-eine-Karte-Setzen und Durch-die-Wand-Rennen etwas in ihm berührt, das er schon für immer verschüttet geglaubt hatte? Die Kühnheit, mit der er dem Vater das Metzgerei-Erbe hingeschmissen hatte, die Wut, mit der er aus dem Elternhaus geflohen und ohne einen Pfennig in die große Stadt getrampt war, der Mut, der ihn in Moskau auch als kontaktarmen Stubenhocker und Rhythmusgitarristen einer drittklassigen Wochenendband nie verlassen hatte... Nein, ein Waschlappen, der wegen der Laune einer Frau jeden Morgen um acht Uhr zum Frühstück antrat, war er früher wirklich nicht gewesen! Sollte seine Verwicklung in den Banküberfall ein Wink des Schicksals sein? Hatte er auf sowas vielleicht nur gewartet? Und strahlten Augen und Lächeln der Bankräuberin nicht mehr Leben aus als alles, was er in den letzten Jahren gesehen hatte...?

»Erzähl mir von deiner Frau.«

Jürgen sah auf. »Da gibt's nicht viel zu erzählen.« Er schenkte sich nach. Seine Wangen glühten. Der Champagner schmeckte ihm immer besser. »... Sie arbeitet als Anwältin, und wir sehen uns kaum. Und wenn, haben wir uns nichts zu sagen.«

...War die Bankräuberin schön? Jürgen lächelte in sich hinein. Ging es denn um Schönheit?

»Und du?«, fragte die Bankräuberin, bemüht, das Gespräch und ihren Kreislauf in Gang zu halten.

»Was, ich?«

»Was du machst.«

Er zögerte. »… Ich studiere.« Dann holte er tief Luft und verkündete: »Aber eigentlich schreibe ich einen Roman.«

»Einen Roman?« Die Bankräuberin horchte auf, und für einen Moment wurden ihre Augen beinahe klar. »Ist ja toll!«

Jürgen stutzte, dann überlief ihn eine Gänsehaut.

»Ich hab früher auch geschrieben, aber nur kurze Sachen, 'ne Art Tagebuch. Und gelesen hab ich wie verrückt… Na ja, bis ich von zu Hause weg bin. Bücher sind ja ganz schön teuer. Und um was geht's?«

Jürgen hätte am liebsten laut losgelacht. Da quälte er sich gerade noch mit Todesängsten, und nun saß er mit der Bankräuberin beim Champagner, mochte sich in ihren grünen Augen verlieren und würde zum ersten Mal über seinen Roman sprechen. Den Roman, den er für Elisabeth geschrieben hatte… Innerlich feixend dachte er: Sollte sie sich doch von ihren Anwaltsfreunden irgendwelche Gesetzesentwürfe vorlesen lassen!

Die Heiterkeit, die Jürgen plötzlich ausstrahlte, ließ die Bankräuberin stutzen. Sie kippte mit dem Stuhl nach vorne, beugte sich ihm entgegen und fragte: »Ist das so lustig, dass so jemand wie ich Bücher gelesen hat?!«

Jürgen erschrak über ihren eisigen Ton. Hastig sagte er: »Nein! Gar nicht! Es ist nur… Ich habe noch niemandem von dem Roman erzählt, und ausgerechnet jetzt, in dieser Situation…«

Einen Moment sahen sie sich wortlos an, dann nahm sich die Bankräuberin eine Zigarette, rutschte im Stuhl zurück und sagte: »Ich wette, ich hab damals mehr gelesen als du. Ich war richtig süchtig danach. Egal, was, und wenn's die Rückseite von 'ner Cornflakes-Schachtel war. Auch in der

Schule hab ich immer gelesen, unter der Bank und auf'm Hof. Bis sie mir die Bücher irgendwann weggenommen haben.«

»Wer?«

»Meine Eltern, die Lehrer, wer auch immer. Ich sag doch, ich war süchtig. Hab nichts anderes mehr mitgekriegt. Am liebsten mochte ich Märchen oder was Lustiges.«

»Tja.« Jürgen hob lächelnd die Schultern. »Was ich schreibe, ist leider weder lustig noch ein Märchen.«

»Warum leider?«

»Was, warum?«

»Na, haste dir doch ausgesucht, was du schreibst.«

»Ach so. Ich meinte ... leider für jemanden wie dich – als Leserin. Außerdem ...« Jürgen nahm einen Schluck Champagner. Er selbst hätte nicht sagen können, ob er die Bankräuberin in diesem Gespräch wirklich ernst nahm oder es nur wollte. Aber er wollte unbedingt! Sein Leben, der Roman, die Liebe, seine Zukunft – große Themen standen auf einmal im Raum, und Zweifel an seinem Gegenüber passten da nicht. »... Was und wie ich schreibe, suche ich mir nicht wirklich aus.«

»Sondern?«

»Mir fällt einfach eine Geschichte ein – keine Ahnung, warum diese und keine andere –, und dann versuche ich, so gut ich kann, sie auf meine Art zu erzählen.«

Die Bankräuberin wurde ungeduldig. »Um was geht's denn nun in dem Roman?«

»Tja, um was geht's ...« Jürgen lachte geziert auf. »So in zwei, drei Sätzen ist das nicht zu sagen ...«

Er verstummte. Die Bankräuberin betrachtete ihn, wie er

die Lippen einrollte und sich offenbar zu irgendwas durchrang. Sie wartete, dass er weitersprach, bis sie plötzlich wütend auffuhr: »Dann sag's eben in zehn!« Und die Pistole zog. »Falls du's nicht mitgekriegt hast: Ich bin ziemlich kaputt! Also erzähl mir irgendwas, was mich wach hält!«

Jürgen war zusammengefahren, drückte sich erschrocken in den Stuhl. »Ja sofort!«, und während er zwischen der Waffe und den Augen der Bankräuberin hin und her sah: »Bitte ...!«

Die Bankräuberin verharrte einen Moment, die Pistole auf Jürgen gerichtet, bis sie sie verächtlich auf den Tisch fallen ließ und erschöpft in den Stuhl zurücksank. »Also los dann!«

Langsam ließ Jürgen die Schultern sinken und faltete die zitternden Hände im Schoß. So schnell konnte sich alles ändern! Er versuchte sich zu konzentrieren.

Zögernd begann er: »... Es geht um einen Mann in einem Dorf, der reich geerbt hat und nicht arbeiten muss.«

»Also doch 'n Märchen.« Die Bankräuberin grinste schwach.

»... Vielleicht. Ich weiß nicht.« Jürgen suchte verzweifelt den roten, mündlich mitteilbaren Faden im Wirrwarr der verschiedenen Romanebenen und Erzählperspektiven. Hätte er geahnt, unter welchen Umständen er die Geschichte zum ersten Mal zusammenfassen musste und was davon abhing ... Am liebsten hätte er irgendwas von den Brüdern Grimm erzählt, aber er hatte Angst, die Bankräuberin, so belesen, wie sie zu sein behauptete, könnte es merken und erneut wütend werden.

»... Jedenfalls hackt das ganze Dorf auf ihm rum: Er sei

faul und weich und würde es im Leben zu nichts bringen. Weil er weder Frau noch Kinder hat, vermuten zudem viele, er sei schwul. Alles in allem ist er so was wie der Dorfdepp. Schon morgens geht es mit dem Briefträger los, der ihm grinsend zuruft, heute sei leider nichts für ihn gekommen, dabei kommt bis auf Rechnungen und Reklame nie etwas für ihn ...«

Langsam kam Jürgens Erzählung in Fluss. Ohne die Bankräuberin anzusehen, mit starrem, konzentriertem Blick zum Boden schilderte er Szene für Szene die Demütigungen, die seine Hauptfigur während der ersten sechzig Seiten zu ertragen hatte. Von den Nachbarn, vom Bürgermeister, vom Metzger, von den Kindern auf der Straße. Und von Demütigung zu Demütigung wurde er seiner Sache sicherer. Bald glaubte er sogar, die Ausführlichkeit, mit der er die Handlung ausbreitete und an die er sich am Anfang nur aus Angst geklammert hatte, sei notwendig, um das Ausmaß des folgenden Konflikts begreiflich zu machen. Immer weniger Geisel und immer mehr Schriftsteller, feuerte er sich an: Ich schaff's, dachte er, sie wird die Geschichte spannend finden!

Währenddessen legte die Bankräuberin die Beine auf den Tisch und verschränkte die Arme unterm Busen. Langsam sank ihr Kopf zur Schulter. Sie behielt die Augen offen, aber die Pupillen rutschten weg, und es sah aus, als ob sie schielte.

»... Und darum fängt er irgendwann an, jeden Morgen einen Zug zu besteigen, als fahre er zur Arbeit. Abends kommt er zurück und tut in der Dorfwirtschaft zwischen Bauern und Handwerkern so, als sei er wie sie vom Tag erschöpft und wolle vorm Zubettgehen noch zwei, drei Bier trinken. Tatsächlich fängt er erst in der Nacht an, wirklich zu arbeiten…«

Jürgen hielt inne und sah zum ersten Mal, seit er angefangen hatte zu erzählen, zur Seite. Beim Anblick des wie ohnmächtig im Stuhl hängenden Körpers stutzte er, und seine von Eifer und Champagner gerötete Stirn runzelte sich. Er hatte kaum noch Angst, jedenfalls nicht mehr um sein Leben. Die Bankräuberin, von der plötzlichen Stille gestört, ruckte mit dem Kopf und murmelte: »Weiter!«

Jürgen nickte. Der Höhepunkt des Romans stand kurz bevor. Laut und mit möglichst eindringlicher Stimme fuhr er fort: »…Er schreibt ein Buch über das Dorf und wie schäbig es ihn behandelt, nur weil er nicht in den dorfüblichen Rahmen passt. Selbstverständlich möchte er mit dem Buch berühmt werden, um es allen zu zeigen…«

Jürgen erzählte die Geschichte vom Buch im Buch. Seine Idee sei gewesen, erklärte er, etwas zu schreiben, das so ähnlich wie russische Holzpuppen zum Zusammenstecken funktioniere, die, wenn man sie öffne, immer wieder die gleichen Puppen enthielten, nur kleiner.

Die Bankräuberin hatte die Augen geschlossen. Inzwischen tat ihr Jürgens Stimme weh, aber sie hatte nicht mehr die Kraft, etwas dagegen zu tun. In ihrem Kopf drehten sich Bilder von Geldscheinen, Palmenstränden, Polizisten, Bennys Beerdigung. Sie drehten sich immer schneller, bis sie sie mitrissen. Sie wollte um Hilfe schreien, aber es kam kein Ton.

»…Doch eines Nachts bricht im Nachbarhaus Feuer aus, und weil er als Einziger im Dorf noch wach ist, kann er zwei Kinder aus ihren Betten retten, die sonst verbrannt wären. Und am nächsten Tag ist er plötzlich der Held. Die Zeitung schreibt über ihn, das Fernsehen kommt, die Eltern der Kinder hören nicht auf, ihm zu danken, und abends in der Wirtschaft werden Hochs auf ihn ausgerufen. Alles, was vorher an ihm verachtet wurde, ist plötzlich gut, und man akzeptiert ihn als Mann für außergewöhnliche Anlässe. Dabei ist sein Buch, in dem alle im Dorf schlecht wegkommen, fast fertig …«

Jürgen verstummte. Die Bankräuberin hatte angefangen, regelmäßig und tief zu atmen. Im ersten Moment schaute er verwirrt, dann wütend. Am liebsten hätte er sie geweckt und gesagt: ›Jetzt kommt's doch erst! Die entscheidende Frage, der Kern des Romans!‹ Die ganze Zeit hatte er Anlauf genommen, und jetzt, als er springen wollte …

Eine Weile rührte er sich nicht. Dann schenkte er sich so leise wie möglich Champagner nach und trank den Becher in einem Zug leer. Sein Blick fiel auf die Pistole.

Zehn Minuten später starrte Jürgen immer noch auf das schwarze, glänzende Metall. Nie zuvor hatte er eine Waffe in der Hand gehalten. Langsam wurde ihm bewusst, dass er nun frei und gerettet war. Gerettet …? Er fühlte sich wie vor den Kopf geschlagen, taub, abgelehnt, irgendwo rausgefallen, wertlos. Wie oft hatte er sich ausgemalt, wie es sein würde, wenn er mit seiner Geschichte zum ersten Mal an die Öffentlichkeit träte. Dass es ausgerechnet bei einem Banküberfall geschah und dass er sie nur hatte nacherzählen können, war ja nicht seine Schuld! Drei Jahre hatte er auf diesen Moment hingelebt. *Aber eigentlich schreibe ich einen Roman …* Er sah auf und betrachtete das Gesicht der Bankräuberin. Spucke lief ihr aus dem Mundwinkel.

Jürgens Blick wanderte durch den Schalterraum. Zigarettenschachteln, leere Flaschen, umgekippte Stühle, Müll. Das Plakat mit der Luftaufnahme der Dresdner Oper hatte dort, wo es der Champagnerkorken getroffen hatte, einen Riss. Die Deckenlampen tauchten alles in fahles Licht. Er hörte ihr Summen und zum ersten Mal, so kam es ihm vor, Geräusche von draußen. Entferntes Motorbrummen, Türenschlagen. Sein Blick fiel auf seine Hose über der Heizung. Wie im Reflex schlossen sich seine Augen, und er schüttelte den Kopf. Was hatte er geglaubt, was das hier war? Ein romantisches Abenteuer mit Literaturdiskussion? Der Anfang eines neuen, besseren Lebens …?

Ohne die Pistole aus der Hand zu legen, schenkte er sich Champagner nach und setzte den Becher an. Er hatte das Gefühl, Wasser zu trinken. Alkohol schien keinerlei Wirkung mehr auf ihn zu haben.

War sein Dasein wirklich so jämmerlich, dass es nur einen Tag und ein Mädchen brauchte, um alles in Frage zu stellen und aus den Fugen geraten zu lassen?

Er sah wieder auf die Pistole. Ein für einen Augenblick zu nervöser Finger der Bankräuberin, und er wäre tot gewesen. Was waren Gefühle und Gedanken, die in so einer Situation entstanden, wert? … Und trotzdem: Wie euphorisch war er gewesen, wie … glücklich auf eine Art.

Erneut schenkte er sich Champagner nach, lehnte sich mit dem Becher zurück, sah in die Weite des Schalterraums, ohne etwas wahrzunehmen. Als wäre die Zeit stehengeblieben, dachte er und spürte, dass eine Entscheidung zu treffen war. Nie hatte er sich so fern und über allem schwebend gefühlt. Er dachte an Geschichten, in denen der Tod als ein

Zustand beschrieben wurde, in dem man der Welt von oben zugucken konnte. Irgendwann würde die Polizei anrufen, bis dahin hatte er Zeit, so redete er sich ein, Ordnung zu schaffen.

Er dachte an Elisabeth und ihren Bruder. Der saß jetzt wahrscheinlich gerade breitbeinig im Wohnzimmer, steckte sich einen Zigarillo an und machte seine üblichen Bemerkungen über Elisabeths Ehe. Und wie immer hätte sie nichts darauf zu erwidern und würde ihn, Jürgen, dafür später mit noch mehr Verachtung strafen. Wie hatte sie einmal gesagt, als sie nach einer Party bei ihrem Chef im Taxi nach Hause fuhren: »Wie kannst du erwarten, dass sich die Leute für einen interessieren, der fast seine ganze Zeit mit toten Russen verbringt und nur dazu etwas zu sagen weiß und vom wirklichen Leben keine Ahnung hat? Über was sollen sie mit dir reden, wie soll da eine Brücke entstehen? Wenn du durch dein Wissen bekannt wärst, im Fernsehen auftreten würdest und so, dann könntest du dir so was leisten, aber noch bist du nun mal ein Nichts für sie. Und ich habe die Nase voll, dich dauernd erklären zu müssen! Ja, mein Mann wirkt ein bisschen langweilig, aber wissen Sie, er macht außerordentlich wichtige Studien über russische Literatur und ist auf diesem Gebiet eine Art Genie, glauben Sie also bloß nicht, ausgerechnet ich sei mit der trübsten Tasse im Saal zusammen!«

Die trübste Tasse im Saal! So hatte Elisabeths Bruder ihn bei ihrer Hochzeit genannt. Ob er jemals so bekannt würde, dass der Bruder und alle anderen endlich den Mund hielten? Dass niemand mehr, auch er selber nicht, irgendwas erklären müsste? Dass Elisabeth stolz auf ihn wäre?

Die Bankräuberin wandte im Schlaf den Kopf, und ihre Akne glänzte im Deckenlicht. Sie sah jetzt aus wie irgendein Teenager, der sich nach einer Klassenfete auf dem erstbesten Stuhl ausschlief. Aber das täuschte! Während er den Blick auf die Bankräuberin heftete, verhärteten sich Jürgens Züge. Wie oft hatte sie im Laufe des Abends die Pistole auf ihn gerichtet! Sie ihm sogar auf die Stirn gedrückt! Und was war er schon für sie gewesen? Ein Spießer, ein Feigling! Sein Roman hatte sie einen Dreck interessiert! Nur ums Geld war es ihr gegangen. *Weißt du, was 'ne gute Geiselnahme wär?* Dass er ihr Spiel nicht durchschaut hatte! Stattdessen Kinophantasien, Bonnie und Clyde, wie ein Sechzehnjähriger! Und dabei hätte sie ihn, vollgedröhnt mit Pillen, wahrscheinlich bei der erstbesten Gelegenheit erschossen!

Jürgen lehnte sich schwer atmend zurück. Es war ein Kampf auf Leben und Tod, so musste man es sehen. Nur dass er nicht gekämpft hatte. Nur in die Hose gemacht. Die trübste Tasse im Saal. *...Aber eigentlich schreibe ich einen Roman. – Ach ja? Ich habe früher auch geschrieben...*

Und plötzlich sah er vor sich, wie sie im Fernsehen sein Bild bringen würden: Jürgen Schröder, der es mit Geduld und Mut geschafft hat, die unter Drogen stehende Bankräuberin zu überwältigen. Aus eigener Kraft konnte er sich und, wäre es zu Flucht und Verfolgungsjagd gekommen, wahrscheinlich noch vielen anderen das Leben retten. Vor Ort nun unser Reporter im Gespräch mit Jürgen Schröder...

Jürgen setzte die Champagnerflasche an und trank sie leer. Bis auf das Summen der Deckenlampen war alles still.

Er malte sich seinen Auftritt im heimischen Wohnzimmer aus. ›Ach, dein Bruder ist noch da? Es stört euch doch nicht, wenn ich mal kurz die Nachrichten anschaue?‹

Herr Schröder, Sie waren die letzte Geisel und mussten mehrere Stunden mit der Geiselnehmerin alleine in der Bank aushalten. Am Ende haben Sie es unter dramatischen Umständen geschafft, die Geiselnehmerin auszuschalten.

Ja, aber eigentlich schreibe ich einen Roman.

Als das Telefon klingelte, weil die Polizei zum vereinbarten Zeitpunkt anrief, saß Jürgen in den Stuhl gedrückt, hielt die Pistole mit beiden Händen umkrampft und starrte wie hypnotisiert auf die Bankräuberin. Auf dem Höhepunkt seines Kampfes auf Leben und Tod fühlte er eine eigenartige Taubheit in sich. Als die Bankräuberin sich bewegte, weil das Klingeln sie weckte, musste er handeln. Mit halbabgewandtem Gesicht schoss er viermal auf sie, dann schrie er um Hilfe.

Friedrich Dürrenmatt

Die Panne

Unfall, harmlos zwar, Panne auch hier: Alfredo Traps, um den Namen zu nennen, in der Textilbranche beschäftigt, fünfundvierzig, noch lange nicht korpulent, angenehme Erscheinung, mit genügenden Manieren, wenn auch eine gewisse Dressur verratend, indem Primitives, Hausiererhaftes durchschimmert – dieser Zeitgenosse hatte sich eben noch mit seinem Studebaker über eine der großen Straßen des Landes bewegt, konnte schon hoffen, in einer Stunde seinen Wohnort, eine größere Stadt, zu erreichen, als der Wagen streikte. Er ging einfach nicht mehr. Hilflos lag die rotlackierte Maschine am Fuße eines kleineren Hügels, über den sich die Straße schwang; im Norden hatte sich eine Kumuluswolke gebildet, und im Westen stand die Sonne immer noch hoch, fast nachmittäglich. Traps rauchte eine Zigarette und tat dann das Nötige. Der Garagist, der den Studebaker schließlich abschleppte, erklärte, den Schaden nicht vor dem andern Morgen beheben zu können, Fehler in der Benzinzufuhr. Ob dies stimmte, war weder ausfindig zu machen, noch war ratsam, es zu versuchen; Garagisten ist man ausgeliefert wie einst Raubrittern, noch früher Ortsgöttern und Dämonen.

Zu bequem, die halbe Stunde zur nächsten Bahnstation zurückzulegen und die etwas komplizierte, wenn auch kurze Reise nach Hause zu unternehmen, zu seiner Frau, zu seinen vier Kindern, alles Jungen, beschloss Traps zu übernachten. Es war sechs Uhr abends, heiß, der längste Tag nahe, das Dorf, an dessen Rand sich die Garage befand, freundlich, verzettelt gegen bewaldete Hügel hin, mit einem kleinen Bühl samt Kirche, Pfarrhaus und einer uralten, mit mächtigen Eisenringen und Stützen versehenen Eiche, alles solide, proper, sogar die Misthaufen vor den Bauernhäusern sorgfältig geschichtet und herausgeputzt. Auch stand irgendwo ein Fabriklein herum und mehrere Pinten und Landgasthöfe, deren einen Traps schon öfters hatte rühmen hören, doch waren die Zimmer belegt, eine Tagung der Kleinviehzüchter nahm die Betten in Anspruch, und der Textilreisende wurde nach einer Villa gewiesen, wo hin und wieder Leute aufgenommen würden. Traps zögerte. Noch war es möglich, mit der Bahn heimzukehren, doch lockte ihn die Hoffnung, irgendein Abenteuer zu erleben, gab es doch manchmal in den Dörfern Mädchen, wie in Großbiestringen neulich, die Textilreisende zu schätzen wussten. So schlug er denn neubelebt den Weg zur Villa ein. Von der Kirche her Glockengeläute. Kühe trotteten ihm entgegen, muhten. Das einstöckige Landhaus lag in einem größeren Garten, die Wände blendend weiß, Flachdach, grüne Rollläden, halb verdeckt von Büschen, Buchen und Tannen, gegen die Straße hin Blumen, Rosen vor allem, ein betagtes Männchen dazwischen mit umgebundener Lederschürze, möglicherweise der Hausherr, leichte Gartenarbeit verrichtend.

Traps stellte sich vor und bat um Unterkunft.

»Ihr Beruf?«, fragte der Alte, der an den Zaun gekommen war, eine Brissago rauchend und die Gartentüre kaum überragend.

»In der Textilbranche beschäftigt.«

Der Alte musterte Traps aufmerksam, nach der Weise der Weitsichtigen über eine kleine randlose Brille blickend: »Gewiss, hier kann der Herr übernachten.«

Traps fragte nach dem Preis.

Er pflege dafür nichts zu nehmen, erklärte der Alte, er sei allein, sein Sohn befinde sich in den Vereinigten Staaten, eine Haushälterin sorge für ihn, Mademoiselle Simone, da sei er froh, hin und wieder einen Gast zu beherbergen.

Der Textilreisende dankte. Er war gerührt über die Gastfreundschaft und bemerkte, auf dem Lande seien eben die Sitten und Bräuche der Altvordern noch nicht ausgestorben. Die Gartentüre wurde geöffnet. Traps sah sich um. Kieswege, Rasen, große Schattenpartien, sonnenbeglänzte Stellen.

Er erwarte einige Herren heute Abend, sagte der Alte, als sie bei den Blumen angelangt waren, und schnitt sorgfältig an einem Rosenstock herum. Freunde kämen, die in der Nachbarschaft wohnten, teils im Dorf, teils weiter gegen die Hügel hin, pensioniert wie er selber, hergezogen des milden Klimas wegen und weil hier der Föhn nicht zu spüren sei, alle einsam, verwitwet, neugierig auf etwas Neues, Frisches, Lebendiges, und so sei es ihm denn ein Vergnügen, Herrn Traps zum Abendessen und zum nachfolgenden Herrenabend einladen zu dürfen.

Der Textilreisende stutzte. Er hatte eigentlich im Dörfchen essen wollen, im allseits bekannten Landgasthof eben, doch wagte er nicht, die Aufforderung abzulehnen. Er fühlte sich verpflichtet. Er hatte die Einladung angenommen, kostenlos zu übernachten. Er wollte nicht als ein unhöflicher Stadtmensch erscheinen. So tat er erfreut. Der Hausherr führte ihn in den ersten Stock. Ein freundliches Zimmer. Fließendes Wasser, ein breites Bett, Tisch, bequemer Sessel, ein Hodler an der Wand, alte Lederbände im Büchergestell. Der Textilreisende öffnete sein Köfferchen, wusch, rasierte sich, hüllte sich in eine Wolke von Eau de Cologne, trat ans Fenster, zündete eine Zigarette an. Eine große Sonnenscheibe rutschte gegen die Hügel hinunter, umstrahlte die Buchen. Er überschlug flüchtig die Geschäfte dieses Tages, den Auftrag der Rotacher AG, nicht schlecht, die Schwierigkeiten mit Wildholz, fünf Prozent verlangte der, Junge, Junge, dem würde er schon den Hals umdrehen. Dann tauchten Erinnerungen auf. Alltägliches, Unordentliches, ein geplanter Ehebruch im Hotel Touring, die Frage, ob seinem Jüngsten (den er am meisten liebte) eine elektrische Eisenbahn zu kaufen sei, die Höflichkeit und eigentlich die Pflicht, seiner Frau zu telefonieren, Nachricht von seinem ungewollten Aufenthalt zu geben. Doch unterließ er es. Wie schon oft. Sie war daran gewöhnt und würde ihm außerdem auch nicht glauben. Er gähnte, genehmigte eine weitere Zigarette. Er sah zu, wie drei alte Herren über den Kiesweg anmarschiert kamen, zwei Arm in Arm, ein dicker, glatzköpfiger hintendrein. Begrüßung, Händeschütteln, Umarmungen, Gespräche über Rosen. Traps zog sich vom Fenster zurück, ging zum Büchergestell. Nach den Titeln, die er las, war ein langweiliger Abend zu erwarten: Hotzendorff, *Das Verbrechen des Mordes und die Todesstrafe;* Savigny, *System des heutigen römischen Rechts;* Ernst

David Hölle, *Die Praxis des Verhörs*. Der Textilreisende sah klar. Sein Gastgeber war Jurist, vielleicht ein gewesener Rechtsanwalt. Er machte sich auf umständliche Erörterungen gefasst, was verstand so ein Studierter vom wirklichen Leben, nichts, die Gesetze waren ja danach. Auch war zu befürchten, dass über Kunst oder Ähnliches geredet würde, wobei er sich leicht blamieren konnte, na gut, wenn er nicht mitten im Geschäftskampf stehen würde, wäre er auch auf dem Laufenden in höheren Dingen. So ging er denn ohne Lust hinunter, wo man sich in der offenen, immer noch sonnenbeschienenen Veranda niedergelassen hatte, während die Haushälterin, eine handfeste Person, nebenan im Speisezimmer den Tisch deckte. Doch stutzte er, als er die Gesellschaft sah, die ihn erwartete. Er war froh, dass ihm fürs Erste der Hausherr entgegenkam, nun fast geckenhaft, die wenigen Haare sorgfältig gebürstet, in einem viel zu weiten Gehrock. Traps wurde willkommen geheißen. Mit einer kurzen Rede. So konnte er seine Verwunderung verbergen, murmelte, die Freude sei ganz auf seiner Seite, verneigte sich, kühl, distanziert, spielte den Textilfachmann von Welt und dachte mit Wehmut, dass er doch nur in diesem Dorfe geblieben sei, irgendein Mädchen aufzutreiben. Das war misslungen. Er sah sich drei weiteren Greisen gegenüber, die in nichts dem kauzigen Gastgeber nachstanden. Wie ungeheure Raben füllten sie den sommerlichen Raum mit den Korbmöbeln und den luftigen Gardinen, uralt, verschmiert und verwahrlost, wenn auch ihre Gehröcke die beste Qualität aufwiesen, wie er gleich feststellte, wollte man vom Glatzköpfigen absehen (Pilet mit Namen, siebenundsiebzig Jahre alt, gab der Hausherr bei der Vorstellerei bekannt, die nun einsetzte), der steif und würdig auf einem äußerst unbequemen Schemel saß, obgleich doch mehrere angenehme Stühle herumstanden, überkorrekt hergerichtet, eine weiße Nelke im Knopfloch und ständig über seinen schwarzgefärbten buschigen Schnurrbart streichend, pensioniert offenbar, vielleicht ein ehemaliger, durch Glücksfall wohlhabend gewordener Küster oder Schornsteinfeger, möglicherweise auch Lokomotivführer. Umso verlotterter dagegen die beiden andern. Der eine (Herr Kummer, zweiundachtzig), noch dicker als Pilet, unermesslich, wie aus speckigen Wülsten zusammengesetzt, saß in einem Schaukelstuhl, das Gesicht hochrot, gewaltige Säufernase, joviale Glotzaugen hinter einem goldenen Zwicker, dazu, wohl aus Versehen, ein Nachthemd unter dem schwarzen Anzug und die Taschen vollgestopft mit Zeitungen und Papieren, während der andere (Herr Zorn, sechsundachtzig), lang und hager, ein Monokel vor das linke Auge geklemmt, Schmisse im Gesicht, Hakennase, schlohweiße Löwenmähne, eingefallener Mund, eine vorgestrige Erscheinung alles in allem, die Weste falsch geknöpft hatte und zwei verschiedene Socken trug.

»Campari?«, fragte der Hausherr.

»Aber bitte«, antwortete Traps und ließ sich in einen Sessel nieder, während der Lange, Hagere ihn interessiert durch sein Monokel betrachtete:

»Herr Traps wird wohl an unserem Spielchen teilnehmen?«

»Aber natürlich. Spiele machen mir Spaß.«

Die alten Herren lächelten, wackelten mit den Köpfen.

»Unser Spiel ist vielleicht etwas sonderbar«, gab der Gastgeber vorsichtig, fast zögernd zu bedenken. »Es besteht darin, dass wir des Abends unsere alten Berufe spielen.«

Die Greise lächelten aufs Neue, höflich, diskret.

Traps wunderte sich. Wie er dies verstehen solle?

»Nun«, präzisierte der Gastgeber, »ich war einst Richter, Herr Zorn Staatsanwalt und Herr Kummer Advokat, und so spielen wir denn Gericht.«

»Ach so«, begriff Traps und fand die Idee passabel. Vielleicht war der Abend doch noch nicht verloren.

Der Gastgeber betrachtete den Textilreisenden feierlich. Im Allgemeinen, erläuterte er mit milder Stimme, würden die berühmten historischen Prozesse durchgenommen, der Prozess Sokrates, der Prozess Jesus, der Prozess Jeanne d'Arc, der Prozess Dreyfus, neulich der Reichstagsbrand, und einmal sei Friedrich der Große für unzurechnungsfähig erklärt worden.

Traps staunte. »Das spielt ihr jeden Abend?«

Der Richter nickte. Aber am schönsten sei es natürlich, erklärte er weiter, wenn am lebenden Material gespielt werde, was des Öfteren besonders interessante Situationen ergebe, erst vorgestern etwa sei ein Parlamentarier, der im Dorfe eine Wahlrede gehalten und den letzten Zug verpasst hätte, zu vierzehn Jahren Zuchthaus wegen Erpressung und Bestechung verurteilt worden.

»Ein gestrenges Gericht«, stellte Traps belustigt fest.

»Ehrensache«, strahlten die Greise.

Was er denn für eine Rolle einnehmen könne?

Wieder Lächeln, fast Lachen.

Den Richter, den Staatsanwalt und den Verteidiger hätten sie schon, es seien dies ja auch Posten, die eine Kenntnis der Materie und der Spielregeln voraussetzten, meinte der Gastgeber, nur der Posten eines Angeklagten sei unbesetzt, doch sei Herr Traps in keiner Weise etwa gezwungen mitzuspielen, er möchte dies noch einmal betonen.

Das Vorhaben der alten Herren erheiterte den Textilreisenden. Der Abend war gerettet. Es würde nicht gelehrt zugehen und langweilig, es versprach lustig zu werden. Er war ein einfacher Mensch, ohne allzu große Denkkraft und Neigung zu dieser Tätigkeit, ein Geschäftsmann, gewitzigt, wenn es sein musste, der in seiner Branche aufs Ganze ging, daneben gerne gut aß und trank, mit einer Neigung zu handfesten Späßen. Er spiele mit, sagte er, es sei ihm eine Ehre, den verwaisten Posten eines Angeklagten anzunehmen.

Bravo, krächzte der Staatsanwalt und klatschte in die Hände, bravo, das sei ein Manneswort, das nenne er Courage.

Der Textilreisende erkundigte sich neugierig nach dem Verbrechen, das ihm nun zugemutet würde.

Ein unwichtiger Punkt, antwortete der Staatsanwalt, das Monokel reinigend, ein Verbrechen lasse sich immer finden.

Alle lachten.

Herr Kummer erhob sich. »Kommen Sie, Herr Traps«, sagte er beinahe väterlich, »wir wollen doch den Porto noch probieren, den es hier gibt; er ist alt, den müssen Sie kennenlernen.«

Er führte Traps ins Speisezimmer. Der große runde Tisch war nun aufs festlichste gedeckt. Alte Stühle mit hohen Lehnen, dunkle Bilder an den Wänden, altmodisch, solide alles, von der Veranda her drang das Plaudern der Greise, durch die offenen Fenster flimmerte der Abendschein, drang das Gezwitscher der Vögel, und auf einem Tischchen standen Flaschen, weitere noch auf dem Kamin, die Bordeaux in Körbchen gelagert. Der Verteidiger goss sorgfältig und etwas zittrig aus einer alten Flasche Porto in zwei kleine Gläser, füllte sie bis zum Rande, stieß mit dem Textilreisenden auf dessen Gesundheit an, vorsichtig, die Gläser mit der kostbaren Flüssigkeit kaum in Berührung bringend.

Traps kostete. »Vortrefflich«, lobte er.

»Ich bin Ihr Verteidiger, Herr Traps«, sagte Herr Kummer. »Da heißt es zwischen uns beiden: Auf gute Freundschaft!«

»Auf gute Freundschaft!«

Es sei am besten, meinte der Advokat und rückte mit seinem roten Gesicht, mit seiner Säufernase und seinem Zwicker näher an Traps heran, so dass sein Riesenbauch ihn berührte, eine unangenehme weiche Masse, es sei am besten, wenn der Herr ihm sein Verbrechen gleich anvertraue. So könne er garantieren, dass man beim Gericht auch durchkäme. Die Situation sei zwar nicht gefährlich, doch auch nicht zu unterschätzen, der lange hagere Staatsanwalt, immer noch im Besitz seiner geistigen Kräfte, sei zu fürchten, und dann neige der Gastgeber leider zur Strenge und vielleicht sogar zur Pedanterie, was sich im Alter – er zähle siebenundachtzig – noch verstärkt habe. Trotzdem aber sei es ihm, dem Verteidiger, gelungen, die meisten Fälle durchzubringen, oder es wenigstens nicht zum Schlimmsten kommen zu lassen. Nur einmal bei einem Raubmord sei wirklich nichts zu retten gewesen. Aber ein Raubmord komme hier wohl nicht in Frage, wie er Herrn Traps einschätze, oder doch?

Er habe leider kein Verbrechen begangen, lachte der Textilreisende. Und dann sagte er: »Prosit!«

»Gestehen Sie es mir«, munterte ihn der Verteidiger auf. »Sie brauchen sich nicht zu schämen. Ich kenne das Leben, wundere mich über nichts mehr. Schicksale sind an mir vorübergegangen, Herr Traps, Abgründe taten sich auf, das können Sie mir glauben.«

Es tue ihm leid, schmunzelte der Textilreisende, wirklich, er sei ein Angeklagter, der ohne Verbrechen dastehe, und im Übrigen sei es die Sache des Staatsanwaltes, eines zu finden, er habe es selber gesagt, und da wolle er ihn nun beim Wort nehmen. Spiel sei Spiel. Er sei neugierig, was herauskomme. Ob es denn ein richtiges Verhör gebe?

»Will ich meinen!«

»Da freue ich mich aber darauf.«

Der Verteidiger machte ein bedenkliches Gesicht.

»Sie fühlen sich unschuldig, Herr Traps?«

Der Textilreisende lachte: »Durch und durch«, und das Gespräch kam ihm äußerst lustig vor.

Der Verteidiger reinigte seinen Zwicker.

»Schreiben Sie sich's hinter die Ohren, junger Freund, Unschuld hin oder her, auf die Taktik kommt es an! Es ist halsbrecherisch – gelinde ausgedrückt –, vor unserem Gericht unschuldig sein zu wollen, im Gegenteil, es ist am klügsten, sich gleich eines Verbrechens zu bezichtigen, zum Beispiel, gerade für Geschäftsleute vorteilhaft: Betrug. Dann kann sich immer noch beim Verhör herausstellen, dass der Angeklagte übertreibt, dass eigentlich kein Betrug vorliegt, sondern etwa eine harmlose Vertuschung von Tatsachen aus Reklamegründen, wie sie im Handel öfters üblich ist.

Der Weg von der Schuld zur Unschuld ist zwar schwierig, doch nicht unmöglich, dagegen ist es geradezu hoffnungslos, seine Unschuld bewahren zu wollen, und das Resultat verheerend. Sie verlieren, wo Sie doch gewinnen könnten, auch sind Sie nun gezwungen, die Schuld nicht mehr wählen zu dürfen, sondern sich aufzwingen zu lassen.«

Der Textilreisende zuckte amüsiert die Achseln, er bedaure, nicht dienen zu können, aber er sei sich keiner Übeltat bewusst, die ihn mit dem Gesetz in Konflikt gebracht habe, beteuerte er.

Der Verteidiger setzte seinen Zwicker wieder auf. Mit Traps werde er Mühe haben, meinte er nachdenklich, das werde hart auf hart gehen. »Doch vor allem«, schloss er die Unterredung, »überlegen Sie sich jedes Wort, plappern Sie nicht einfach vor sich hin, sonst sehen Sie sich plötzlich zu einer langjährigen Zuchthausstrafe verurteilt, ohne dass noch zu helfen wäre.«

Dann kamen die Übrigen. Man setzte sich um den runden Tisch. Gemütliche Tafelrunde, Scherzworte. Zuerst wurden verschiedene Vorspeisen serviert, Aufschnitt, russische Eier, Schnecken, Schildkrötensuppe. Die Stimmung war vortrefflich, man löffelte vergnügt, schlürfte ungeniert.

»Nun, Angeklagter, was haben Sie uns vorzuweisen, ich hoffe einen schönen, stattlichen Mord«, krächzte der Staatsanwalt.

Der Verteidiger protestierte: »Mein Klient ist ein Angeklagter ohne Verbrechen, eine Seltenheit in der Justiz sozusagen. Behauptet, unschuldig zu sein.«

»Unschuldig?«, wunderte sich der Staatsanwalt. Die Schmisse leuchteten rot auf, das Monokel fiel ihm beinahe in den Teller, pendelte hin und her an der schwarzen Schnur. Der zwerghafte Richter, der eben Brot in die Suppe brockte, hielt inne, betrachtete den Textilreisenden vorwurfsvoll, schüttelte den Kopf, und auch der Glatzköpfige, Schweigsame mit der weißen Nelke starrte ihn erstaunt an. Die Stille war beängstigend. Kein Löffel- und Gabelgeräusch, kein Schnaufen und Schlürfen war zu vernehmen. Nur Simone im Hintergrund kicherte leise.

»Müssen wir untersuchen«, fasste der Staatsanwalt sich endlich. »Was es nicht geben kann, gibt es nicht.«

»Nur zu«, lachte Traps. »Ich stehe zur Verfügung!«

Zum Fisch gab es Wein, einen leichten spritzigen Neuchâteller. »Nun denn«, sagte der Staatsanwalt, seine Forelle auseinandernehmend, »wollen mal sehen. Verheiratet?«

»Seit elf Jahren.«

»Kinderchen?«

»Vier.«

»Beruf?«

»In der Textilbranche.«

»Also Reisender, lieber Herr Traps?«

»Generalvertreter.«

»Schön. Erlitten eine Panne?«

»Zufällig. Zum ersten Mal seit einem Jahr.«

»Ach. Und vor einem Jahr?«

»Nun, da fuhr ich noch den alten Wagen«, erklärte Traps. »Einen Citroën 1939, doch jetzt besitze ich einen Studebaker, rotlackiertes Extramodell.«

»Studebaker, ei, interessant, und erst seit Kurzem? Waren wohl vorher nicht Generalvertreter?«

»Ein simpler, gewöhnlicher Reisender in Textilien.«

»Konjunktur«, nickte der Staatsanwalt.

Neben Traps saß der Verteidiger. »Passen Sie auf«, flüsterte er.

Der Textilreisende, der Generalvertreter, wie wir jetzt sagen dürfen, machte sich sorglos hinter ein Beefsteak Tartar, träufelte Zitrone darüber, sein Rezept, etwas Kognak, Paprika und Salz. Ein angenehmeres Essen sei ihm noch nie vorgekommen, strahlte er dabei, er habe stets die Abende in der Schlaraffia für das Amüsanteste gehalten, was seinesgleichen erleben könne, doch dieser Herrenabend bereite noch größeren Spaß.

»Aha«, stellte der Staatsanwalt fest, »Sie gehören der Schlaraffia an. Welchen Spitznamen führen Sie denn dort?«

»Marquis de Casanova.«

»Schön«, krächzte der Staatsanwalt freudig, als ob die Nachricht von Wichtigkeit wäre, das Monokel wieder eingeklemmt. »Uns allen ein Vergnügen, dies zu hören. Darf von Ihrem Spitznamen auf Ihr Privatleben geschlossen werden, mein Bester?«

»Aufgepasst«, zischte der Verteidiger.

»Lieber Herr«, antwortete Traps. »Nur bedingt. Wenn mir mit Weibern etwas Außereheliches passiert, so nur zufälligerweise und ohne Ambition.«

Ob Herr Traps die Güte hätte, der versammelten Runde sein Leben in kurzen Zügen bekanntgeben zu wollen, fragte der Richter, Neuchâteller nachfüllend. Da man ja beschlossen habe, über den lieben Gast und Sünder zu Gericht zu sitzen und ihn womöglich auf Jahre hinaus zu verknurren, sei es nur angemessen, Näheres, Privates, Intimes zu erfahren, Weibergeschichten, wenn möglich gesalzen und gepfeffert.

»Erzählen, erzählen!«, forderten die alten Herren den Generalvertreter kichernd auf. Einmal hätten sie einen Zuhälter am Tisch gehabt, der hätte die spannendsten und pikantesten Dinge aus seinem Metier erzählt und sei zu alledem mit nur vier Jahren Zuchthaus davongekommen.

»Nu, nu«, lachte Traps mit, »was gibt es schon von mir zu erzählen. Ich führe ein alltägliches Leben, meine Herren, ein kommunes Leben, wie ich gleich gestehen will. Pupille!«

»Pupille!«

Der Generalvertreter hob sein Glas, fixierte gerührt die starren, vogelartigen Augen der vier Alten, die an ihm hafteten, als wäre er ein spezieller Leckerbissen, und dann stießen die Gläser aneinander.

Draußen war die Sonne nun endlich untergegangen, und auch der Höllenlärm der Vögel verstummt, aber noch lag die Landschaft taghell da, die Gärten und die roten Dächer zwischen den Bäumen, die bewaldeten Hügel und in der Ferne die Vorberge und einige Gletscher, Friedensstimmung, Stille einer ländlichen Gegend, feierliche Ahnung von Glück, Gottessegen und kosmischer Harmonie.

Eine harte Jugend habe er durchgemacht, erzählte Traps, während Simone die Teller wechselte und eine dampfende Riesenschüssel auftischte. Champignons à la Crème. Sein Vater sei Fabrikarbeiter gewesen, ein Proletarier, den Irrlehren von Marx und Engels verfallen, ein verbitterter, freudloser Mann, der sich um sein einziges Kind nie gekümmert habe, die Mutter Wäscherin, früh verblüht.

»Nur die Primarschule durfte ich besuchen, nur die Primarschule«, stellte er fest, Tränen in den Augen, erbittert und gerührt zugleich über seine karge Vergangenheit, während man mit einem Réserve des Maréchaux anstieß.

»Eigenartig«, sagte der Staatsanwalt, »eigenartig. Nur die Primarschule. Haben sich aber mit Leibeskräften heraufgearbeitet, mein Verehrter.«

»Das will ich meinen«, prahlte dieser, vom Maréchaux angefeuert, beschwingt vom geselligen Beisammensein, von der feierlichen Gotteswelt vor den Fenstern. »Das will ich meinen. Noch vor zehn Jahren war ich nichts als ein Hausierer und zog mit einem Köfferchen von Haus zu Haus. Harte Arbeit, tippeln, übernachten in Heuschobern, zweifelhaften Herbergen. Von unten fing ich an in meiner Branche, ganz von unten. Und jetzt, meine Herren, wenn Sie mein Bankkonto sähen! Ich will mich nicht rühmen, aber hat jemand von euch einen Studebaker?«

»Seien Sie doch vorsichtig«, flüsterte der Verteidiger besorgt.

Wie denn das gekommen sei, fragte der Staatsanwalt neugierig.

Er solle aufpassen und nicht zu viel reden, mahnte der Verteidiger.

Er habe die Alleinvertretung der ›Hephaiston‹ auf diesem Kontinent übernommen, verkündete Traps und schaute sich triumphierend um. Nur Spanien und der Balkan seien in anderen Händen.

Hephaistos sei ein griechischer Gott, kicherte der kleine Richter, Champignons auf seinen Teller häufend, ein gar großer Kunstschmied, der die Liebesgöttin und ihren Galan, den Kriegsgott Ares, in einem so feingeschmiedeten und unsichtbaren Netz gefangen habe, dass sich die übrigen Götter nicht genug über diesen Fang hätten freuen können, aber was der Hephaiston bedeute, dessen Alleinvertretung der verehrte Herr Traps übernommen habe, sei ihm schleierhaft.

»Und doch sind Sie nahe daran, verehrter Gastgeber und Richter«, lachte Traps. »Sie sagen selbst: schleierhaft, und der mir unbekannte griechische Gott fast gleichen Namens mit meinem Artikel habe ein gar feines und unsichtbares Netz gesponnen. Wenn es heute Nylon, Perlon, Myrlon gibt, Kunststoffe, von denen das hohe Gericht doch wohl gehört hat, so gibt es auch Hephaiston, den König der Kunststoffe, unzerreißbar, durchsichtig, doch dabei gerade für Rheumatiker eine Wohltat, ebenso verwendbar in der Industrie wie in der Mode, für den Krieg wie für den Frieden. Der vollendete Stoff für Fallschirme und zugleich die pikanteste Materie für Nachthemden schönster Damen, wie ich aus eigener Forschung weiß.«

»Hört, hört«, quakten die Greise, »eigene Forschung, das ist gut«, und Simone wechselte aufs Neue die Teller, brachte einen Kalbsnierenbraten.

»Ein Festessen«, strahlte der Generalvertreter.

»Freut mich«, sagte der Staatsanwalt, »dass Sie so etwas zu würdigen wissen, und mit Recht! Beste Ware wird uns vorgesetzt und in genügenden Mengen, ein Menü wie aus dem vorigen Jahrhundert, da die Menschen noch zu essen wagten. Loben wir Simone! Loben wir unseren Gastgeber! Kauft er doch selber ein, der alte Gnom und Gourmet, und was die Weine betrifft, sorgt Pilet für sie als Ochsenwirt im

Nachbardörfchen. Loben wir auch ihn! Doch wie steht es nun mit Ihnen, mein Tüchtiger? Durchforschen wir Ihren Fall weiter. Ihr Leben kennen wir nun, es war ein Vergnügen, einen kleinen Einblick zu erhalten, und auch über Ihre Tätigkeit herrscht Klarheit. Nur ein unwichtiger Punkt ist noch nicht geklärt: Wie kamen Sie beruflich zu einem so lukrativen Posten? Allein durch Fleiß, durch eiserne Energie?«

»Aufpassen«, zischte der Verteidiger. »Jetzt wird's gefährlich.«

Das sei nicht so leicht gewesen, antwortete Traps und sah begierig zu, wie der Richter den Braten zu tranchieren begann, er habe zuerst Gygax besiegen müssen, und das sei eine harte Arbeit gewesen.

»Ei, und Herr Gygax, wer ist denn dies wieder?«

»Mein früherer Chef.«

»Er musste verdrängt werden, wollen Sie sagen?«

»Auf die Seite geschafft musste er werden, um im rauhen Ton meiner Branche zu bleiben«, antwortete Traps und bediente sich mit Sauce. »Meine Herren, Sie werden ein offenes Wort ertragen. Es geht hart zu im Geschäftsleben, wie du mir, so ich dir, wer da ein Gentleman sein will, bitte schön, kommt um. Ich verdiene Geld wie Heu, doch ich schufte auch wie zehn Elefanten, jeden Tag spule ich meine sechshundert Kilometer mit meinem Studebaker herunter. So ganz fair bin ich nicht vorgegangen, als es hieß, dem alten Gygax das Messer an die Kehle zu setzen und zuzustoßen, aber ich musste vorwärtskommen, was will einer, Geschäft ist schließlich Geschäft.«

Der Staatsanwalt sah neugierig vom Kalbsnierenbraten auf. »Auf die Seite schaffen, das Messer an die Kehle setzen, zustoßen, das sind ja ziemlich bösartige Ausdrücke, lieber Traps.«

Der Generalvertreter lachte: »Sie sind natürlich nur im übertragenen Sinne zu verstehen.«

»Herr Gygax befindet sich wohl, Verehrtester?«

»Er ist letztes Jahr gestorben.«

»Sind Sie toll?«, zischte der Verteidiger aufgeregt. »Sie sind wohl ganz verrückt geworden!«

»Letztes Jahr«, bedauerte der Staatsanwalt. »Das tut mir aber leid. Wie alt ist er denn geworden?«

»Zweiundfünfzig.«

»Blutjung. Und woran ist er gestorben?«

»An irgendeiner Krankheit.«

»Nachdem Sie seinen Posten erhalten hatten?«

»Kurz vorher.«

»Schön, mehr brauche ich einstweilen nicht zu wissen«, sagte der Staatsanwalt. »Glück, wir haben Glück. Ein Toter ist aufgestöbert, und das ist schließlich die Hauptsache.«

Alle lachten. Sogar Pilet, der Glatzköpfige, der andächtig vor sich hin aß, pedantisch, unbeirrbar, unermessliche Mengen hinunterschlingend, sah auf.

»Fein«, sagte er und strich sich über den schwarzen Schnurrbart.

Dann schwieg er und aß weiter.

Der Staatsanwalt hob feierlich sein Glas. »Meine Herren«, erklärte er, »auf diesen Fund hin wollen wir den Pichon-Longueville 1933 goutieren. Ein guter Bordeaux zu einem guten Spiel!«

Sie stießen aufs Neue an, tranken einander zu.

»Donnerwetter, meine Herren!«, staunte der Generalvertreter, den Pichon in einem Zuge leerend und das Glas dem Richter hinhaltend: »Das schmeckt aber riesig!«

Die Dämmerung war angebrochen und die Gesichter der Versammelten kaum mehr zu erkennen. Die ersten Sterne waren in den Fenstern zu ahnen, und die Haushälterin zündete drei große schwere Leuchter an, die das Schattenbild der Tafelrunde wie den wunderbaren Blütenkelch einer phantastischen Blume an die Wände malten. Trauliche, gemütliche Stimmung, Sympathie allerseits, Lockerung der Umgangsformen, der Sitten.

»Wie im Märchen«, staunte Traps.

Der Verteidiger wischte sich mit der Serviette den Schweiß von der Stirne. »Das Märchen, lieber Traps«, sagte er, »sind Sie. Es ist mir noch nie ein Angeklagter begegnet, der mit größerer Seelenruhe so unvorsichtige Aussagen gemacht hätte.«

Traps lachte: »Keine Bange, lieber Nachbar! Wenn erst einmal das Verhör beginnt, werde ich schon den Kopf nicht verlieren.«

Totenstille im Zimmer, wie schon einmal. Kein Schmatzen mehr, kein Schlürfen.

»Sie Unglücksmensch!«, ächzte der Verteidiger. »Was meinen Sie damit: Wenn erst einmal das Verhör beginnt?«

»Nun«, sagte der Generalvertreter, Salat auf den Teller häufend, »hat es etwa schon begonnen?«

Die Greise schmunzelten, sahen pfiffig drein, verschmitzt, meckerten endlich vor Vergnügen.

Der Stille, Ruhige, Glatzköpfige kicherte: »Er hat es nicht gemerkt, er hat es nicht gemerkt!«

Traps stutzte, war verblüfft, die spitzbübische Heiterkeit

kam ihm unheimlich vor, ein Eindruck, der sich freilich bald verflüchtigte, so dass er mitzulachen begann: »Meine Herren, verzeihen Sie«, sagte er, »ich dachte mir das Spiel feierlicher, würdiger, förmlicher, mehr Gerichtssaal.«

»Liebster Herr Traps«, klärte ihn der Richter auf, »Ihr bestürztes Gesicht ist nicht zu bezahlen. Unsere Art, Gericht zu halten, scheint Ihnen fremd und allzu munter, sehe ich. Doch, Wertgeschätzter, wir vier an diesem Tisch sind pensioniert und haben uns vom unnötigen Wust der Formeln, Protokolle, Schreibereien, Gesetze und was sonst noch für Kram unsere Gerichtssäle belastet, befreit. Wir richten ohne Rücksicht auf die lumpigen Gesetzbücher und Paragraphen.«

»Mutig«, entgegnete Traps mit schon etwas schwerer Zunge, »mutig. Meine Herren, das imponiert mir. Ohne Paragraphen, das ist eine kühne Idee.«

Der Verteidiger erhob sich umständlich. Er gehe Luft schnappen, verkündete er, bevor es zum Hähnchen und zum Übrigen komme, ein kleines Gesundheits-Spaziergänglein und eine Zigarette seien nun an der Zeit, und er lade Herrn Traps ein, ihn zu begleiten.

Sie traten von der Veranda in die Nacht hinaus, die nun endlich hereingebrochen war, warm und majestätisch. Von den Fenstern des Esszimmers her lagen goldene Lichtbänder über dem Rasen, erstreckten sich bis zu den Rosenbeeten. Der Himmel voller Sterne, mondlos, als dunkle Masse standen die Bäume da, und die Kieswege zwischen ihnen waren kaum zu erraten, über die sie nun schritten. Sie hatten sich den Arm gegeben. Beide waren schwer vom Wein, torkelten und schwankten auch hin und wieder, gaben sich

Mühe, schön gerade zu gehen, und rauchten Zigaretten, Parisiennes, rote Punkte in der Finsternis.

»Mein Gott«, schöpfte Traps Atem, »war dies ein Jux da drinnen«, und wies nach den erleuchteten Fenstern, in denen eben die massige Silhouette der Haushälterin sichtbar wurde. »Vergnüglich geht's zu, vergnüglich.«

»Lieber Freund«, sagte der Verteidiger wankend und sich auf Traps stützend, »bevor wir zurückgehen und unser Hähnchen in Angriff nehmen, lassen Sie mich ein Wort an Sie richten, ein ernstes Wort, das Sie beherzigen sollten. Sie sind mir sympathisch, junger Mann, ich fühle zärtlich für Sie, ich will wie ein Vater zu Ihnen reden: Wir sind im schönsten Zuge, unseren Prozess in Bausch und Bogen zu verlieren!«

»Das ist Pech«, antwortete der Generalvertreter und steuerte den Verteidiger vorsichtig den Kiesweg entlang um die große schwarze, kugelrunde Masse eines Gebüschs herum. Dann kam ein Teich, sie ahnten eine Steinbank, setzten sich. Sterne spiegelten sich im Wasser, Kühle stieg auf. Vom Dorfe her Handharmonikaklänge und Gesang, auch ein Alphorn war jetzt zu hören, der Kleinviehzüchterverband feierte.

»Sie müssen sich zusammennehmen«, mahnte der Verteidiger. »Wichtige Bastionen sind vom Feind genommen; der tote Gygax, unnötigerweise aufgetaucht durch Ihr hemmungsloses Geschwätz, droht mächtig, all dies ist schlimm, ein ungeübter Verteidiger müsste die Waffen strecken, doch mit Zähigkeit, unter Ausnützung aller Chancen und vor allem mit der größten Vorsicht und Disziplin Ihrerseits kann ich noch Wesentliches retten.«

Traps lachte. Das sei ein gar zu komisches Gesellschaftsspiel, stellte er fest, in der nächsten Sitzung der Schlaraffia müsse dies unbedingt auch eingeführt werden.

»Nicht wahr?«, freute sich der Verteidiger, »man lebt auf. Hingesiecht bin ich, lieber Freund, nachdem ich meinen Rücktritt genommen hatte und plötzlich ohne Beschäftigung, ohne meinen alten Beruf in diesem Dörfchen das Alter genießen sollte. Was ist denn hier auch los? Nichts, nur der Föhn nicht zu spüren, das ist alles. Gesundes Klima? Lächerlich, ohne geistige Beschäftigung. Der Staatsanwalt lag im Sterben, bei unserem Gastfreund vermutete man Magenkrebs, Pilet litt an einem Diabetes, mir machte der Blutdruck zu schaffen. Das war das Resultat. Ein Hundeleben. Hin und wieder saßen wir traurig zusammen, erzählten sehnsüchtig von unseren alten Berufen und Erfolgen, unsere einzige spärliche Freude. Da kam der Staatsanwalt auf den Einfall, das Spiel einzuführen, der Richter stellte das Haus und ich mein Vermögen zur Verfügung – na ja, ich bin Junggeselle, und als jahrzehntelanger Anwalt der oberen Zehntausend legt man sich ein hübsches Sümmchen auf die Seite, mein Lieber, kaum zu glauben, wie sich ein freigesprochener Raubritter der Hochfinanz seinem Verteidiger splendide erweist, das grenzt an Verschwendung –, und es wurde unser Gesundbrunnen, dieses Spiel; die Hormone, die Mägen, die Bauchspeicheldrüsen kamen wieder in Ordnung, die Langeweile verschwand, Energie, Jugendlichkeit, Elastizität, Appetit stellten sich wieder ein; sehen Sie mal«, und er machte trotz seinem Bauch einige Turnübungen, wie Traps undeutlich in der Dunkelheit bemerken konnte. »Wir spielen mit den Gästen des Richters, die unsere Angeklagten abgeben«, fuhr der Verteidiger fort, nachdem er sich wieder gesetzt hatte, »bald mit Hausierern, bald mit Ferienreisenden, und vor zwei Monaten durften wir gar einen deutschen General zu zwanzig Jahren Zuchthaus verurteilen. Er kam hier durchgewandert mit seiner Gattin, nur meine Kunst rettete ihn vor dem Galgen.«

»Großartig«, staunte Traps, »diese Produktion! Doch das mit dem Galgen kann nicht gut stimmen, da übertreiben Sie ein bisschen, verehrter Herr Rechtsanwalt, denn die Todesstrafe ist ja abgeschafft.«

»In der staatlichen Justiz«, stellte der Verteidiger richtig, »doch wir haben es hier mit einer privaten Justiz zu tun und führten sie wieder ein: Gerade die Möglichkeit der Todesstrafe macht unser Spiel so spannend und eigenartig.«

»Und einen Henker habt ihr wohl auch, wie?«, lachte Traps.

»Natürlich«, bejahte der Verteidiger stolz; »haben wir auch. Pilet.«

»Pilet?«

»Überrascht, wie?«

Traps schluckte einige Male. »Der ist doch Ochsenwirt und sorgt für die Weine, die wir trinken.«

»Gastwirt war er immer«, schmunzelte der Verteidiger gemütlich. »Übte seine staatliche Tätigkeit nur nebenberuflich aus. Ehrenamtlich beinah. War einer der Tüchtigsten seines Fachs im Nachbarlande, nun auch schon zwanzig Jahre pensioniert, doch immer noch auf dem Laufenden in seiner Kunst.«

Ein Automobil fuhr durch die Straße, und im Lichte der

Scheinwerfer leuchtete der Rauch der Zigaretten auf. Sekundenlang sah Traps auch den Verteidiger, die unmäßige Gestalt im verschmierten Gehrock, das fette, zufriedene, gemütliche Gesicht. Traps zitterte. Kalter Schweiß lag auf seiner Stirne.

»Pilet.«

Der Verteidiger stutzte: »Aber was haben Sie denn auf einmal, guter Traps? Spüre, dass Sie zittern. Ist Ihnen nicht wohl?«

Er sah den Kahlköpfigen vor sich, der doch eigentlich ziemlich stumpfsinnig mitgetafelt hatte, es war eine Zumutung, mit so einem zu essen. Aber was konnte der arme Kerl für seinen Beruf – die milde Sommernacht, der noch mildere Wein stimmten Traps human, tolerant, vorurteilslos, er war schließlich ein Mann, der vieles gesehen hatte und die Welt kannte, kein Mucker und Spießer, nein, ein Textilfachmann von Format, ja es schien Traps nun, der Abend wäre ohne Henker weniger lustig und ergötzlich, und er freute sich schon, das Abenteuer bald in der Schlaraffia zum Besten geben zu können, wohin man den Henker sicher auch einmal kommen lassen würde gegen ein kleines Honorar und Spesen, und so lachte er denn schließlich befreit auf: »Bin reingefallen! Habe mich gefürchtet! Das Spiel wird immer lustiger!«

»Vertrauen gegen Vertrauen«, sagte der Verteidiger, als sie sich erhoben hatten und Arm in Arm, vom Licht der Fenster geblendet, gegen das Haus hintappten. »Wie brachten Sie Gygax um?«

»Ich soll ihn umgebracht haben?«

»Na, wenn er doch tot ist.«

»Ich brachte ihn aber nicht um.«

Der Verteidiger blieb stehen. »Mein lieber junger Freund«, entgegnete er teilnehmend, »ich begreife die Bedenken. Von den Verbrechen sind die Morde am peinlichsten zu gestehen. Der Angeklagte schämt sich, will seine Tat nicht wahrhaben, vergisst, verdrängt sie aus dem Gedächtnis, ist überhaupt voller Vorurteile der Vergangenheit gegenüber, belastet sich mit übertriebenen Schuldgefühlen und traut niemandem, selbst seinem väterlichen Freunde nicht, dem Verteidiger, was gerade das Verkehrteste ist, denn ein rechter Verteidiger liebt den Mord, jubelt auf, bringt man ihm einen. Her damit, lieber Traps! Mir wird erst wohl, wenn ich vor einer wirklichen Aufgabe stehe, wie ein Alpinist vor einem schwierigen Viertausender, wie ich als alter Bergsteiger sagen darf. Da fängt das Hirn an zu denken und zu dichten, zu schnurren und zu schnarren, dass es eine Freude ist. So ist denn auch Ihr Misstrauen der große, ja ich darf sagen, der entscheidende Fehler, den Sie machen. Darum, heraus mit dem Geständnis, alter Knabe!«

Er habe aber nichts zu gestehen, beteuerte der Generalvertreter.

Der Verteidiger stutzte. Grell beschienen vom Fenster, aus dem Gläserklirren und Lachen immer übermütiger schwoll, glotzte er Traps an.

»Junge, Junge«, brummte er missbilligend, »was heißt das wieder? Wollen Sie denn Ihre falsche Taktik immer noch nicht aufgeben und immer noch den Unschuldigen spielen? Haben Sie denn noch nicht kapiert? Gestehen muss man, ob man will oder nicht, und zu gestehen hat man immer was, das dürfte Ihnen doch langsam dämmern!

Wohlan denn, lieber Freund, weder geziert noch gezaudert, sondern frisch von der Leber weg gesprochen: Wie brachten Sie Gygax um? Im Affekt, nicht? Da müssten wir uns auf eine Anklage auf Totschlag gefasst machen. Wette, dass der Staatsanwalt dahinsteuert. Habe so meine Vermutung. Kenne den Burschen.«

Traps schüttelte den Kopf. »Mein lieber Herr Verteidiger«, sagte er, »der besondere Reiz unseres Spiels besteht darin – wenn ich als Anfänger und ganz unmaßgeblich meine Meinung äußern darf –, dass es einem dabei unheimlich und gruselig wird. Das Spiel droht in die Wirklichkeit umzukippen. Man fragt sich auf einmal, ob man nun eigentlich ein Verbrecher sei oder nicht, ob man den alten Gygax umgebracht habe oder nicht. Es ist mir bei Ihrer Rede fast wirblig geworden. Und darum, Vertrauen gegen Vertrauen: Ich bin unschuldig am Tode des alten Gangsters. Wirklich.« Damit traten sie wieder ins Speisezimmer, wo das Hähnchen schon serviert war und ein Château Pavie 1921 in den Gläsern funkelte.

Traps, in Stimmung, begab sich zum Ernsten, Schweigenden, Glatzköpfigen, drückte ihm die Hand. Er habe vom Verteidiger seinen ehemaligen Beruf erfahren, sagte er, er wolle betonen, dass es nichts Angenehmeres geben könne, als einen so wackeren Mann am Tische zu wissen, er kenne keine Vorurteile, im Gegenteil, und Pilet, über seinen gefärbten Schnurrbart streichend, murmelte errötend, etwas geniert und in einem entsetzlichen Dialekt: »Freut mich, freut mich, werd mir Mühe geben.«

Nach dieser rührenden Verbrüderung mundete denn auch das Hähnchen vortrefflich. Es war nach einem Geheimrezept Simones zubereitet, wie der Richter verkündete. Man schmatzte, aß mit den Händen, lobte das Meisterwerk, trank, stieß auf jedermanns Gesundheit an, leckte die Sauce von den Fingern, fühlte sich wohl, und in aller Gemütlichkeit nahm der Prozess seinen Fortgang. Der Staatsanwalt, eine Serviette umgebunden und das Hähnchen vor dem schnabelartigen, schmatzenden Munde, hoffte, zum Geflügel ein Geständnis serviert zu bekommen. »Gewiss, liebster und ehrenhaftester Angeklagter«, forschte er, »haben Sie Gygax vergiftet.«

»Nein«, lachte Traps, »nichts dergleichen.«

»Nun, sagen wir: erschossen?«

»Auch nicht.«

»Einen heimlichen Autounfall arrangiert?«

Alles lachte, und der Verteidiger zischte wieder einmal: »Aufpassen, das ist eine Falle!«

»Pech, Herr Staatsanwalt, ausgesprochen Pech«, rief Traps übermütig aus: »Gygax starb an einem Herzinfarkt, und es war nicht einmal der erste, den er erlitt. Schon Jahre vorher erwischte es ihn, er musste aufpassen. Wenn er nach außen auch den gesunden Mann spielte, bei jeder Aufregung war zu befürchten, dass es sich wiederhole, ich weiß es bestimmt.«

»Ei, und von wem denn?«

»Von seiner Frau, Herr Staatsanwalt.«

»Von seiner Frau?«

»Aufpassen, um Himmels willen«, flüsterte der Verteidiger.

Der Château Pavie 1921 übertraf die Erwartungen. Traps war schon beim vierten Glas, und Simone hatte eine Extraflasche in seine Nähe gestellt. Da staune der Staatsanwalt, prostete der Generalvertreter den alten Herren zu, doch damit das hohe Gericht nicht etwa glaube, er verheimliche was, wolle er die Wahrheit sagen und bei der Wahrheit bleiben, auch wenn ihn der Verteidiger mit seinem »Aufpassen!« umzische. Mit Frau Gygax nämlich habe er was gehabt, nun ja, der alte Gangster sei oft auf Reisen gewesen und habe sein gutgebautes und leckeres Frauchen aufs grausamste vernachlässigt; da habe er hin und wieder den Tröster abgeben müssen, auf dem Kanapee in Gygaxens Wohnstube und später auch bisweilen im Ehebett, wie es eben so komme und wie es der Lauf der Welt sei.

Auf diese Worte Trapsens erstarrten die alten Herren, dann aber, auf einmal, kreischten sie laut auf vor Vergnügen, und der Glatzköpfige, sonst Schweigsame schrie, seine weiße Nelke in die Luft werfend: »Ein Geständnis, ein Geständnis!«, nur der Verteidiger trommelte verzweifelt mit den Fäusten auf seine Schläfen.

»So ein Unverstand!«, rief er. Sein Klient sei toll geworden und dessen Geschichte nicht ohne Weiteres zu glauben, worauf Traps entrüstet und unter erneutem Beifall der Tischrunde protestierte. Damit begann ein langes Gerede zwischen dem Verteidiger und dem Staatsanwalt, ein hartnäckiges Hin und Her, halb komisch, halb ernst, eine Diskussion, deren Inhalt Traps nicht begriff. Es drehte sich um das Wort dolus, von dem der Generalvertreter nicht wusste, was es bedeuten mochte. Die Diskussion wurde immer heftiger, lauter geführt, immer unverständlicher, der Richter mischte sich ein, ereiferte sich ebenfalls, und war Traps anfangs bemüht hinzuhorchen, etwas vom Sinn des Streitgesprächs zu erraten, so atmete er nun auf, als die Haushälterin Käse auftischte, Camembert, Brie, Emmentaler, Gruyère, Tête de Moine, Vacherin, Limburger, Gorgonzola, und ließ dolus dolus sein, prostete mit dem Glatzköpfigen, der allein schwieg und auch nichts zu begreifen schien, und griff zu – bis auf einmal, unerwartet, der Staatsanwalt sich wieder an ihn wandte: »Herr Traps«, fragte er mit gesträubter Löwenmähne und hochrotem Gesicht, das Monokel in der linken Hand, »sind Sie immer noch mit Frau Gygax befreundet?«

Alle glotzten zu Traps hinüber, der Weißbrot mit Camembert in den Mund geschoben hatte und gemütlich kaute. Dann nahm er noch einen Schluck Château Pavie. Irgendwo tickte eine Uhr, und vom Dorfe her drangen noch einmal ferne Handorgelklänge, Männergesang – ›Heißt ein Haus zum Schweizerdegen‹.

Seit dem Tode Gygaxens, erklärte Traps, habe er das Frauchen nicht mehr besucht. Er wolle die brave Witwe schließlich nicht in Verruf bringen.

Seine Erklärung erweckte zu seiner Verwunderung aufs Neue eine gespenstische, unbegreifliche Heiterkeit, man wurde noch übermütiger als zuvor, der Staatsanwalt schrie: »Dolo malo, dolo malo!«, brüllte griechische und lateinische Verse, zitierte Schiller und Goethe, während der kleine Richter die Kerzen ausblies, bis auf eine, die er dazu benutzte, mit den Händen hinter ihrer Flamme, laut meckernd und fauchend, die abenteuerlichsten Schattenbilder an die Wand zu werfen, Ziegen, Fledermäuse, Teufel und Waldschrate, wobei Pilet auf den Tisch trommelte, dass die Gläser, Teller, Platten tanzten: »Es kommt zum Todesurteil, es kommt zum Todesurteil!« Nur der Verteidiger machte nicht mit, schob die Platte zu Traps hin. Er solle nehmen, sie müssten sich am Käse gütlich tun, es bliebe nichts anderes mehr übrig.

Ein Château Margaux wurde gebracht. Damit kehrte die Ruhe wieder ein. Alle starrten auf den Richter, der die verstaubte Flasche (Jahrgang 1914) vorsichtig und umständlich zu entkorken begann, mit einem sonderbaren, altertümlichen Zapfenzieher, der es ihm ermöglichte, den Zapfen aus der liegenden Flasche zu ziehen, ohne sie aus dem Körbchen zu nehmen, eine Prozedur, die unter atemloser Spannung erfolgte, galt es doch, den Zapfen möglichst unbeschädigt zu lassen, war er doch der einzige Beweis, dass die Flasche wirklich aus dem Jahre 1914 stammte, da die vier Jahrzehnte die Etikette längst vernichtet hatten. Der Zapfen kam nicht ganz, der Rest musste sorgfältig entfernt werden, doch war auf ihm noch die Jahrzahl zu lesen, er wurde von einem zum andern gereicht, berochen, bewundert und schließlich feierlich dem Generalvertreter übergeben, zum Andenken an den wunderschönen Abend, wie der Richter sagte. Der kostete den Wein nun vor, schnalzte, schenkte ein, worauf die andern zu riechen, zu schlürfen begannen, in Rufe des Entzückens ausbrachen, den splendiden Gastgeber priesen. Der Käse wurde herumgereicht, und der Richter forderte den Staatsanwalt auf, sein »Anklageredchen« zu halten. Der verlangte vorerst neue Kerzen, es solle feierlich dabei zugehen, andächtig, Konzentration sei vonnöten, innere Sammlung. Simone brachte das Verlangte. Alle waren gespannt, dem Generalvertreter kam die Angelegenheit leicht unheimlich vor, er fröstelte, doch gleichzeitig fand er sein Abenteuer wundervoll, und um nichts auf der Welt hätte er darauf verzichten wollen. Nur sein Verteidiger schien nicht ganz zufrieden.

»Gut, Traps«, sagte er, »hören wir uns die Anklagerede an. Sie werden staunen, was Sie mit Ihren unvorsichtigen Antworten, mit Ihrer falschen Taktik angerichtet haben. War es vorher schlimm, so ist es nun katastrophal. Doch Courage, ich werde Ihnen schon aus der Patsche helfen, verlieren Sie nur nicht den Kopf dabei, wird Sie Nerven kosten, da heil durchzukommen.«

Es war so weit. Allgemeines Räuspern, Husten, noch einmal stieß man an, und der Staatsanwalt begann unter Gekicher und Geschmunzel seine Rede.

»Das Vergnügliche unseres Herrenabends«, sagte er, indem er sein Glas erhob, doch sonst sitzen blieb, »das Gelungene ist wohl, dass wir einem Mord auf die Spur gekommen sind, so raffiniert angelegt, dass er unserer staatlichen Justiz natürlicherweise mit Glanz entgangen ist.«

Traps stutzte, ärgerte sich mit einem Male. »Ich soll einen Mord begangen haben?«, protestierte er, »na hören Sie, das geht mir etwas zu weit, schon der Verteidiger kam mit dieser faulen Geschichte«, aber dann besann er sich und begann zu lachen, unmäßig, kaum dass er sich beruhigen konnte, ein wunderbarer Witz, jetzt begreife er, man wolle ihm ein Verbrechen einreden, zum Kugeln, das sei einfach zum Kugeln.

Der Staatsanwalt sah würdig zu Traps hinüber, reinigte das Monokel, klemmte es wieder ein.

»Der Angeklagte«, sagte er, »zweifelt an seiner Schuld. Menschlich. Wer von uns kennt sich, wer von uns weiß von seinen Verbrechen und geheimen Untaten? Eins jedoch darf schon jetzt betont werden, bevor die Leidenschaften unseres Spiels von neuem aufbrausen: Falls Traps ein Mörder ist, wie ich behaupte, wie ich innig hoffe, stehen wir vor einer besonders feierlichen Stunde. Mit Recht. Es ist ein freudiges Ereignis, die Entdeckung eines Mordes, ein Ereignis, das unsere Herzen höher schlagen lässt, uns vor neue Aufgaben, Entscheidungen, Pflichten stellt, und so darf ich denn vor allem unserem lieben voraussichtlichen Täter gratulieren, ist es doch ohne Täter nicht gut möglich, einen Mord zu entdecken, Gerechtigkeit walten zu lassen. Auf ein besonderes Wohl denn unserem Freund, unserem bescheidenen Alfredo Traps, den ein wohlmeinendes Geschick in unsere Mitte brachte!«

Jubel brach aus, man erhob sich, trank auf das Wohl des Generalvertreters, der dankte, Tränen in den Augen, und versicherte, es sei sein schönster Abend.

Der Staatsanwalt, nun ebenfalls mit Tränen: »Sein schönster Abend, verkündet unser Verehrter, ein Wort, ein erschütterndes Wort. Denken wir an die Zeit zurück, da im Dienste des Staats ein trübes Handwerk zu verrichten war. Nicht als Freund stand uns damals der Angeklagte gegenüber, sondern als Feind; wen wir nun an unsere Brust drücken dürfen, hatten wir von uns zu stoßen. An meine Brust denn!«

Bei diesen Worten sprang er auf, riss Traps hoch und umarmte ihn stürmisch.

»Staatsanwalt, lieber, lieber Freund«, stammelte der Generalvertreter.

»Angeklagter, lieber Traps«, schluchzte der Staatsanwalt.

»Sagen wir du zueinander. Heiße Kurt. Auf dein Wohl, Alfredo!«

»Auf dein Wohl, Kurt!«

Sie küssten sich, herzten, streichelten sich, tranken einander zu, Ergriffenheit breitete sich aus, die Andacht einer erblühenden Freundschaft. »Wie hat sich doch alles geändert«, jubelte der Staatsanwalt, »hetzten wir einst von Fall zu Fall, von Verbrechen zu Verbrechen, von Urteil zu Urteil, so begründen, entgegnen, referieren, disputieren, reden und erwidern wir jetzt mit Muße, Gemütlichkeit, Fröhlichkeit, lernen den Angeklagten schätzen, lieben, seine Sympathie schlägt uns entgegen, Verbrüderung hüben und drüben. Ist die erst hergestellt, fällt alles leicht, wird Verbrechen schwerelos, Urteil heiter. So lasst mich denn zum vollbrachten Mord Worte der Anerkennung sprechen. (Traps dazwischen, nun wieder in glänzendster Laune: »Beweisen, Kurtchen, beweisen!«) Berechtigterweise, denn es handelt sich um einen perfekten, um einen schönen Mord. Nun könnte der liebenswerte Täter darin einen burschikosen Zynismus finden, nichts liegt mir ferner; als ›schön‹ vielmehr darf seine Tat in zweierlei Hinsicht bezeichnet werden, in einem philosophischen und in einem technisch-virtuosen Sinne: Unsere Tafelrunde nämlich, verehrter Freund Alfredo, gab das Vorurteil auf, im Verbrechen etwas Unschönes zu erblicken, Schreckliches, in der Gerechtigkeit dagegen etwas Schönes, wenn auch vielleicht mehr Schrecklichschönes, nein, wir erkennen auch im Verbrechen die Schönheit als die Vorbedingung, die erst Gerechtigkeit möglich macht. Dies die philosophische Seite. Würdigen wir nun die technische Schönheit der Tat. Würdigung. Ich glaube das rechte Wort getroffen zu haben, will doch meine Anklagerede nicht eine Schreckensrede sein, die unseren Freund genieren, verwirren könnte, sondern eine Würdigung, die ihm sein Verbrechen aufweist, aufblühen lässt, zu Bewusstsein bringt: Nur auf dem reinen Sockel der Erkenntnis ist es möglich, das fugenlose Monument der Gerechtigkeit zu errichten.«

Der sechsundachtzigjährige Staatsanwalt hielt erschöpft inne. Er hatte trotz seinem Alter mit lauter schnarrender Stimme und mit großen Gesten geredet, dabei viel getrunken und gegessen. Nun wischte er sich den Schweiß mit der umgebundenen fleckigen Serviette von der Stirne, trocknete den verrunzelten Nacken. Traps war gerührt. Er saß schwer in seinem Sessel, träge vom Menu. Er war satt, doch von den vier Greisen wollte er sich nicht ausstechen lassen, wenn er sich auch gestand, dass der Riesenappetit der Alten und deren Riesendurst ihm zu schaffen machten. Er war ein wackerer Esser, doch eine solche Vitalität und Gefräßigkeit war ihm noch nie vorgekommen. Er staunte, glotzte träge über den Tisch, geschmeichelt von der Herzlichkeit, mit der ihn der Staatsanwalt behandelte, hörte von der Kirche her mit feierlichen Schlägen zwölf schlagen, und dann dröhnte ferne, nächtlich der Chor der Kleinviehzüchter: ›Unser Leben gleicht der Reise…‹

»Wie im Märchen«, staunte der Generalvertreter immer wieder, »wie im Märchen«, und dann: »Einen Mord soll ich begangen haben, ausgerechnet ich? Nimmt mich nur wunder, wie.«

Unterdessen hatte der Richter eine weitere Flasche Château Margaux 1914 entkorkt, und der Staatsanwalt, wieder frisch, begann von Neuem. »Was ist nun geschehen«, sagte er, »wie entdeckte ich, dass unserem lieben Freund ein Mord nachzurühmen sei, und nicht nur ein gewöhnlicher Mord, nein, ein virtuoser Mord, der ohne Blutvergießen, ohne Mittel wie Gift, Pistolen und dergleichen durchgeführt worden ist?«

Er räusperte sich, Traps starrte, Vacherin im Mund, gebannt auf ihn.

Als Fachmann müsse er durchaus von der These ausgehen, fuhr der Staatsanwalt fort, dass ein Verbrechen hinter jedem Vorgang, hinter jeder Person lauern könne. Die erste Ahnung, in Herrn Traps einen vom Schicksal Begünstigten und mit einem Verbrechen Begnadeten getroffen zu haben, sei dem Umstand zu verdanken gewesen, dass der Textilreisende noch vor einem Jahr einen alten Citroën gefahren habe und nun mit einem Studebaker herumstolziere. »Nun weiß ich allerdings«, sagte er weiter, »dass wir in einer Zeit der Hochkonjunktur leben, und so war die Ahnung noch vage, mehr dem Gefühl vergleichbar, vor einem freudigen Erlebnis zu stehen, eben vor der Entdeckung eines Mords. Dass unser lieber Freund den Posten seines Chefs übernommen hat, dass er den Chef verdrängen musste, dass der Chef gestorben ist, all diese Tatsachen waren noch keine Beweise, sondern erst Momente, die jenes Gefühl bestärkten, fundierten. Verdacht, logisch unterbaut, kam erst hoch, als zu erfahren war, woran dieser sagenhafte Chef starb: an einem Herzinfarkt. Hier galt es anzusetzen, zu kombinieren, Scharfsinn, Spürsinn aufzubieten, diskret vorzugehen, sich an die Wahrheit heranzupirschen, das Gewöhnliche als das Außergewöhnliche zu erkennen, Bestimmtes im Unbestimmten zu sehen, Umrisse im Nebel, an einen Mord zu glauben, gerade weil es absurd schien, einen Mord anzunehmen. Überblicken wir das vorhandene Material. Entwerfen wir ein Bild des Verstorbenen. Wir wissen wenig von ihm; was wir wissen, entnehmen wir den Worten unseres sympathischen Gastes. Herr Gygax war der Generalvertreter des Hephaiston-Kunststoffes, dem wir all die angenehmen Eigenschaften, die ihm unser liebster Alfredo nachsagt, gerne zutrauen. Er war ein Mensch, dürfen wir folgern, der aufs Ganze ging, seine Untergebenen rücksichtslos ausnutzte, der Geschäfte zu machen verstand, wenn auch die Mittel, mit denen er diese Geschäfte abschloss, oft mehr als bedenklich waren.«

»Das stimmt«, rief Traps begeistert, »der Gauner ist vollendet getroffen!«

»Weiter dürfen wir schließen«, fuhr der Staatsanwalt fort, »dass er gegen außen gern den Robusten, den Kraftmeier, den erfolgreichen Geschäftsmann spielte, jeder Situation gewachsen und mit allen Wassern gewaschen, weshalb Gygax denn auch die schwere Herzkrankheit aufs sorgsamste geheim hielt, auch hier zitieren wir Alfredo, nahm er doch dieses Leiden in einer Art trotziger Wut hin, wie wir uns denken können, als einen persönlichen Prestigeverlust sozusagen.«

»Wunderbar«, staunte der Generalvertreter, das sei geradezu Hexerei, und er würde wetten, dass Kurt mit dem Verstorbenen bekannt gewesen sei.

Er solle doch schweigen, zischte der Verteidiger.

»Dazu kommt«, erklärte der Staatsanwalt, »wollen wir das Bild des Herrn Gygax vervollständigen, dass der

Verstorbene seine Frau vernachlässigte, die wir uns als ein leckeres und gutgebautes Frauenzimmerchen zu denken haben – wenigstens hat sich unser Freund so ungefähr ausgedrückt. Für Gygax zählte nur der Erfolg, das Geschäft, das Äußere, die Fassade, und wir können mit einer gewissen Wahrscheinlichkeit vermuten, dass er von der Treue seiner Frau überzeugt und der Meinung gewesen war, eine zu außergewöhnliche Erscheinung zu sein und ein zu exzeptionelles Mannsbild, um bei seiner Gattin auch nur den Gedanken an einen Ehebruch hochkommen zu lassen, weshalb es denn für ihn ein harter Schlag gewesen sein müsste, hätte er von der Untreue seiner Frau mit unserem Casanova von der Schlaraffia erfahren.«

Alle lachten, und Traps schlug sich auf die Schenkel. »Er war es auch«, bestätigte er strahlend die Vermutung des Staatsanwalts. »Es gab ihm den Rest, als er dies erfuhr.«

»Sie sind einfach toll«, stöhnte der Verteidiger.

Der Staatsanwalt hatte sich erhoben und sah glücklich zu Traps hinüber, der mit seinem Messer am Tête de Moine schabte. »Ei«, fragte er, »wie erfuhr er denn davon, der alte Sünder? Gestand ihm sein leckeres Frauchen?«

»Dazu war es zu feige, Herr Staatsanwalt«, antwortete Traps, »es fürchtete sich vor dem Gangster gewaltig.«

»Kam Gygax selber dahinter?«

»Dazu war er zu eingebildet.«

»Gestandest etwa du, mein lieber Freund und Don Juan?«

Traps bekam unwillkürlich einen roten Kopf: »Aber nein, Kurt«, sagte er, »was denkst du auch. Einer seiner sauberen Geschäftsfreunde klärte den alten Gauner auf.«

»Wieso denn?«

»Wollte mich schädigen. War mir immer feindlich gesinnt.«

»Menschen gibt's«, staunte der Staatsanwalt. »Doch wie erfuhr denn dieser Ehrenmann von deinem Verhältnis?«

»Habe es ihm erzählt.«

»Erzählt?«

»Na ja – bei einem Glase Wein. Was erzählt man nicht alles.«

»Zugegeben«, nickte der Staatsanwalt, »aber du sagtest doch eben, dass dir der Geschäftsfreund des Herrn Gygax feindlich gesinnt war. Bestand da nicht von *vornherein* die Gewissheit, dass der alte Gauner alles erfahren würde?«

Nun mischte sich der Verteidiger energisch ein, erhob sich sogar, schweißübergossen, der Kragen seines Gehrocks aufgeweicht. Er möchte Traps darauf aufmerksam machen, erklärte er, dass diese Frage nicht beantwortet werden müsse.

Traps war anderer Meinung.

»Warum denn nicht?«, sagte er. »Die Frage ist doch ganz harmlos. Es konnte mir doch gleichgültig sein, ob Gygax davon erführe oder nicht. Der alte Gangster handelte mir gegenüber derart rücksichtslos, dass ich nun wirklich nicht den Rücksichtsvollen spielen musste.«

Einen Augenblick war es wieder still im Zimmer, totenstill, dann brach Tumult aus, Übermut, homerisches Gelächter, ein Orkan an Jubel. Der Glatzköpfige, Schweigsame umarmte Traps, küsste ihn, der Verteidiger verlor den Zwicker vor Lachen, einem solchen Angeklagten könne man einfach nicht böse sein, während der Richter und der Staatsanwalt im Zimmer herumtanzten, an die Wände polterten, sich die Hände schüttelten, auf die Stühle kletterten,

Flaschen zerschmetterten, vor Vergnügen den unsinnigsten Schabernack trieben. Der Angeklagte gestehe aufs Neue, krächzte der Staatsanwalt mächtig ins Zimmer, nun auf der Lehne eines Stuhles sitzend, der liebe Gast sei nicht genug zu rühmen, er spiele das Spiel vortrefflich. »Der Fall ist deutlich, die letzte Gewissheit gegeben«, fuhrt er fort, auf dem schwankenden Stuhl wie ein verwittertes barockes Monument. »Betrachten wir den Verehrten, unseren liebsten Alfredo! Diesem Gangster von einem Chef war er also ausgeliefert, und er fuhr in seinem Citroën durch die Gegend. Noch vor einem Jahr! Er hätte stolz darauf sein können, unser Freund, dieser Vater von vier Kinderchen, dieser Sohn eines Fabrikarbeiters. Und mit Recht. Noch im Kriege war er Hausierer gewesen, nicht einmal das, ohne Patent, ein Vagabund mit illegitimer Textilware, ein kleiner Schwarzhändler, mit der Bahn von Dorf zu Dorf oder zu Fuß über Feldwege, oft kilometerweit durch dunkle Wälder nach fernen Höfen, eine schmutzige Ledertasche umgehängt, oder gar einen Korb, einen halbgeborstenen Koffer in der Hand. Nun hatte er sich verbessert, in ein Geschäft eingenistet, war Mitglied der liberalen Partei, im Gegensatz zu seinem Marxistenvater. Doch wer ruht auf dem Aste aus, der endlich erklettert ist, wenn über ihm, dem Wipfel zu, poetisch gesagt, sich weitere Äste mit noch besseren Früchten zeigen? Zwar verdiente er gut, flitzte mit seinem Citroën von Textilgeschäft zu Textilgeschäft, die Maschine war nicht schlecht, doch unser lieber Alfredo sah links und rechts neue Modelle auftauchen, vorbeisausen, ihm entgegenbrausen und ihn überholen. Der Wohlstand stieg im Land, wer wollte da nicht mittun?«

»Genau so war es, Kurt«, strahlte Traps. »Genau so.«

Der Staatsanwalt war nun in seinem Element, glücklich, zufrieden wie ein reich beschertes Kind.

»Das war leichter beschlossen als getan«, erläuterte er, immer noch auf der Lehne seines Stuhls, »sein Chef ließ ihn nicht hochkommen, bösartig, zäh nützte er ihn aus, gab ihm Vorschüsse auf neue Bindungen, wusste ihn immer unbarmherziger zu fesseln!«

»Sehr richtig«, schrie der Generalvertreter empört. »Sie haben keine Ahnung, meine Herren, wie ich in die Zange genommen wurde vom alten Gangster!«

»Da musste aufs Ganze gegangen werden«, sagte der Staatsanwalt.

»Und wie!«, bestätigte Traps.

Die Zwischenrufe des Angeklagten befeuerten den Staatsanwalt, er stand nun auf dem Stuhl, die Serviette, die er wie eine Fahne schwang, bespritzt mit Wein, Salat auf der Weste, Tomatensauce, Fleischreste. »Unser lieber Freund ging zuerst geschäftlich vor, auch hier nicht ganz fair, wie er selber zugibt. Wir können uns ungefähr ein Bild machen, wie. Er setzte sich heimlich mit den Lieferanten seines Chefs in Verbindung, sondierte, versprach bessere Bedingungen, stiftete Verwirrung, unterredete sich mit anderen Textilreisenden, schloss Bündnisse und gleichzeitig Gegenbündnisse. Doch dann kam er auf die Idee, noch einen anderen Weg einzuschlagen.«

»Noch einen andern Weg?«, staunte Traps.

Der Staatsanwalt nickte. »Dieser Weg, meine Herren, führte über das Kanapee in der Wohnung Gygaxens direkt in dessen Ehebett.«

Alles lachte, besonders Traps. »Wirklich«, bestätigte er, »es war ein böser Streich, den ich da dem alten Gangster spielte. Die Situation war aber auch zu komisch, denke ich zurück. Ich habe mich zwar bis jetzt eigentlich geschämt, dies zu tun, wer ist sich gern über sich selber im Klaren, ganz saubere Wäsche hat ja keiner, doch unter so verständnisvollen Freunden wird die Scham etwas Lächerliches, Unnötiges. Merkwürdig! Ich fühle mich verstanden und beginne auch mich zu verstehen, als mache ich mit einem Menschen Bekanntschaft, der ich selber bin, den ich vorher nur von ungefähr kannte als einen Generalvertreter in einem Studebaker, mit Frau und Kind irgendwo.«

»Wir stellen mit Vergnügen fest«, sagte darauf der Staatsanwalt mit Wärme und Herzlichkeit, »dass unserem Freunde ein Lichtchen aufgeht. Helfen wir weiter, damit es taghell werde. Spüren wir seinen Motiven nach mit dem Eifer fröhlicher Archäologen, und wir stoßen auf die Herrlichkeit versunkener Verbrechen. Er begann mit Frau Gygax ein Verhältnis. Wie kam er dazu? Er sah das leckere Frauenzimmerchen, können wir uns ausdenken. Vielleicht war es einmal spät abends, vielleicht im Winter, so um sechs herum (Traps: »Um sieben, Kurtchen, um sieben!«), als die Stadt schön nächtlich war, mit goldenen Straßenlaternen, mit erleuchteten Schaufenstern und Kinos und grünen und gelben Leuchtreklamen überall, gemütlich, wollüstig, verlockend. Er war mit dem Citroën über die glitschigen Straßen nach dem Villenviertel gefahren, wo sein Chef wohnte (Traps begeistert dazwischen: »Ja, ja, Villenviertel!«), eine Mappe unter dem Arm, Aufträge, Stoffmuster, eine wichtige Entscheidung war zu fällen, doch befand sich Gygaxens Limousine nicht an ihrem gewohnten Platz am Trottoirrand, trotzdem ging er durch den dunklen Park, läutete, Frau Gygax öffnete, ihr Gatte käme heute nicht nach Hause und ihr Dienstmädchen sei ausgegangen, sie war im Abendkleid, oder, noch besser, im Bademantel, trotzdem solle doch Traps einen Aperitif nehmen, sie lade ihn herzlich ein, und so saßen sie im Salon beieinander.«

Traps staunte. »Wie du das alles weißt, Kurtchen! Das ist ja wie verhext!«

»Übung«, erklärte der Staatsanwalt. »Die Schicksale spielen sich alle gleich ab. Es war nicht einmal eine Verführung, weder von Seiten Trapsens noch von jener der Frau, es war eine Gelegenheit, die er ausnützte. Sie war allein und langweilte sich, dachte an nichts Besonderes, war froh, mit jemandem zu sprechen, die Wohnung angenehm warm, und unter dem Bademantel mit den bunten Blumen trug sie nur das Nachthemd, und als Traps neben ihr saß und ihren weißen Hals sah, den Ansatz ihrer Brust, und als sie plauderte, böse über ihren Mann, enttäuscht, wie unser Freund wohl spürte, begriff er erst, dass er hier ansetzen müsse, als er schon angesetzt hatte, und dann erfuhr er bald alles über Gygax, wie bedenklich es mit seiner Gesundheit stehe, wie jede große Aufregung ihn töten könne, sein Alter, wie grob und böse er mit seiner Frau sei und wie felsenfest überzeugt von ihrer Treue, denn von einer Frau, die sich an ihrem Mann rächen will, erfährt man alles, und so fuhr er fort mit dem Verhältnis, denn nun war es eben seine Absicht, denn nun ging es ihm darum, seinen Chef mit allen Mitteln zu ruinieren, komme, was da wolle, und so kam denn der Augenblick, wo er alles in der Hand hatte, Geschäftspartner,

Lieferanten, die weiße, mollige, nackte Frau in den Nächten, und so zog er die Schlinge zu, beschwor den Skandal herauf. Absichtlich. Auch darüber sind wir nun schon im Bilde: trauliche Dämmerstunde, Abendstunde auch hier. Unseren Freund finden wir in einem Restaurant, sagen wir in einer Weinstube der Altstadt, etwas überheizt, alles währschaft, patriotisch, gediegen, auch die Preise, Butzenscheiben, der stattliche Wirt (Traps: »Im Rathauskeller, Kurtchen!«), die stattliche Wirtin, wie wir nun korrigieren müssen, umrahmt von den Bildern der toten Stammgäste, ein Zeitungsverkäufer, der durchs Lokal wandert, es wieder verlässt, später Heilsarmee, Lieder singend, ›Lasst den Sonnenschein herein‹, einige Studenten, ein Professor, auf einem Tisch zwei Gläser und eine gute Flasche, man lässt sich's was kosten, in der Ecke endlich, bleich, fett, schweißbetaut mit offenem Kragen, schlagflüssig wie das Opfer, auf das nun gezielt wird, der saubere Geschäftsfreund, verwundert, was dies alles zu bedeuten, weshalb Traps ihn auf einmal eingeladen habe, aufmerksam zuhörend, aus Trapsens eigenem Munde den Ehebruch vernehmend, um dann, Stunden später, wie es nicht anders sein konnte und wie es unser Alfredo vorausgesehen hatte, zum Chef zu eilen, aus Pflichtgefühl, Freundschaft und innerem Anstand den Bedauernswerten aufzuklären.«

»So ein Heuchler!«, rief Traps, gebannt mit runden glänzenden Augen der Schilderung des Staatsanwalts zuhörend, glücklich, die Wahrheit zu erfahren, seine stolze, kühne, einsame Wahrheit.

Dann:

»So kam denn das Verhängnis, der genau berechnete

Augenblick, da Gygax alles erfuhr, noch konnte der alte Gangster heimfahren, stellen wir uns vor, wuterfüllt, schon im Wagen Schweißausbruch, Schmerzen in der Herzgegend, zitternde Hände, Polizisten, die ärgerlich pfiffen, Verkehrszeichen, die übersehen wurden, mühsamer Gang von der Garage zur Haustüre, Zusammenbruch, noch im Korridor vielleicht, während ihm die Gattin entgegentrat, das schmucke leckere Frauenzimmerchen; es ging nicht sehr lange, der Arzt gab noch Morphium, dann hinüber, endgültig, noch ein unwichtiges Röcheln, Aufschluchzen von Seiten der Gattin, Traps, zu Hause im Kreise seiner Lieben, nimmt das Telephon ab, Bestürzung, innerer Jubel, Es-ist-erreicht-Stimmung, drei Monate später Studebaker.«

Erneutes Gelächter. Der gute Traps, von einer Verblüffung in die andere gerissen, lachte mit, wenn auch leicht verlegen, kratzte sich im Haar, nickte dem Staatsanwalt anerkennend zu, doch nicht unglücklich. Er war sogar guter Laune. Er fand den Abend aufs beste gelungen; dass man ihm einen Mord zumutete, bestürzte ihn zwar ein wenig und machte ihn nachdenklich, ein Zustand, den er jedoch als angenehm empfand, stieg doch eine Ahnung von höheren Dingen, von Gerechtigkeit, von Schuld und Sühne in ihm hoch, erfüllte ihn mit Staunen. Die Furcht, die er nicht vergessen hatte, die ihn im Garten, und dann später bei den Heiterkeitsausbrüchen der Tafelrunde überfallen hatte, kam ihm jetzt unbegründet vor, erheiterte ihn. Alles war so menschlich. Er war gespannt auf das Weitere. Die Gesellschaft siedelte in den Salon zum schwarzen Kaffee über, torkelnd, mit stolperndem Verteidiger, in einen mit Nippsachen und Vasen überladenen Raum. Enorme Stiche an den Wänden, Stadtansichten, Historisches, Rütlischwur, Schlacht bei Laupen, Untergang der Schweizergarde, das Fähnlein der sieben Aufrechten, Gipsdecke, Stuckatur, in der Ecke ein Flügel, bequeme Sessel, niedrig, riesig, Stickereien darauf, fromme Sprüche, ›Wohl dem, der den Weg des Gerechten wandelt‹, ›Ein gutes Gewissen ist das beste Ruhekissen‹. Durch die offenen Fenster sah man die Landstraße, ungewiss zwar in der Dunkelheit, mehr Ahnung, doch märchenhaft, versunken, mit schwebenden Lichtern und Scheinwerfern der Automobile, die in dieser Stunde nur spärlich rollten, ging es doch gegen zwei. Was Mitreißenderes als die Rede Kurtchens habe er noch gar nicht erlebt, meinte Traps. Im Wesentlichen sei dazu nicht viel zu bemerken, einige leise Berichtigungen, gewiss, die seien angebracht. So sei der saubere Geschäftsfreund etwa klein und hager gewesen, und mit steifem Kragen, durchaus nicht verschwitzt, und Frau Gygax habe ihn nicht in einem Bademantel empfangen, sondern in einem freilich weit ausgeschnittenen Kimono, so dass ihre herzliche Einladung auch bildlich gemeint gewesen sei – das war einer seiner Witze, ein Exempel seines bescheidenen Humors –, auch habe der verdiente Infarkt den Obergangster nicht im Hause, sondern in seinen Lagerräumen getroffen, während eines Föhnsturms, noch eine Einlieferung ins Spital, dann Herzriss und Abgang, doch dies sei, wie gesagt, unwesentlich, und vor allem stimme es genau, was da sein prächtiger Busenfreund und Staatsanwalt erläutert habe, er hätte sich wirklich mit Frau Gygax nur eingelassen, um den alten Gauner zu ruinieren, ja, er erinnere sich nun deutlich, wie er in dessen Bett über dessen Gattin auf dessen Photographie gestarrt habe, auf dieses unsympathische, dicke Gesicht mit der Hornbrille vor den glotzenden Augen, und wie die Ahnung als eine wilde Freude über ihn gekommen sei, mit dem, was er nun so lustig und eifrig betreibe, ermorde er recht eigentlich seinen Chef, mache er ihm kaltblütig den Garaus.

Man saß schon in den weichen Sesseln mit den frommen Sprüchen, als dies Traps erklärte, griff nach den heißen Kaffeetässchen, rührte mit den Löffelchen, trank dazu einen Kognak aus dem Jahre 1893, Roffignac, aus großen bauchigen Gläsern.

Somit komme er zum Strafantrag, verkündete der Staatsanwalt, quer in einem monströsen Backensessel sitzend, die Beine mit den verschiedenen Socken (grauschwarz kariert – grün) über eine Lehne hochgezogen. Freund Alfredo habe nicht dolo indirecto gehandelt, als wäre der Tod nur zufällig erfolgt, sondern dolo malo, mit böswilligem Vorsatz, worauf ja schon die Tatsachen wiesen, dass er einerseits selbst den Skandal provoziert, anderseits nach dem Tode des Obergangsters dessen leckeres Frauchen nicht mehr besucht habe, woraus zwangsläufig folge, dass die Gattin nur ein Werkzeug für seine blutrünstigen Pläne gewesen sei, die galante Mordwaffe sozusagen, dass somit ein Mord vorliege, auf eine psychologische Weise durchgeführt, derart, dass, außer einem Ehebruch, sich nichts Gesetzwidriges ereignet habe, freilich scheinbar nur, weshalb er denn, da sich dieser Schein nun verflüchtigt, ja nachdem der teure Angeklagte selbst aufs freundlichste gestanden, als Staatsanwalt das Vergnügen habe – und damit komme er an den Schluss seiner Würdigung –, vom hohen Richter die Todesstrafe für Alfredo Traps zu fordern als Belohnung für ein Verbrechen, das Bewunderung, Staunen, Respekt verdiene und ein Anrecht darauf habe, als eines der außerordentlichsten des Jahrhunderts zu gelten.

Man lachte, klatschte Beifall und stürzte sich auf die Torte, die Simone nun hereinbrachte. Zur Krönung des Abends, wie sie sagte. Draußen stieg als Attraktion ein später Mond auf, eine schmale Sichel, mäßiges Rauschen in den Bäumen, sonst Stille, auf der Straße nur selten noch ein Automobil, dann irgendein verspäteter Heimkehrer, vorsichtig, leicht im Zickzack. Der Generalvertreter fühlte sich geborgen, saß neben Pilet in einem weichen plauschigen Kanapee, Spruch: ›Hab oft im Kreise der Lieben‹, legte den Arm um den Schweigsamen, der nur von Zeit zu Zeit ein staunendes »Fein« mit windigem, zischendem F verlauten ließ, schmiegte sich an seine pomadige Eleganz. Mit Zärtlichkeit. Mit Gemütlichkeit. Wange an Wange. Der Wein hatte ihn schwer und friedlich gemacht, er genoss es, in der verständnisvollen Gesellschaft wahr, sich selber zu sein, kein Geheimnis mehr zu haben, weil keines mehr nötig war, gewürdigt zu sein, verehrt, geliebt, verstanden, und der Gedanke, einen Mord begangen zu haben, überzeugte ihn immer mehr, rührte ihn, verwandelte sein Leben, machte es schwieriger, heldischer, kostbarer. Er begeisterte ihn geradezu. Er hatte den Mord geplant und ausgeführt – stellte er sich nun vor –, um vorwärtszukommen, aber dies nicht eigentlich beruflich, aus finanziellen Gründen etwa, aus dem Wunsche nach einem Studebaker heraus, sondern – das war das Wort – um ein wesentlicher, ein tieferer Mensch zu werden, wie ihm schwante – hier an der Grenze seiner Denkkraft –, würdig der Verehrung, der Liebe von gelehrten, studierten Männern, die ihm nun – selbst Pilet – wie jene urweltlichen Magier vorkamen, von denen er einmal im *Reader's Digest* gelesen hatte, die jedoch nicht nur das Geheimnis der Sterne, sondern mehr, auch das Geheimnis der Justiz kannten (er berauschte sich an diesem Wort), welche er in seinem Textilbranchenleben nur als eine abstrakte Schikane gekannt hatte und die nun wie eine ungeheure, unbegreifliche Sonne über seinen beschränkten Horizont stieg, als eine nicht ganz begriffene Idee, die ihn darum nur umso mächtiger erschauern, erbeben ließ; und so hörte er denn, goldbraunen Kognak schlürfend, zuerst tief verwundert, dann immer entrüsteter den Ausführungen des dicken Verteidigers zu, diesen eifrigen Versuchen, seine Tat in etwas Gewöhnliches, Bürgerliches, Alltägliches zurückzuverwandeln. Er habe mit Vergnügen der erfindungsreichen Rede des Herrn Staatsanwalts zugehört, führte Herr Kummer aus, den Zwicker vom roten, aufgequollenen Fleischklumpen seines Gesichts hebend und mit kleinen, zierlichen geometrischen Gesten dozierend. Gewiss, der alte Gangster Gygax sei tot, sein Klient habe schwer unter ihm zu leiden gehabt, sich auch in eine wahre Animosität gegen ihn hineingesteigert, ihn zu stürzen versucht, wer wolle dies bestreiten, wo komme dies nicht vor, phantastisch sei es nur, diesen Tod eines herzkranken Geschäftsmannes als Mord hinzustellen (»Aber ich habe doch gemordet!«, protestierte Traps, wie aus allen Wolken gefallen). Im Gegensatz zum Staatsanwalt halte er den Angeklagten für unschuldig, ja nicht zur Schuld fähig. (Traps dazwischen, nun schon erbittert: »Aber ich bin doch schuldig!«) Der Generalvertreter des Hephaiston-Kunststoffes sei ein Beispiel für viele. Wenn er ihn als der Schuld unfähig bezeichne, so wolle er damit nicht behaupten, dass er schuldlos sei, im Gegenteil. Traps sei vielmehr verstrickt in alle möglichen Arten von Schuld, er ehebrüchle, schwindle sich durchs Leben mit einer gewissen Bösartigkeit bisweilen, aber nicht etwa so, dass sein Leben nur aus Ehebruch und Schwindelei bestände, nein, nein, es habe auch seine positiven Seiten, durchaus seine Tugenden. Freund Alfredo sei fleißig, hartnäckig, ein treuer Freund seiner Freunde, versuche seinen Kindern eine bessere Zukunft zu ermöglichen, staatspolitisch zuverlässig, man nehme alles nur in allem, nur sei er vom Unkorrekten wie angesäuert, leicht verdorben, wie dies eben bei manchem Durchschnittsleben der Fall sei, der Fall sein müsse, doch gerade deshalb wieder sei er zur großen, reinen, stolzen Schuld, zur entschlossenen Tat, zum eindeutigen Verbrechen nicht fähig. (Traps: »Verleumdung, pure Verleumdung!«) Er sei nicht ein Verbrecher, sondern ein Opfer der Epoche, des Abendlandes, der Zivilisation, die, ach, den Glauben (immer wolkiger werdend), das Christentum, das Allgemeine mehr und mehr verloren habe, chaotisch sei, so dass dem Einzelnen kein Leitstern blinke, Verwirrung, Verwilderung als Resultat auftrete, Faustrecht und Fehlen einer wahren Sittlichkeit. Was sei nun geschehen? Dieser Durchschnittsmensch sei gänzlich unvorbereitet einem raffinierten Staatsanwalt in die Hände gefallen. Sein instinktives Walten und Schalten in der Textilbranche, sein Privatleben, all die Abenteuer eines Daseins, das sich aus Geschäftsreisen, aus dem Kampf um den Brotkorb und aus mehr oder weniger harmlosen Vergnügungen zusammengesetzt habe, seien nun durchleuchtet, durchforscht, seziert worden, unzusammenhängende Tatsachen seien zusammengeknüpft, ein logischer Plan ins Ganze geschmuggelt, Vorfälle als Ursachen von Handlungen dargestellt worden, die auch gut hätten anders geschehen können, Zufall hätte man in Absicht, Gedankenlosigkeit in Vorsatz verdreht, so dass schließlich zwangsläufig dem Verhör ein Mörder entsprungen sei wie dem Zylinder des Zauberers ein Kaninchen. (Traps: »Das ist nicht wahr!«) Betrachte man den Fall Gygax nüchtern, objektiv, ohne den Mystifikationen des Staatsanwalts zu erliegen, so komme man zum Resultat, dass der alte Gangster seinen Tod im Wesentlichen sich selbst zu verdanken habe, seinem unordentlichen Leben, seiner Konstitution. Was die Managerkrankheit bedeute, wisse man zur Genüge, Unrast, Lärm, zerrüttete Ehe und Nerven, doch sei am eigentlichen Infarkt der Föhnsturm schuld gewesen, den Traps erwähnt habe, gerade der Föhn spiele bei Herzgeschichten eine Rolle (Traps: »Lächerlich!«), so dass es sich eindeutig um einen bloßen Unglücksfall handle. Natürlich sei sein Klient rücksichtslos vorgegangen, doch sei er nun eben den Gesetzen des Geschäftslebens unterworfen, wie er ja selber immer wieder betone, natürlich hätte er oft seinen Chef am liebsten getötet, was denke man nicht alles, was tue man nicht alles in Gedanken, aber eben nur in Gedanken, eine Tat außerhalb dieser Gedanken sei weder vorhanden noch feststellbar. Es sei absurd, dies anzunehmen, noch absurder jedoch, wenn sich sein Klient nun selber einbilde, einen Mord begangen zu haben, er habe gleichsam zu seiner Autopanne noch eine zweite, eine geistige Panne erlitten, und somit beantrage er, der Verteidiger, für Alfredo Traps den

Freispruch usw. usw. Immer mehr ärgerte den Generalvertreter dieser wohlmeinende Nebel, mit dem sein schönes Verbrechen zugedeckt wurde, in welchem es sich verzerrte, auflöste, unwirklich, schattenhaft, ein Produkt des Barometerstandes wurde. Er fühlte sich unterschätzt, und so begehrte er denn auch weiterhin auf, kaum hatte der Verteidiger geendet. Er erklärte, entrüstet und sich erhebend, einen Teller mit einem neuen Stück Torte in der Rechten, sein Glas Roffignac in der Linken, er möchte, bevor es zum Urteil komme, nur noch einmal auf das Bestimmteste beteuern, dass er der Rede des Staatsanwalts zustimme – Tränen traten hier in seine Augen –, es sei ein Mord gewesen, ein bewusster Mord, das sei ihm jetzt klar, die Rede des Verteidigers dagegen habe ihn tief enttäuscht, ja entsetzt, gerade von ihm hätte er Verständnis erhofft, erhoffen dürfen, und so bitte er um das Urteil, mehr noch, um Strafe, nicht aus Kriecherei, sondern aus Begeisterung, denn erst in dieser Nacht sei ihm aufgegangen, was es heiße, ein *wahrhaftes* Leben zu führen (hier verwirrte sich der Gute, Wackere), wozu eben die höheren Ideen der Gerechtigkeit, der Schuld und der Sühne nötig seien wie jene chemischen Elemente und Verbindungen, aus denen sein Kunststoff zusammengebraut werde, um bei seiner Branche zu bleiben, eine Erkenntnis, die ihn neu geboren habe, jedenfalls – sein Wortschatz außerhalb seines Berufs gestalte sich etwas dürftig, man möge verzeihen, so dass er kaum auszudrücken in der Lage sei, was er eigentlich meine – jedenfalls scheine ihm Neugeburt der gemäße Ausdruck für das Glück zu sein, das ihn nun wie ein mächtiger Sturmwind durchwehe, durchbrause, durchwühle.

So kam es denn zum Urteil, das der kleine, nun auch schwerbetrunkene Richter unter Gelächter, Gekreisch, Jauchzen und Jodelversuchen (des Herrn Pilet) bekanntgab, mit Mühe, denn nicht nur, dass er auf den Flügel in der Ecke geklettert war, oder besser, in den Flügel, denn er hatte ihn vorher geöffnet, auch die Sprache selbst machte hartnäckige Schwierigkeiten. Er stolperte über Wörter, andere verdrehte er wieder oder er verstümmelte sie, fing Sätze an, die er nicht mehr bewältigen konnte, knüpfte an an solche, deren Sinn er längst vergessen hatte, doch war der Gedankengang im Großen und Ganzen noch zu erraten. Er ging von der Frage aus, wer denn recht habe, der Staatsanwalt oder der Verteidiger, ob Traps eines der außerordentlichsten Verbrechen des Jahrhunderts begangen habe oder unschuldig sei. Keiner der beiden Ansichten könne er so recht beistimmen. Traps sei zwar wirklich dem Verhör des Staatsanwaltes nicht gewachsen gewesen, wie der Verteidiger meine, und habe aus diesem Grunde vieles zugegeben, was sich in dieser Form nicht ereignet habe, doch habe er dann wieder gemordet, freilich nicht aus teuflischem Vorsatz, nein, sondern allein dadurch, dass er sich die Gedankenlosigkeit der Welt zu eigen gemacht habe, in der er als Generalvertreter des Hephaiston-Kunststoffes nun einmal lebe. Er habe getötet, weil es ihm das Natürlichste sei, jemanden an die Wand zu drücken, rücksichtslos vorzugehen, geschehe, was da wolle. In der Welt, die er mit seinem Studebaker durchsause, wäre ihrem lieben Alfredo nichts geschehen, hätte ihm nichts geschehen können, doch nun habe er die Freundlichkeit gehabt, zu ihnen zu kommen in ihre stille weiße Villa (hier wurde nun der Richter nebelhaft und brachte das Folgende eigentlich nur noch unter freudigem Schluchzen hervor, unterbrochen hin und wieder von einem gerührten, gewaltigen Niesen, wobei sein kleiner Kopf von einem mächtigen Taschentuch umhüllt wurde, was ein immer gewaltigeres Gelächter der Übrigen hervorrief), zu vier alten Männern, die in seine Welt hineingeleuchtet hätten mit dem reinen Strahl der Gerechtigkeit, die freilich seltsame Züge trage, er wisse, wisse, wisse es, aus vier verwitterten Gesichtern grinse, sich im Monokel eines greisen Staatsanwaltes spiegle, im Zwicker eines dicken Verteidigers, aus dem zahnlosen Munde eines betrunkenen, schon etwas lallenden Richters kichere und auf der Glatze eines abgedankten Henkers rot aufleuchte (die andern, ungeduldig über diese Dichterei: »Das Urteil, das Urteil!«), die eine groteske, schrullige, pensionierte Gerechtigkeit sei, aber auch als solche eben *die* Gerechtigkeit (die andern im Takt: »Das Urteil, das Urteil!«), in deren Namen er nun ihren besten, teuersten Alfredo zum Tode verurteile (der Staatsanwalt, der Verteidiger, der Henker und Simone: Hallo und Juchhei; Traps, nun auch schluchzend vor Rührung: »Dank, lieber Richter, Dank!«), obgleich juristisch nur darauf gestützt, dass der Verurteilte sich selbst als schuldig bekenne. Dies sei schließlich das Wichtigste. So freue es ihn denn, ein Urteil abgegeben zu haben, das der Verurteilte so restlos anerkenne, die Würde des Menschen verlange keine Gnade, und freudig nehme denn auch ihr verehrter Gastfreund die Krönung seines Mordes entgegen, die, wie er hoffe, unter nicht weniger angenehmen Umständen erfolgt sei als der Mord selber. Was beim Bürger, beim Durchschnittsmenschen als Zufall in Erscheinung trete, bei einem Unfall, oder als bloße Notwendigkeit der Natur, als Krankheit, als Verstopfung eines Blutgefäßes durch einen Embolus, als ein malignes Gewächs, trete hier als notwendiges, moralisches Resultat auf, erst hier vollende sich das Leben folgerichtig im Sinne eines Kunstwerkes, werde die menschliche Tragödie sichtbar, leuchte sie auf, nehme eine makellose Gestalt an, vollende sich (die andern: »Schluss! Schluss!«), ja man dürfe es ruhig aussprechen: Erst im Aktus der Urteilsverkündigung, der aus dem Angeklagten einen Verurteilten mache, vollziehe sich der Ritterschlag der Gerechtigkeit, nichts Höheres, Edleres, Größeres könne es geben, als wenn ein Mensch zum Tode verurteilt werde. Dies sei nun geschehen. Traps, dieser vielleicht nicht ganz legitime Glückspilz – da im Grunde nur eine bedingte Todesstrafe zulässig wäre, von der er aber absehen wolle, um ihrem lieben Freunde keine Enttäuschung zu bereiten –, kurz, Alfredo sei ihnen jetzt ebenbürtig und würdig geworden, in ihr Kollegium als ein Meisterspieler aufgenommen zu werden usw. (die andern: »Champagner her!«).

Der Abend hatte seinen Höhepunkt erreicht. Der Champagner schäumte, die Heiterkeit der Versammelten war ungetrübt, schwingend, brüderlich, auch der Verteidiger wieder eingesponnen in das Netz der Sympathie. Die Kerzen niedergebrannt, einige schon verglommen, draußen die erste Ahnung vom Morgen, von verblassenden Sternen, fernem Sonnenaufgang, Frische und Tau. Traps war begeistert, zugleich müde, verlangte nach seinem Zimmer geführt zu werden, taumelte von einer Brust zur andern. Man lallte nur noch, man war betrunken, gewaltige Räusche füllten den Salon, sinnlose Reden, Monologe, da keiner mehr dem andern zuhörte. Man roch nach Rotwein und Käse, strich dem Generalvertreter durch die Haare, liebkoste, küsste den Glücklichen, Müden, der wie ein Kind war im Kreise von Großvätern und Onkeln. Der Glatzköpfige, Schweigende brachte ihn nach oben. Mühselig ging es die Treppe hoch, auf allen vieren, in der Mitte blieben sie stecken, ineinander verwickelt, konnten nicht mehr weiter, kauerten auf den Stufen. Von oben, durch ein Fenster, fiel eine steinerne Morgendämmerung, vermischte sich mit dem Weiß der verputzten Wände, dazu, von außen, die ersten Geräusche des werdenden Tages, vom fernen Bahnhöfchen her Pfeifen und andere Rangiergeräusche als vage Erinnerungen an seine verpasste Heimreise. Traps war glücklich, wunschlos wie noch nie in seinem Kleinbürgerleben. Blasse Bilder stiegen auf, ein Knabengesicht, wohl sein Jüngster, den er am meisten liebte, dann dämmerhaft, das Dörfchen, in welches er gelangt war infolge seiner Panne, das lichte Band der Straße, sich über eine kleine Erhöhung schwingend, der Bühl mit der Kirche, die mächtige rauschende Eiche mit den Eisenringen und den Stützen, die bewaldeten Hügel, endloser leuchtender Himmel dahinter, darüber, überall, unendlich. Doch da brach der Glatzköpfige zusammen, murmelte »will schlafen, will schlafen, bin müde, bin müde«, schlief dann auch wirklich ein, hörte nur noch, wie Traps nach oben kroch, später polterte ein Stuhl, der Glatzköpfige, Schweigsame wurde wach auf der Treppe, nur sekundenlang, noch voll von Träumen und Erinnerungen an versunkene Schrecken und Momente voll Grauens, dann war ein Wirrwarr von Beinen um ihn, den Schlafenden, denn die andern stiegen die Treppe herauf. Sie hatten, piepsend und krächzend, auf dem Tisch ein Pergament mit dem Todesurteil vollgekritzelt, ungemein rühmend gehalten, mit witzigen Wendungen, mit akademischen Phrasen, Latein und altem Deutsch, dann waren sie aufgebrochen, das Produkt dem schlafenden Generalvertreter auf das Bett zu legen, zur angenehmen Erinnerung an ihren Riesentrunk, wenn er des Morgens erwache. Draußen die Helligkeit, die Frühe, die ersten Vogelrufe grell und ungeduldig, und so kamen sie die Treppe herauf, trampelten über den Glatzköpfigen, Geborgenen. Einer hielt sich am andern, einer stützte sich auf den andern, wankend alle drei, nicht ohne Schwierigkeit, in der Wendung der Treppe besonders, wo Stockung, Rückzug, neues Vorrücken und Scheitern unvermeidlich waren. Endlich standen sie vor der Türe des Gastzimmers. Der Richter öffnete, doch erstarrte die feierliche Gruppe auf der Schwelle, der Staatsanwalt mit noch umgebundener Serviette: Im Fensterrahmen hing Traps, unbeweglich, eine dunkle Silhouette vor dem stumpfen Silber des Himmels, im schweren Duft der Rosen, so endgültig und so unbedingt, dass der Staatsanwalt, in dessen Monokel sich der immer mächtigere Morgen spiegelte, erst nach Luft schnappen musste, bevor er, ratlos und traurig über seinen verlorenen Freund, recht schmerzlich ausrief: »Alfredo, mein guter Alfredo! Was hast du dir denn um Gottes willen gedacht? Du verteufelst uns ja den schönsten Herrenabend!«

Patricia Highsmith
Ein seltsamer Selbstmord

Dr. Stephen McCullough hatte im Schnellzug Paris – Genf ein Erste-Klasse-Abteil ganz für sich allein. Er schmökerte in einer der medizinischen Fachzeitschriften, die er aus den USA mitgebracht hatte, aber er war unkonzentriert. Er spielte mit dem Gedanken an Mord. Deshalb hatte er auch den Zug genommen statt des Flugzeugs, um mehr Zeit zum Nachdenken oder auch nur zum Tagträumen zu haben.

Er war ein ernsthafter Mann von fünfundvierzig, leicht übergewichtig, mit einer vorspringenden, etwas breiten Nase, braunem Schnurrbart, Hornbrille, zurückweichendem Haaransatz. Seine Augenbrauen waren angespannt zusammengezogen aus einer inneren Angst, die seine Patienten oft für Anteilnahme an ihren eigenen Problemen hielten. In Wirklichkeit war er unglücklich verheiratet, und obwohl er sich weigerte, mit Lillian zu streiten oder, besser gesagt, ihr zu widersprechen, herrschte ein Misston zwischen ihnen. Gestern in Paris hatte er Lillian widersprochen, eigentlich wegen einer Lappalie: ob nun er oder sie die Handtasche in den Laden in der Rue Royale zurückbringen sollte, die Lillian plötzlich doch nicht mehr so gefiel. Er war wütend geworden, und zwar nicht etwa, weil er die Tasche zurückbringen musste, sondern weil er in einem schwachen

Moment eine Viertelstunde zuvor eingewilligt hatte, Roger Fane in Genf zu besuchen.

»So besuch ihn doch, Steve«, hatte Lillian gestern Morgen gesagt. »Du bist jetzt schon so nahe bei Genf, warum also nicht? Denk, wie Roger sich freuen wird.«

Freuen? Worüber denn? Aber Dr. McCullough hatte Roger in der amerikanischen Botschaft in Genf angerufen, und Roger war sehr liebenswürdig gewesen, ja viel zu liebenswürdig, und hatte gesagt, er solle unbedingt kommen und ein paar Tage bleiben, es sei reichlich Platz, um ihn unterzubringen. Dr. McCullough hatte eingewilligt, eine Nacht zu bleiben, danach wollte er nach Rom fliegen, um dort wieder mit Lillian zusammenzutreffen.

Dr. McCullough hasste Roger Fane. Es war die Sorte Hass, die selbst die Zeit nicht mildern kann. Roger Fane hatte vor siebzehn Jahren die Frau geheiratet, die Dr. McCullough liebte. Margaret. Letztes Jahr war Margaret auf einer Alpenstraße tödlich verunglückt. Roger Fane war aalglatt, umsichtig, ausgesprochen selbstzufrieden und nicht sehr intelligent. Vor siebzehn Jahren hatte Roger Fane Margaret erzählt, er, Dr. McCullough, habe heimlich eine Affäre mit einer anderen Frau. Daran war kein Fünkchen Wahrheit gewesen, aber ehe Stephen das noch beweisen konnte, hatte Margaret schon Roger geheiratet. Dr. McCullough hatte erwartet, dass die Ehe nicht lange halten würde, doch sie hatte gehalten, und schließlich hatte Dr. McCullough dann Lillian geheiratet, die Margaret im Gesicht ein wenig ähnelte, doch das war die einzige Gemeinsamkeit gewesen. In den ganzen siebzehn Jahren hatte Dr. McCullough Roger und Margaret vielleicht drei Mal getroffen, wenn die beiden auf

Kurzurlauben nach New York gekommen waren. Seit Margarets Tod hatte er Roger nicht mehr wiedergesehen.

Während der Zug durch das ländliche Frankreich schoss, sann Dr. McCullough darüber nach, wie viel Befriedigung es ihm bereiten würde, Roger Fane zu ermorden. Er hatte noch nie daran gedacht, jemanden zu ermorden, aber gestern Abend, als er in dem Pariser Hotel nach dem Telefonat mit Roger in der Badewanne gelegen hatte, war ihm ein Gedanke zum Thema Mord gekommen: Die meisten Mörder wurden ja gefasst, weil sie irgendwelche Spuren hinterließen, trotz aller Bemühungen, sie zu verwischen. Viele Mörder *wollten* wohl auch gefasst werden, und deshalb legten sie unbewusst eine Spur, die die Polizei dann geradewegs zu ihnen führte. Im Fall Leopold und Loeb zum Beispiel hatte der eine der beiden seine Brille am Tatort verloren. Doch angenommen, ein Mörder hinterließ absichtlich gleich ein ganzes Dutzend Indizien, praktisch bis hin zu seiner Visitenkarte? Es schien Dr. McCullough, dass dies den Verdächtigen geradezu entlasten müsste, allein weil es so offensichtlich wirkte. Vor allem, wenn die fragliche Person, so wie er, ein anständiger Mensch und kein gewalttätiger Typ war. Außerdem gäbe es kein erkennbares Motiv, denn Dr. McCullough hatte nicht einmal Lillian erzählt, dass er in die Frau verliebt gewesen war, die Roger Fane geheiratet hatte. Ein paar alte Freunde wussten natürlich davon, aber Dr. McCullough hatte weder Margaret noch Roger Fane in den letzten zehn Jahren je vor ihnen erwähnt.

Er stellte sich Rogers Wohnung förmlich und düster vor, allenfalls mit einer Haushälterin, die tagsüber darin herumwuselte und vermutlich auch dort schlief. Dienstpersonal würde die Sache komplizieren. Aber angenommen, es gab kein Personal, das in der Wohnung übernachtete, dann könnten Roger und er sich im Wohnzimmer oder in Rogers Arbeitszimmer einen Schlummertrunk genehmigen, und kurz vor dem Zubettgehen würde Dr. McCullough nach einem Briefbeschwerer oder einer Bodenvase greifen und … Danach würde er seelenruhig hinausspazieren. Allerdings müsste das Bett natürlich benutzt aussehen, da er ja zum Übernachten angekündigt war, also wäre der Morgen vielleicht geeigneter als der Abend. Hauptsache war, ruhig und auf die Minute genau die Wohnung zu verlassen. Letzten Endes stellte der Doktor aber fest, dass er so detaillierte Pläne doch nicht schmieden konnte.

Roger Fanes Straße in Genf sah genau so aus, wie Dr. McCullough sie sich ausgemalt hatte – eine enge, gewundene Straße, mit Geschäftsgebäuden zwischen alten Wohnhäusern –, und sie war nicht sonderlich gut beleuchtet, als Dr. McCulloughs Taxi abends gegen neun Uhr in sie einbog, doch in der gesetzestreuen Schweiz hatte man vermutlich auch in dunklen Straßen wenig zu befürchten. Als Reaktion auf sein Klingeln brummte der Summer an der Eingangstür, und Dr. McCullough drückte sie auf. Sie war so wuchtig wie die Tür einer Tresorkammer.

»Hallo!«, erklang Rogers fröhliche Stimme das Treppenhaus hinunter. »Komm herauf! Ich bin im dritten Stock. Im vierten, würde man bei euch wohl sagen.«

»Bin gleich da!«, rief Dr. McCullough, etwas zurückhaltend, weil er angesichts der vielen geschlossenen Wohnungstüren auf beiden Seiten der Eingangshalle nicht die Stimme erheben wollte. Er hatte Roger vom Bahnhof aus angerufen, weil Roger ihn eigentlich abholen wollte. Roger hatte sich entschuldigt und gesagt, er sei durch eine Besprechung im Büro aufgehalten worden und ob Steve nicht ein Taxi nehmen und direkt zu ihm nach Hause fahren könne. Dr. McCullough hegte den Verdacht, dass Roger keineswegs aufgehalten worden war, sondern ihm einfach nicht die Höflichkeit erweisen wollte, ihn vom Zug abzuholen.

»Na, Steve!« Roger begrüßte Dr. McCullough mit einem kräftigen Händedruck. »Wunderbar, dass du hier bist. Komm rein. Ist der schwer?« Roger wollte nach dem Koffer seines Gastes greifen, aber der Doktor kam ihm zuvor.

»Ach wo. Ich freue mich auch, Roger.« Er betrat die Wohnung.

Er sah orientalische Teppiche und geschwungene Lampen, die mattes Licht verströmten. Es war noch steifer, als Dr. McCullough es sich vorgestellt hatte. Roger wirkte etwas schmaler als früher. Er war kleiner als der Arzt und hatte schütteres blondes Haar. Sein schwächliches Gesicht lächelte ständig. Beide hatten schon zu Abend gegessen, daher nahmen sie einen Scotch im Wohnzimmer miteinander.

»Du triffst also morgen Lillian in Rom«, sagte Roger. »Schade, dass du nicht länger bleiben kannst. Ich hatte eigentlich vorgehabt, morgen Abend mit dir aufs Land zu fahren, um dich jemandem vorzustellen. Einer Frau«, setzte Roger mit einem Lächeln hinzu.

»Ach, wie schade! Aber ich nehme morgen die Ein-Uhr-Maschine. Schon in Paris gebucht.« Dr. McCullough merkte, dass er ganz mechanisch sprach. Seltsamerweise fühlte er sich beschwipst, obwohl er nur wenige Schlückchen von seinem Scotch getrunken hatte. Es lag an der Verlogenheit der Situation, glaubte er; es war verlogen, dass er überhaupt hier war und Freundschaft oder zumindest Wohlwollen vortäuschte. Rogers Lächeln erboste ihn, so fröhlich und dabei so gezwungen. Roger hatte Margaret mit keinem Wort erwähnt, obwohl Dr. McCullough ihn seit ihrem Tod nicht mehr gesehen hatte. Andererseits hatte sie auch der Doktor nicht erwähnt, seinem Gastgeber noch nicht einmal kondoliert. Doch allem Anschein nach hatte der bereits eine neue Frau im Visier. Roger war erst Anfang vierzig und hatte immer noch eine gute Figur und einen schalkhaften Blick. Und Margaret, dieses Juwel unter den Frauen, war für ihn einfach nur jemand, die ihm über den Weg gelaufen, eine Zeitlang geblieben und dann von ihm gegangen war, vermutete Dr. McCullough. Roger wirkte keinesfalls untröstlich.

Der Arzt verabscheute Roger noch ebenso sehr wie vorher im Zug, doch dessen physische Präsenz wirkte auf ihn geradezu unangenehm. Wenn er ihn umbrachte, würde er ihn berühren müssen, oder jedenfalls den Widerstand seines Körpers gegen den Gegenstand spüren, mit dem er ihn erschlug. Und wie stand es mit Dienstpersonal? Als könnte er Gedanken lesen, sagte Roger da:

»Bei mir kommt jeden Vormittag um zehn ein Mädchen zum Saubermachen, sie bleibt bis zwölf. Wenn du möchtest, dass sie irgendwas für dich macht, ein Hemd waschen und bügeln oder so, brauchst du es nur zu sagen. Sie ist sehr flink, oder kann's jedenfalls sein, wenn man sie darum bittet. Yvonne heißt sie.«

Dann klingelte das Telefon. Roger sprach französisch. Er verzog das Gesicht, als er sich offenbar zu etwas bereit erklärte, das ihm sein Gesprächspartner auftrug. Zu Dr. McCullough sagte er: »Wie ärgerlich – ausgerechnet jetzt. Ich soll morgen früh mit der ersten Maschine nach Zürich fliegen. Irgendwer kommt zu einem diplomatischen Noteinsatz und muss zum Frühstück willkommen geheißen werden. Tja, alter Junge, da werde ich wohl schon weg sein, ehe du noch aufgestanden bist.«

»Ach!« Dr. McCullough kicherte unwillkürlich. »Du meinst, wir Ärzte müssen nicht in aller Herrgottsfrühe raus? Selbstverständlich stehe ich mit dir auf, um dich zu verabschieden – am Flughafen.«

Rogers Lächeln wurde ein wenig breiter. »Na, wir werden sehen. Ich werde dich jedenfalls nicht extra wecken. Mach es dir bequem, ich will nur Yvonne einen Zettel schreiben, dass sie dir Kaffee und Brötchen herrichtet. Oder möchtest du lieber gegen elf einen Brunch?«

Dr. McCullough hörte Roger nicht richtig zu. Ihm war soeben ein rechteckiger Bleistifthalter aus Marmor aufgefallen, der auf dem Schreibtisch neben dem Telefon stand. Dann hob er den Blick zu Rogers hoher und leicht geröteter Stirn. »Brunch? Bloß nicht, danke«, sagte er versonnen. »Im Flugzeug stopfen sie einen ohnehin so voll.« Und dann sprangen seine Gedanken zu Lillian und dem Streit gestern Abend in Paris. Es brodelte immer noch in ihm. Hatte Roger sich jemals mit Margaret gestritten? Dr. McCullough konnte sich nicht vorstellen, dass Margaret unfair, ja gemein gewesen war. Kein Wunder, dass Roger so entspannt und ungetrübt in die Welt sah.

»Ich wollte, ich könnte deine Gedanken lesen«, sagte Roger und stand auf, um sich nachzuschenken.

Das Glas des Doktors war noch halb voll.

»Ich fühle mich ein wenig müde«, sagte Dr. McCullough und fuhr sich mit der Hand über die Stirn. Als er den Kopf wieder hob, sah er rechts auf der Kommode ein Foto von Margaret, das er vorher nicht bemerkt hatte. Margaret Mitte zwanzig: so hatte sie ausgesehen, als Roger sie geheiratet hatte, als Stephen sie so über alles geliebt hatte. Dr. McCullough sah jäh zu Roger hin. Sein Hass kehrte mit einer Wucht zurück, die ihn körperlich fast umwarf. »Wahrscheinlich sollte ich mich besser hinlegen«, sagte er, stellte sein Glas behutsam auf das Tischchen vor ihnen und erhob sich. Roger hatte ihm das Gästezimmer bereits gezeigt.

»Willst du sicher nicht noch einen Schluck?«, fragte Roger. »Du siehst ziemlich abgekämpft aus.« Roger grinste dreist und stand betont aufrecht vor ihm.

In Dr. McCullough stieg von neuem die Wut auf. Er griff mit einer Hand nach dem Marmorständer, und ehe Roger ausweichen konnte, schlug er ihm die Bodenfläche mit aller Kraft gegen die Stirn. Der Schlag war tödlich, das wusste der Doktor. Roger ging zu Boden und blieb schlaff und reglos liegen, ohne auch nur ein letztes Mal zu zucken. Der Doktor stellte das Marmorstück wieder an seinen Platz, hob den Bleistift und den Kugelschreiber auf, die herausgefallen waren, steckte sie in den Halter zurück und wischte dann mit seinem Taschentuch den Marmor ab, wo seine Finger ihn berührt hatten, und auch die beiden Schreibgeräte. Rogers Stirn blutete leicht. Er nahm Rogers noch warmes Handgelenk und fühlte keinen Puls. Dann ging er zur Tür hinaus und den Korridor entlang zu seinem Zimmer.

Am nächsten Morgen erwachte er um Viertel nach acht,

nach einem nicht besonders tiefen Schlaf. Er duschte im Bad, das zwischen seinem und Rogers Zimmer lag, rasierte sich, kleidete sich an und verließ das Haus um Viertel nach neun. Ein Korridor führte von seinem Zimmer an der Küche vorbei zur Wohnungstür; er brauchte also nicht durch das Wohnzimmer zu gehen, und selbst wenn er zur Tür hineingesehen hätte, die einen Spaltbreit offen stand, wäre Rogers Leiche nicht in seinem Blickwinkel gewesen. Dr. McCullough hatte auch gar nicht hineingesehen.

Um halb sechs landete er in Rom und nahm ein Taxi vom Flughafen zum Hotel Majestic, wo Lillian auf ihn wartete. Lillian war allerdings nicht auf dem Zimmer. Der Doktor ließ sich Kaffee bringen, und da fiel ihm auf, dass seine Aktentasche im Gepäck fehlte. Er hatte sich eigentlich aufs Bett legen, den Kaffee trinken und in seinen medizinischen Zeitschriften lesen wollen. Jetzt erinnerte er sich deutlich: Aus irgendeinem Grund hatte er die Aktentasche am vergangenen Abend bei Roger mit ins Wohnzimmer genommen. Es störte ihn nicht im Geringsten. Genau das hätte er sogar absichtlich getan, wenn es ihm eingefallen wäre. Sein Name und die New Yorker Adresse standen in dem Einsteckfach der Taschenklappe. Und Dr. McCullough nahm an, dass Roger seinen vollen Namen in irgendeinem Terminkalender notiert hatte, zusammen mit der Ankunftszeit.

Er traf Lillian in bester Laune wieder. Sie hatte in der Via Condotti üppig eingekauft. Sie aßen miteinander zu Abend und nahmen dann eine *carozza* zur Villa Borghese und von dort zur Piazza di Spagna und zur Piazza del Popolo. Wenn in den Zeitungen irgendetwas über Roger stand, so wusste Dr. McCullough jedenfalls nichts darüber. Er hatte sich nur die Pariser Ausgabe der Herald-Tribune gekauft, und die erschien morgens.

Die Nachricht traf am nächsten Morgen ein, als er mit Lillian bei Donay in der Via Veneto frühstückte. Es stand in der *Herald-Tribune,* die gleich auf der Titelseite ein Foto von Roger Fane brachte, ein ernstes, offizielles Porträt von ihm im Smokinghemd.

»Du lieber Gott!«, sagte Lillian. »Aber … das ist ja in der Nacht passiert, als du bei ihm warst!«

Dr. McCullough las über ihre Schulter in der Zeitung und mimte den Überraschten. »… starb irgendwann zwischen acht Uhr abends und drei Uhr früh«, las er vor. »Ich habe so gegen elf gute Nacht gesagt, glaube ich, und bin dann in mein Zimmer gegangen.«

»Und du hast überhaupt nichts *gehört*?«

»Nein. Mein Zimmer war am Ende eines Korridors. Die Tür hatte ich zugemacht.«

»Und am nächsten Morgen? Hast du da nicht …?«

»Ich hab dir doch erzählt, Roger musste einen Flug um sieben Uhr früh nehmen. Ich dachte, er sei längst weg. Etwa um neun bin ich aus dem Haus gegangen.«

»Und dabei lag er die ganze Zeit tot im Wohnzimmer!«, stieß Lillian entsetzt hervor. »Steve! Aber das ist ja schrecklich!«

War es das, fragte sich Dr. McCullough. War es so schrecklich für sie? Ihre Stimme klang nicht wirklich berührt. Er sah ihr in die geweiteten Augen. »Gewiss ist es schrecklich – aber ich habe bei Gott nichts damit zu tun. Mach dir keine Sorgen, Lillian.«

Als sie ins Hotel Majestic zurückkehrten, war die Polizei

da, sie erwarteten Dr. McCullough in der Empfangshalle. Es waren zwei Schweizer Kriminalbeamte in Zivil, und sie sprachen englisch. Sie befragten Dr. McCullough an einem Tisch in der Ecke der Hotelhalle. Lillian war, da ihr Mann darauf bestand, hinauf in ihr Zimmer gegangen. Dr. McCullough hatte sich gefragt, weshalb die Polizei nicht schon vor Stunden zu ihm gekommen war – schließlich war es kein Problem, die Passagierlisten der Flüge aus Genf zu überprüfen –, doch er erfuhr bald den Grund dafür. Yvonne, die Haushälterin, war am vergangenen Vormittag nicht gekommen, deshalb war Roger Fanes Leiche erst abends gegen sechs entdeckt worden, als man sich in seinem Büro wegen seines Ausbleibens Sorgen gemacht und jemanden zu ihm nach Hause geschickt hatte, um nachzusehen.

»Das hier ist Ihre Aktentasche, nehme ich an?«, sagte der schlanke blonde Polizist lächelnd und öffnete einen großen braunen Umschlag, den er unter dem Arm getragen hatte.

»Ja, ich danke Ihnen vielmals. Vorhin ist mir klargeworden, dass ich sie liegengelassen hatte.« Der Doktor nahm die Tasche entgegen und legte sie auf seinen Schoß.

Die beiden Schweizer musterten ihn stumm.

»Es ist ein ziemlicher Schock für mich«, sagte Dr. McCullough. »Ich kann es kaum fassen.« Ungeduldig wartete er darauf, dass sie ihm mit ihren Fragen auf die Pelle rückten – falls sie das überhaupt vorhatten – und ihn aufforderten, mit ihnen nach Genf zurückzufahren. Beide behandelten ihn geradezu ehrfürchtig.

»Wie gut kannten Sie Mr. Fane?«, fragte der eine der beiden.

»Nicht allzu gut. Ich kannte ihn zwar seit vielen Jahren,

aber wir waren nie eng befreundet. Ich hatte ihn bestimmt fünf Jahre nicht mehr gesehen.« Dr. McCullough sprach ruhig und in seinem gewohnten Tonfall.

»Mr. Fane war vollständig angezogen, also war er noch nicht zu Bett gegangen. Sind Sie sicher, dass Sie in der Nacht nichts Ungewöhnliches gehört haben?«

»Nein, nichts«, antwortete der Doktor zum zweiten Mal. Stille. »Haben Sie eine Spur, eine Ahnung, wer das getan haben könnte?«

»O ja, ja«, sagte der blonde Polizist trocken. »Wir verdächtigen den Bruder der Haushälterin Yvonne. Er war in der Mordnacht betrunken und hat kein Alibi für die Tatzeit. Er lebt mit seiner Schwester zusammen und war am Abend mit ihrem Schlüsselbund unterwegs – darunter die Schlüssel zu Mr. Fanes Wohnung. Zurückgekommen ist er erst kurz vor gestern Mittag. Yvonne machte sich Sorgen seinetwegen, deshalb ging sie auch nicht in Mr. Fanes Wohnung – außerdem wäre sie ja sowieso nicht hineingekommen. Um halb neun hat sie dort angerufen, um zu sagen, dass sie nicht kommen könne, aber es ging niemand an den Apparat. Ihren Bruder Antoine haben wir inzwischen verhört. Ein Taugenichts.« Der Mann zuckte die Achseln.

Dr. McCullough erinnerte sich jetzt, dass das Telefon um halb neun geklingelt hatte. »Aber – aus welchem Motiv?«

»Aus einem alten aufgestauten Groll heraus. Gut möglich, dass er in nüchternem Zustand einfach nur etwas hätte mitgehen lassen. Er ist ein Fall für den Psychiater oder eine stationäre Entziehungskur. Mr. Fane kannte ihn, also hat er ihn möglicherweise hereingelassen, doch Antoine wäre auch so in die Wohnung hineingekommen, er hatte ja einen Schlüssel. Yvonne hat ausgesagt, Mr. Fane habe sie seit Monaten zu überreden versucht, eine eigene Wohnung zu nehmen. Ihr Bruder schlägt sie und nimmt ihr Geld weg. Mr. Fane hatte mehrmals mit dem Bruder gesprochen, und wir haben es im Protokoll, dass Mr. Fane einmal sogar die Polizei holen musste, um Antoine aus seiner Wohnung herauszuschmeißen, wo er nach seiner Schwester gesucht hatte. Dieser Vorfall ereignete sich abends um neun, und um diese Zeit ist Yvonne nie dort. Das zeigt schon, wie gestört der Mann ist.«

Dr. McCullough räusperte sich und fragte: »Hat dieser Antoine denn gestanden?«

»So gut wie. Ein armes Schwein, ich glaube, er weiß gar nicht immer, was er tut. Wenigstens gibt es in der Schweiz keine Todesstrafe. Allerdings wird er im Knast bestimmt genug Zeit zum Trockenwerden haben.« Er sah seinen Kollegen an, und sie standen beide auf. »Wir danken Ihnen vielmals, Dr. McCullough.«

»Gern geschehen«, sagte der Doktor. »Und danke für die Aktentasche.«

Dr. McCullough ging mit der Aktentasche nach oben auf sein Zimmer.

»Was haben sie gesagt?«, fragte ihn Lillian beim Hereinkommen.

»Sie glauben, der Bruder der Haushälterin hat es getan«, sagte Dr. McCullough. »Der Kerl ist Alkoholiker und scheint einen Groll gegen Roger gehegt zu haben. Ein Taugenichts.« Stirnrunzelnd ging er ins Badezimmer, um sich die Hände zu waschen. Plötzlich hasste er sich, hasste auch

Lillians langen Seufzer, ihr »Ah-hh« der Erleichterung und Freude.

»Gott sei Dank, Gott sei Dank!«, rief Lillian aus. »Weißt du, was gewesen wäre, wenn sie – wenn sie *dich* verdächtigt hätten?«, fragte sie etwas leiser, als hätten die Wände Ohren, und trat dabei näher an die Badezimmertür heran.

»Und ob«, sagte Dr. McCullough und spürte erneut die Wut in sich aufwallen. »Dann hätte ich es verteufelt schwer gehabt, meine Unschuld zu beweisen, denn immerhin war ich zur Tatzeit dort.«

»Genau. Du hättest deine Unschuld nicht beweisen können. Danken wir Gott für diesen Antoine, wer das auch sein mag.« Ihr schmales Gesicht strahlte, sie zwinkerte mit den Augen. »Ein Taugenichts. Ha! Na, für uns hat er schon etwas getaugt!« Sie lachte schrill auf und wandte sich auf dem Absatz um.

»Ich verstehe nicht recht, warum du darüber so erfreut bist«, sagte er und trocknete sich sorgfältig die Hände ab. »Es ist eine traurige Geschichte.«

»Trauriger, als wenn sie dich beschuldigt hätten? Sei doch nicht so – so altruistisch, mein Lieber. Oder nein, denk einfach an uns. Ehemann tötet alten Rivalen nach – mal überlegen – siebzehn Jahren? Und nach elfjähriger Ehe mit einer anderen Frau. Aber immer noch in heißer Liebe entbrannt. Glaubst du, so was würde ich gern lesen?«

»Aber Lillian, was redest du denn?« Stirnrunzelnd kam er aus dem Badezimmer.

»Das weißt du ganz genau. Glaubst du, ich weiß nicht, dass du in Margaret verliebt warst? Es *immer noch* bist? Glaubst du, ich weiß nicht, dass du Roger umgebracht hast?« Sie sah ihn mit ihren grauen Augen herausfordernd an, den Kopf zur Seite geneigt, die Hände in die Hüften gestemmt.

Er war wie gelähmt, brachte keinen Ton heraus. Sie starrten einander etwa fünfzehn Sekunden lang an, während er in Gedanken versuchsweise den Abgrund zu überqueren versuchte, den ihre Worte soeben vor ihm aufgerissen hatten. Er hatte nicht gewusst, dass sie immer noch an Margaret dachte. Natürlich hatte sie von Margaret gewusst. Aber wie war die Geschichte in ihrer Erinnerung lebendig geblieben? Wahrscheinlich trug er selbst daran Schuld, weil er nie darüber gesprochen hatte. Nun aber zählte einzig und allein die Zukunft. Nun hatte sie Macht über ihn, hatte für alle Zeiten etwas gegen ihn in der Hand. »Mein Liebes, du irrst dich.«

Aber Lillian warf den Kopf herum und ging abrupt aus dem Zimmer, und der Doktor wusste genau, dass er nicht gewonnen hatte.

Während des restlichen Tages verloren sie kein Wort mehr darüber. Sie aßen zu Mittag und verbrachten eine angenehme Stunde in den Vatikanischen Sammlungen, aber Dr. McCulloughs Gedanken waren nicht bei Michelangelos Gemälden. Er würde nach Genf fahren und die Tat gestehen, nicht aus Rechtschaffenheit oder weil sie sein Gewissen belastete, sondern weil er Lillians Haltung unerträglich fand. Es war schlimmer als eine Gefängnisstrafe. Um fünf Uhr nachmittags konnte er sich kurz davonstehlen, um zu telefonieren. Um zwanzig nach sieben ging ein Flug nach Genf. Um Viertel nach sechs verließ er ohne Gepäck das Hotel und nahm ein Taxi zum Flughafen nach

Ciampino. Er hatte nur seinen Pass und ein paar Reiseschecks eingesteckt.

Kurz vor elf landete er in Genf und rief sofort die Polizei an. Zuerst wollte man ihm nicht erzählen, wo sich der Mann befand, dem man den Mord an Roger Fane vorwarf; erst als Dr. McCullough seinen Namen nannte und sagte, er habe eine wichtige Aussage zu machen, ließ sich der Beamte dazu herab, ihm mitzuteilen, wo Antoine Carpeau festgehalten wurde. Dr. McCullough nahm ein Taxi in einen Genfer Vorort. Es war ein neues weißes Gebäude, das gar nicht wie ein Gefängnis aussah.

Hier wurde er von einem der Zivilbeamten begrüßt, die ihn in Rom aufgesucht hatten, dem blonden. »Dr. McCullough«, sagte er mit einem schwachen Lächeln. »Sie haben eine Aussage zu machen, sagten Sie? Dafür ist es leider zu spät.«

»Ach? … Warum?«

»Antoine Carpeau hat sich soeben umgebracht – er ist mit dem Kopf gegen die Zellenwand gerannt. Vor zwanzig Minuten.« Der Polizist zuckte hilflos die Achseln.

»Gütiger Gott«, sagte Dr. McCullough leise.

»Und welche Aussage wollten Sie machen?«

Der Doktor zögerte. Die Worte wollten einfach nicht heraus. Und dann wurde ihm klar, dass ihm Feigheit und Scham die Zunge lähmten. Noch nie im Leben hatte er sich so nichtswürdig gefühlt, und er kam sich unendlich erbärmlicher vor als der Trinker und Taugenichts, der sich gerade umgebracht hatte. »Lieber nicht. In diesem Fall … ich meine, es ist ja alles schon vorbei, nicht wahr? Es war noch ein weiteres Indiz gegen Antoine, da dachte ich …

aber was nützt das jetzt noch? Es ist ja schlimm genug …« Seine Stimme geriet ins Stocken.

»Ja, wahrscheinlich haben Sie recht«, sagte der Schweizer. »Also dann, gute Nacht.«

»Gute Nacht, Dr. McCullough.«

Der Doktor ging hinaus in die Nacht, ohne ein Ziel. Er verspürte eine seltsame Leere, ein Nichts in sich, und in einer solchen Stimmung hatte er sich noch nie befunden. Sein Mordplan war gelungen, aber er hatte schlimmere Tragödien nach sich gezogen. Antoine Carpeau. Und *Lillian*. Irgendwie hatte er ebenso sich selbst getötet wie Roger Fane. Er war jetzt ein toter Mann, ein lebender Toter.

Eine halbe Stunde später stand er auf einer schlichten Brücke über dem dunklen Wasser des Genfer Sees. Lange Zeit starrte er hinab und stellte sich vor, wie sein Körper sich mehrfach überschlagend hinab in die Tiefe stürzte, fast ohne einen Spritzer auf der Wasserfläche auftraf und dann unterging. Er starrte beharrlich auf die Schwärze, die so fest aussah und doch so nachgiebig wäre, ihn so bereitwillig in den Tod ziehen würde. Aber er besaß noch nicht den Mut und auch nicht die nötige Verzweiflung, um schon einen Selbstmord zu wagen. Eines Tages aber würde er es tun, das wusste er. Eines Tages, wenn Feigheit und Mut im richtigen Winkel zusammentrafen. Es würde völlig überraschend kommen, für ihn und für alle, die ihn kannten. Dann stießen ihn seine Hände, die die steinerne Brüstung umklammert hielten, nach hinten, und der Doktor ging schweren Schrittes weiter. Er würde sich um ein Hotel für die Nacht kümmern und am nächsten Morgen einen Rückflug nach Rom buchen.

Sławomir Mrożek

Die Suppe

In einem Restaurant dritter Kategorie erschien ein Gast und bestellte ein Mittagessen in zwei Gängen. Es verging eine Stunde, und als man ihm endlich die Suppe brachte, äußerte der Gast die Meinung, dass die Suppe bereits kalt sei. Der Kellner widersprach. Der Gast rief ihn also herbei, damit er sich persönlich überzeuge. Der Kellner gehorchte der Aufforderung und untersuchte die Temperatur der Suppe mit Hilfe seines Zeigefingers. Da schlug der empörte Gast den Kellner so unglücklich mit seiner Gabel, dass dieser starb, ohne das Bewusstsein wiederzuerlangen.

War die Suppe wirklich kalt? Der Totschläger behauptete, ja, der Direktor des Lokals widersprach entschieden. »Die Suppe war heiß«, behauptete die Direktion. »Ihre Temperatur unterlag nur deshalb einer Abkühlung, weil der Kellner, als er seinen Finger in die Suppe hielt, bereits eine kalte Leiche war und auf diese Weise unabsichtlich ihre Temperatur verminderte. Also war der Gast irgendwie selbst schuld!«

Gegen diese Behauptung sprachen andere Indizien. Warum, sagten viele Zeugen, hat der Totschläger nicht vorher auf die Suppe gepustet?

»Er wollte sich ein Alibi verschaffen«, entgegnete die Direktion des Lokals. »Dagegen«, so behauptete die Direktion des Lokals, »hat das Opfer, der Kellner, auf die Suppe gepustet, bevor er seinen Finger hineinsteckte. Warum? Weil der Kellner wusste, dass die Suppe heiß ist und er Angst hatte, sich zu verbrennen.«

Hatte der Kellner jedoch tatsächlich gepustet? Diese Aussage konnte nur der Betroffene machen. Leider schwieg der für immer.

Die Position des Angeklagten schwächte die Tatsache, dass es nicht gelang, den Fingerabdruck des Fingers in der Suppe zu sichern. Es gab also nicht einmal einen Beweis, dass der Kellner seinen Finger in die Suppe getunkt hatte.

Im Verlauf der Untersuchung traten neue Zweifel auf: Warum hat das Opfer die Suppe nicht oral probiert, sondern nur einen Finger hineingetaucht?

»Wahrscheinlich aufgrund des unappetitlichen Aussehens des Gerichts«, behauptete die Verteidigung. Aber auch diese Annahme wurde vom Direktor des Lokals entkräftet, der unter Eid aussagte, dass die Suppe vorzüglich ausgesehen habe. Aber es fehlte noch immer die Antwort auf die prinzipielle Frage: War die Suppe kalt oder heiß? Also eine Leiche wegen einer kalten Suppe, oder eine Suppe wegen einer kalten Leiche? War die Leiche kalt, oder war die Suppe kalt?

Die Untersuchung wird fortgesetzt. Ob die Kriminologie dieses faszinierende Rätsel je lösen wird? Vielleicht. Aber bis jetzt ist nur eins sicher: Am besten isst man zu Hause.

Arthur Conan Doyle

Das gefleckte Band

Mit einem flüchtigen Blick auf die Notizen meiner etwas über siebzig Fälle, in denen ich während der letzten acht Jahre die Methoden meines Freundes Sherlock Holmes studiert habe, finde ich viele tragische, einige komische und eine Vielzahl von äußerst merkwürdigen, aber niemals alltägliche. Weil er aus Liebe zu seinem Beruf arbeitete und nicht, um Reichtümer anzuhäufen, weigerte er sich, Fälle anzunehmen, die nicht auf etwas Ungewöhnliches oder Phantastisches hinausliefen. Dennoch kann ich mich unter all diesen verschiedenen Fällen an keinen erinnern, in dem so gut einzelne Charaktere dargestellt werden wie in dem, in den die bekannte Surrey-Familie Roylott von Stoke Moran verwickelt war. Die fragwürdigen Ereignisse geschahen in der ersten Zeit meiner Zusammenarbeit mit Sherlock Holmes. Wir teilten uns damals noch als Junggesellen die Räume in der Baker Street. Es ist möglich, dass ich diesen Fall früher aufgezeichnet hätte, aber damals wurde versprochen, die Sache geheim zu halten. Ich wurde erst vor einigen Monaten von dem Versprechen entbunden, und zwar durch den frühzeitigen Tod der Dame, der das Versprechen gegeben wurde. Es ist vielleicht mehr als gut, dass die Umstände ans Tageslicht kommen, denn ich weiß, dass weitverbreitete Gerüchte um den Tod des Dr. Grimesby

Roylott entstanden sind. Das macht die Angelegenheit schrecklicher als die Wahrheit.

Es war Anfang April, im Jahre 1883, als mich eines Morgens der Langschläfer Sherlock Holmes, gestiefelt und gespornt, aus dem Schlaf riss. Die Uhr auf dem Kaminsims zeigte mir, dass es erst Viertel nach sieben war, und erstaunt, ein wenig ärgerlich, blinzelte ich ihn an.

»Es tut mir leid, dass ich dich aus dem Bett jagen muss, Watson«, sagte er, »aber du bist heute Morgen nicht der Einzige: Erst musste Mrs. Hudson aus den Federn, sie weckte mich und ich nun dich.«

»Was ist denn los? Brennt's?«

»Nein, ein Klient. Eine völlig verstörte junge Dame ist angekommen, die darauf besteht, mich zu sehen. Sie wartet jetzt im Wohnzimmer. Ich nehme an, wenn junge Damen um diese Uhrzeit in der Hauptstadt herumirren, schlafende Menschen aus den Betten jagen, bedrückt sie etwas so sehr, dass sie darüber reden müssen. Könnte ein interessanter Fall werden. Jedenfalls dachte ich, ich darf sie dir nicht vorenthalten. Vielleicht reizt dich der Fall.«

»Aber selbstverständlich. Ich komme sofort.«

Ich zog mich hastig an und ging mit meinem Freund ins Wohnzimmer hinunter. Als wir eintraten, erhob sich eine im Fenster sitzende, tiefverschleierte Frau in Schwarz.

»Guten Morgen, Madam«, sagte Holmes freundlich. »Mein Name ist Sherlock Holmes. Darf ich Ihnen meinen Freund und Kollegen Dr. Watson vorstellen, dem Sie genauso vertrauen dürfen wie mir. Großartig, Mrs. Hudson hat Feuer gemacht! Madam, setzen Sie sich näher zum Kamin! Ich werde heißen Kaffee bestellen, Sie zittern ja.«

»Es ist nicht die Kälte, die mich zittern lässt«, sagte die Frau leise und zog ihren Stuhl näher ans Feuer.

»Sondern?«

»Angst, Mr. Holmes. Nackte, kalte Angst.« Sie hob ihren Schleier, während sie sprach, und wir sahen in ein verhärmtes graues Gesicht, aus dem uns zwei angstvolle Augen, wie die eines gejagten Tieres, unruhig anblickten. Die Frau konnte kaum älter als dreißig sein, aber ihr Haar war bereits ergraut und ihr Gesichtsausdruck völlig erschöpft.

Sherlock Holmes beugte sich vor und strich ihr behutsam über die Hand.

»Wir werden Ihnen helfen. Ich hege keinen Zweifel, dass wir bald die Dinge geregelt haben«, sagte er beruhigend. »Sie sind heute früh mit dem Zug nach London gekommen, wie ich sehe.«

»Sie kennen mich?«

»Nein, aber in Ihrem linken Handschuh steckt eine Rückfahrkarte. Sie müssen früh aufgebrochen und mit einem Einspänner über schlechte Wege gefahren sein, bevor Sie die Station erreichten.«

Die Dame starrte meinen Kompagnon verwirrt an.

»Das ist kein Rätsel«, sagte er lächelnd. »Der linke Arm Ihrer Jacke ist an mehr als sieben Stellen mit Schmutz bespritzt. Die Flecken sind frisch. Es gibt kein Fahrzeug mit Ausnahme des Einspänners, der in dieser Weise den Schmutz hochwirft, und dann nur, wenn man auf der linken Seite des Kutschers sitzt.«

»Sie haben völlig recht. Ich verließ das Haus vor sechs, erreichte Leatherhead zwanzig nach sechs und nahm den ersten Zug nach Waterloo. Sir, ich kann diese Angst nicht länger ertragen. Ich werde verrückt, wenn es so weitergeht. Ich habe niemanden, an den ich mich wenden könnte – niemanden außer einem einzigen Menschen, der mich liebt, und er kann mir nicht helfen. Eine Bekannte, Mrs. Farintosh, der Sie einmal in ihrer Not geholfen haben, hat mir von Ihnen erzählt. Wenn Sie mir doch ein wenig Hoffnung geben wollten! Augenblicklich bin ich nicht in der Lage, Sie für Ihre Hilfe zu entschädigen, aber in ein paar Monaten werde ich heiraten und über mein eigenes Vermögen verfügen.«

»Mein Beruf ist mir ein Vergnügen, Madam, aber ich stelle es Ihnen frei, sich, so wie es Ihnen möglich ist, erkenntlich zu zeigen. Und jetzt, bitte, erzählen Sie uns Ihre Sorgen.«

»O weh«, antwortete unsere Besucherin. »Das Schlimmste ist, dass meine Ängste wenig konkret sind. Ich kann meine Unruhe nur mit Kleinigkeiten begründen, die jedem Außenstehenden bedeutungslos erscheinen müssen. Selbst dieser einzige Mensch, an den ich mich um Hilfe und Rat wenden könnte, hält die Dinge, die ich ihm erzähle, für die Phantastereien einer überspannten Frau. Er spricht es nicht aus, aber ich kann es an seinen beruhigenden Worten und seinen abgewendeten Augen erkennen. Ich habe von Ihnen, Mr. Holmes, gehört, dass Sie die mannigfaltige Boshaftigkeit des Menschen zu erkennen vermögen. Vielleicht wissen Sie einen Rat, wie ich mit dem Grauen fertig werden kann, das mich langsam zu ersticken droht.«

»Erzählen Sie, Madam.«

»Mein Name ist Helen Stoner. Ich lebe bei meinem Stiefvater, dem Letzten der Roylotts aus Stoke Moran in Westsurrey. Die Familie zählt zu den ältesten in England.«

Holmes nickte. »Der Name ist mir ein Begriff«, sagte er.

»Die Familie war einmal unermesslich reich. Der Besitz dehnte sich im Norden weit über Berkshire und im Westen weit über Hampshire aus. Aber im letzten Jahrhundert zerrann Hab und Gut unter den Händen von vier Verschwendern, und schließlich besiegelte ein Spieler den Ruin der Familie. Außer ein paar Feldern und dem zweihundert Jahre alten Haus, auf dem eine große Hypothek liegt, ist nichts übriggeblieben. Der letzte Gutsbesitzer hat dort das erbärmliche Leben eines verarmten Adligen geführt. Sein einziger Sohn, mein Stiefvater, ergab sich nicht in dies Schicksal. Er erreichte es, dass ihm ein Verwandter einen Vorschuss für die Finanzierung eines Medizinstudiums gab. Er legte sein Examen ab und ging nach Kalkutta. Da er tüchtig und ehrgeizig war, hatte er bald eine große Praxis. Aber in einem Wutanfall über mehrere Diebstähle, die in seinem Haus geschahen, erschlug er einen eingeborenen Diener. Er entging knapp der Todesstrafe, saß aber jahrelang im Gefängnis. Als düsterer und vom Leben enttäuschter Mann kehrte er nach England zurück.

Als Dr. Roylott noch in Indien war, heiratete er meine Mutter, eine junge Offizierswitwe mit zwei kleinen Kindern. Meine Schwester Julia und ich waren erst zwei Jahre alt – wir sind Zwillinge –, als meine Mutter sich wieder verheiratete. Sie verfügte über ein beträchtliches Vermögen, mehr als tausend Pfund im Jahr. Sie vermachte es meinem Stiefvater, Dr. Roylott, solange wir bei ihm wohnten, falls wir Mädchen aber heiraten würden, sollten wir eine bestimmte Summe jährlich erhalten. Kurz nach unserer Rückkehr nach England starb unsere Mutter – sie kam vor acht

Jahren durch einen Eisenbahnunfall ums Leben. Dr. Roylott gab seinen Plan auf, in London eine Praxis zu gründen, und er nahm uns mit sich in sein väterliches Haus nach Stoke Moran. Unsere Mutter hatte uns genügend Geld hinterlassen, um all unsere Wünsche zu erfüllen, und einem glücklichen Leben hätte nichts im Wege gestanden.

Aber ungefähr um diese Zeit vollzog sich ein schrecklicher Wandel in unserem Stiefvater. Die Nachbarn waren anfangs überglücklich, dass wieder ein Roylott auf Stoke Moran lebte, aber anstatt den nachbarlichen Kontakt zu pflegen, zog er sich völlig zurück. Wenn er einmal ausging, brach er mit jedem, der ihm über den Weg lief, einen Streit vom Zaun. Das zügellose Temperament lag in der Familie, und ich glaube, der lange Aufenthalt in den Tropen hat diese Veranlagung nur noch verstärkt. Immer häufiger kamen peinliche Streitigkeiten vor, zweimal endeten sie vor dem Polizeigericht. Schließlich war er zum Schrecken des Dorfes geworden. Wenn er erschien, leerten sich die Straßen, weil er eben ein Mann mit ungeheuren Kräften ist und absolut zügellos in seiner Wut. Letzte Woche erst stieß er im Streit den Dorfschmied über das Geländer in den Fluss. Ich konnte ein gerichtliches Nachspiel nur dadurch verhindern, dass ich alles Geld, das wir im Hause hatten, zusammenkratzte, um den Schmied zu besänftigen. Er hat keine Freunde außer ein paar Zigeunern, die er auf seinem Grund nach Belieben ihre Zelte aufschlagen lässt. Er verbringt viele Stunden an ihren Lagerfeuern. Er ist schon wochenlang mit ihnen durchs Land gezogen. Seine andere Leidenschaft sind indische Tiere, die ihm von einem Geschäftsfreund geschickt werden. Im Augenblick hält er einen Leoparden und einen Pavian, die er frei auf dem Grundstück umherstreifen lässt. Die Tiere werden von den Dorfbewohnern beinahe genauso gefürchtet wie ihr Herr.

Können Sie sich nun vorstellen, dass für meine arme Schwester Julia und mich dieses Leben kein Vergnügen war? Dienstboten liefen uns schon nach den ersten Wochen davon, und lange Zeit mussten wir den Haushalt allein besorgen. Julia war erst dreißig, als sie starb, aber ihr Haar war schon grau, so wie meines.«

»Ihre Schwester lebt nicht mehr?«

»Sie starb vor zwei Jahren, und darüber möchte ich mit Ihnen reden. Ich habe Ihnen unser Leben beschrieben, und Sie werden sich vorstellen können, dass wir kaum Gelegenheit hatten, Menschen unseres Alters und gesellschaftlichen Ranges kennenzulernen. Wir hatten eine Tante, eine unverheiratete Schwester meiner Mutter, Miss Honoria Westphail, die bei Harrow lebt. Gelegentlich durften wir sie besuchen. Vor zwei Jahren verbrachte Julia Weihnachten bei ihr, und sie lernte einen Marineoffizier kennen. Sie verlobte sich mit ihm. Als mein Stiefvater von der Verlobung hörte, hatte er nichts dagegen einzuwenden. Zwei Wochen vor dem vereinbarten Hochzeitstag geschah das Schreckliche.«

Sherlock Holmes hatte sich bisher in seinen Stuhl zurückgelehnt und mit geschlossenen Augen zugehört. Jetzt hob er die Lider etwas und sah die junge Frau an. »Bitte, berichten Sie. Vergessen Sie nichts«, sagte er.

»Diesen Tag werde ich niemals vergessen. Wie ich Ihnen schon erklärte, ist das Herrenhaus sehr alt. Die Wohnräume befinden sich im Mittelteil des Gebäudes. Wir bewohnen aber nur einen Flügel. Im Parterre dieses Flügels liegen die

Schlafzimmer. Zuerst kommt Dr. Roylotts Schlafzimmer, dann das meiner Schwester, das dritte ist meines. Es gibt keine Verbindung zwischen den einzelnen Räumen, die Türen gehen aber alle auf den gleichen Korridor und die Fenster der Schlafzimmer auf den Rasen. Drücke ich mich deutlich genug aus?«

»Ja, völlig.«

»In jener schrecklichen Nacht hatte sich Dr. Roylott schon sehr früh in sein Zimmer zurückgezogen. Wir wussten aber, dass er noch nicht schlief, denn meine Schwester störte der Rauch seiner starken indischen Zigarren, die er gewöhnlich rauchte. Sie verließ deshalb ihr Zimmer und kam für eine Weile zu mir. Wir unterhielten uns über die Hochzeit. Um elf Uhr stand sie auf und wollte gehen. An der Tür drehte sie sich noch einmal um und schaute mich an.

›Sag mal, Helen‹, fragte sie, ›hast du nie mitten in der Nacht jemand pfeifen hören?‹

›Niemals‹, antwortete ich.

›Könntest du nicht möglicherweise im Schlaf pfeifen?‹

›Bestimmt nicht! Warum denn?‹

›Weil ich es in den letzten Nächten leise, aber ganz deutlich hörte, immer gegen drei Uhr morgens. Ich schlafe nicht sehr tief und bin jedes Mal davon aufgewacht. Ich kann nicht sagen, woher es kam – vielleicht aus dem Nebenzimmer, vielleicht von draußen. Du hast also nichts gehört?‹

›Nein. Das müssen diese verfluchten Zigeuner auf dem Grundstück sein.‹

›Wahrscheinlich. Aber wenn es von draußen kam, dann wundere ich mich, dass du es nicht gehört hast.‹

›Ja, aber ich schlafe doch viel tiefer als du.‹

›Nun, es wird nicht so wichtig sein.‹ Sie lächelte mir zu und schloss die Tür hinter sich. Wenige Sekunden später hörte ich, wie der Schlüssel ihrer Tür sich drehte.«

»Schlossen Sie nachts immer Ihre Türen ab?«, fragte Holmes.

»Immer!«

»Und warum?«

»Ich erzählte Ihnen doch von dem Leoparden und dem Pavian. Wir fühlten uns nicht sicher, solange die Türen nicht verriegelt waren.«

»Verständlich. Bitte weiter.«

»Ich fand keinen Schlaf in jener Nacht. Wie Sie sich erinnern werden, waren meine Schwester und ich Zwillinge, und Sie wissen, wie eng ein Band zwischen zwei so verwandten Seelen sein kann. Das unbestimmte Vorgefühl eines drohenden Unheils ließ mich nicht zur Ruhe kommen. Es war eine stürmische Nacht. Der Wind heulte ums Haus, und der Regen peitschte gegen die Fenster. Plötzlich gellte durch das Geheul des Sturmes der Schrei einer Frau. Ich erkannte die Stimme meiner Schwester. Ich sprang aus dem Bett, schlug einen Schal um mich und stürzte auf den Korridor.

Als ich meine Tür öffnete, glaubte ich, ein leises Pfeifen zu hören, so wie es meine Schwester beschrieben hatte, dann ein polterndes Geräusch, als ob ein Stück Metall zu Boden gefallen wäre. Ich lief zum Zimmer meiner Schwester. Die Tür war nicht verschlossen, sondern schwang im Wind hin und her. Im Licht der Flurlampe sah ich, wie Julia in der Türfüllung erschien, hin und her schwankend wie ein Betrunkener. Ihr Gesicht war aschfahl vor Grauen. Sie hielt die Hände wie hilfesuchend vorgestreckt. Ich nahm sie in meine Arme, aber in diesem Moment sank sie zu Boden. Sie bog und krümmte sich wie jemand, der fürchterliche Schmerzen auszustehen hat. Zuerst dachte ich, sie hätte mich nicht erkannt, aber als ich mich über sie beugte, wimmerte sie mit verzerrter Stimme, einer Stimme, die ich nie vergessen werde: ›O Gott, Helen! Das Band! Das gefleckte Band!‹

Sie wollte noch etwas sagen, zeigte auf das Zimmer des Doktors, aber da wurde sie von einem Krampf geschüttelt, ihre Stimme war nur noch ein Röcheln. Ich stürzte hinaus und schrie nach meinem Stiefvater. Dann sah ich ihn, nur mit dem Morgenrock bekleidet, aus seinem Zimmer eilen. Als wir zu meiner Schwester traten, hatte sie das Bewusstsein verloren, und obwohl er ihr Brandy einflößte und sofort nach einem Arzt schickte, war sie nicht mehr zu retten. Sie starb, ohne das Bewusstsein wiedererlangt zu haben. Das war das grauenvolle Ende meiner geliebten Schwester.«

»Einen Moment«, sagte Holmes. »Sind Sie ganz sicher, das Pfeifen und das folgende metallische Geräusch gehört zu haben? Können Sie das beschwören?«

»Das wurde ich auch vom Vorsitzenden der Gerichtsverhandlung gefragt. Ich bin mir fast sicher, dass ich es hörte, aber bei der Stärke des Sturmes und bei dem Knarren des alten Hauses könnte ich mich auch getäuscht haben.«

»War Ihre Schwester vollständig angezogen?«

»Nein, sie trug ein Nachthemd. In ihrer rechten Hand fand man ein angebranntes Streichholz und in ihrer linken eine Streichholzschachtel.«

»Ein Indiz dafür, dass sie ein Licht angezündet hat und

um sich geschaut hat, als sie in Angst geriet. Das ist wichtig. Und zu welcher Schlussfolgerung kam der Vorsitzende?«

»Mit großer Sorgfalt hat er den Fall untersucht, Dr. Roylotts Verhalten war ja schon seit langem in der ganzen Gegend berüchtigt. Aber der Vorsitzende konnte die Todesursache nicht aufklären. Ich gab zu Protokoll, dass die Tür von innen verschlossen gewesen war und sich vor den Fenstern schwere, altmodische Läden, die noch dazu mit dicken Eisenstangen versehen sind, befinden. Ohne Erfolg wurden die Wände ihres Zimmers abgeklopft und der Fußboden untersucht. Es ist deshalb mit Sicherheit anzunehmen, dass meine Schwester sich allein im Zimmer befand. Außerdem waren keinerlei Spuren von Gewaltanwendung an ihrem Körper festzustellen.«

»Gift vielleicht?«

»Auch daraufhin wurde sie vom Arzt untersucht. Nichts.«

»Was glauben Sie, woran diese unglückliche Dame starb?«

»Ich bin überzeugt davon, dass sie an der Angst starb, an einem Schock, obwohl ich mir nicht vorstellen kann, was sie so sehr entsetzte.«

»Waren damals Zigeuner auf dem Grundstück?«

»Ja, es waren beinahe immer welche da.«

»Und was sagen Ihnen die letzten Worte von einem Band – einem gefleckten Band?«

»Manchmal dachte ich, dass sie das lediglich im Delirium gesagt hat. Dann überlegte ich mir, ob sie vielleicht auf eine Bande von Menschen anspielen wollte, vielleicht auf die Zigeuner auf unserem Grundstück. Vielleicht sind aber auch mit dieser Bemerkung die gepunkteten Kopftücher, die viele von ihnen tragen, gemeint gewesen.«

Holmes schüttelte unzufrieden den Kopf. »Erzählen Sie doch bitte weiter.«

»Seitdem sind zwei Jahre verstrichen. Mein Leben wurde einsamer denn je. – Vor einem Monat nun hat ein Mann, ein alter Freund, den ich seit vielen Jahren kenne und schätze, um meine Hand angehalten. Sein Name ist Percy Armitage. Mein Stiefvater hat nichts gegen diese Verbindung einzuwenden. Wir wollen noch im Frühjahr heiraten. Vor zwei Tagen nun wurde im Westflügel des Hauses mit der Durchführung einiger Reparaturen begonnen. So wurde auch die Wand meines Schlafzimmers durchbrochen. Deshalb musste ich in das Zimmer, in dem meine Schwester starb, ziehen. Ich schlafe nun im gleichen Bett, in dem sie geschlafen hat. Stellen Sie sich mein Entsetzen vor, als ich in der vergangenen Nacht plötzlich ein Pfeifen hörte; das Pfeifen, das der Vorbote des Todes meiner Schwester war. Ich sprang aus dem Bett, zündete die Lampe an, aber es war nichts zu sehen. Ich war viel zu erregt, um mich wieder schlafen zu legen. Ich zog mich an, und als es hell wurde, stahl ich mich aus dem Haus. Im gegenüberliegenden Gasthaus nahm ich einen Wagen und fuhr zur Bahnstation nach Leatherhead. Ich erreichte noch den Frühzug – alles Weitere wissen Sie.«

»Sie haben sehr klug gehandelt«, sagte Holmes. »Haben Sie mir alles erzählt?«

»Ja, alles.«

»Miss Stoner, das stimmt nicht. Sie decken Ihren Stiefvater.«

»Warum? Was meinen Sie damit?«

Kommentarlos schob Holmes die schwarze Spitzenrüsche zurück, die über die auf dem Knie liegende Hand der Frau fiel. Fünf leuchtend rote Flecken, die Abdrücke von vier Fingern und einem Daumen, waren deutlich auf dem Handgelenk zu sehen. »Sie sind grausam behandelt worden.«

Die junge Frau errötete und verbarg das verletzte Gelenk. »Er ist ein kräftiger Mann«, sagte sie, »vielleicht weiß er gar nicht, wie stark er ist.«

Ein paar Minuten lang war Schweigen im Raum. Holmes stützte sein Kinn auf und starrte ins Feuer.

»Da gibt es noch tausend Dinge, die ich wissen müsste«, sagte er, »ehe ich mir einen Plan zurechtlege. Jedoch jetzt dürfen wir keine Zeit verlieren. Wenn wir nun heute nach Stoke Moran hinausführen: Wäre es dann möglich, die Räume im Westflügel zu besichtigen, ohne dass Ihr Stiefvater davon erführe?«

»Ja. Wie der Zufall es will, sagte er mir, dass er heute etwas in der Stadt zu erledigen habe. Wahrscheinlich bleibt er den ganzen Tag weg. Zwar ist noch eine Haushälterin bei uns beschäftigt, aber sie ist alt und etwas töricht. Ich könnte sie leicht aus dem Wege halten.«

»Sehr gut. Watson, du hast doch nichts gegen diese Fahrt einzuwenden?«

»Im Gegenteil.«

»Dann kommen wir beide. Und wie sehen Ihre Pläne aus?«

»Ich würde gerne noch ein, zwei Dinge erledigen, wenn ich schon einmal in der Stadt bin. Aber ich werde mit dem Zwölf-Uhr-Zug zurückfahren und Sie dann erwarten.«

»Ich habe noch ein paar Kleinigkeiten zu regeln. Am frühen Nachmittag werden wir dann bei Ihnen sein. Wollen Sie nicht lieber warten?«

»Nein, ich muss gehen. Aber ich fühle mich schon besser, seitdem ich mein Herz bei Ihnen erleichtern durfte. Ich bin sehr froh, dass Sie kommen wollen.« Sie zog den dichten schwarzen Schleier über ihr Gesicht und verabschiedete sich.

»Was hältst du davon, Watson?« Sherlock Holmes lehnte sich in seinen Stuhl zurück. Wir spielten einige mögliche Theorien durch, aber ohne ein befriedigendes Ergebnis.

»Ich sehe nicht klar«, meinte ich.

»Ich auch nicht. Aus diesem Grund fahren wir heute noch nach Stoke Moran. Ich will mich dort selber einmal umschauen. Aber was, in drei Teufels Namen ...«

Die Tür war plötzlich aufgerissen worden. Ein Riese von einem Mann stand auf der Schwelle, so groß, dass sein Kopf am oberen Türbalken anstieß. Sein Aufzug war eine einzigartige Mischung aus städtischer und bäuerlicher Kleidung. Sein großflächiges, mit einem teuflischen Ausdruck versehenes Gesicht, über das sich tausend Fältchen zogen, war von der Sonne gelb ausgedörrt worden. Seine tiefliegenden, stechenden Augen und die scharfgeschnittene Nase gaben ihm das Aussehen eines ungezähmten alten Raubvogels.

»Wer von Ihnen ist Holmes?«, fragte die Erscheinung scharf.

»Das ist mein Name, Sir, aber ich wüsste nicht ...«

»Ich bin Dr. Grimesby Roylott von Stoke Moran.«

»Freut mich«, antwortete Holmes kühl. »Nehmen Sie doch bitte Platz.«

»Ich denke nicht daran. Meine Stieftochter war hier, ich bin ihr gefolgt. Was hat sie Ihnen erzählt?«

»Heute ist es etwas kalt für diese Jahreszeit, finden Sie nicht auch«, sagte Holmes.

»Was hat sie Ihnen erzählt?«, schrie der alte Mann unbeherrscht.

»Aber wie ich höre, sollen die Krokusse bald blühen«, fuhr Holmes unerschüttert fort.

»Sie halten mich nicht hin.« Unser Besucher kam einen Schritt näher und hob seine Reitpeitsche. »Ich weiß Bescheid. Sie sind Holmes, der Schuft, der seine Nase in jede Angelegenheit steckt!« Mein Freund lächelte.

»Holmes, der Gernegroß!«

Die Lachfältchen in Holmes' Gesicht vertieften sich.

»Holmes, der Scotland-Yard-Kasper.«

Holmes lachte laut heraus. »Ihre Unterhaltung ist äußerst amüsant«, sagte er. »Wenn Sie gehen, schließen Sie doch bitte die Tür hinter sich, es zieht so sehr.«

»Ich gehe, wenn es mir passt. Und wagen Sie es nicht, sich in meine Angelegenheiten zu mischen. Ich weiß, dass Miss Stoner hier war – ich bin ihr gefolgt. Es ist gefährlich, sich mit mir anzulegen! Schauen Sie her!« Er machte einen hastigen Schritt zum Kamin, ergriff den Feuerhaken und bog ihn mit seinen sehnigen braunen Händen krumm.

»Hüten Sie sich. Wenn ich Sie je in meine Finger bekommen sollte …«, knurrte er. Er warf den Feuerhaken in den Kamin und schlug dann die Tür hinter sich zu.

Immer noch lächelnd sagte Holmes: »Ein liebenswerter Mensch! Ich bin zwar nicht so massiv wie er, aber wenn er geblieben wäre, hätte ich ihm zeigen können, dass meine Hände nicht viel schwächer sind als seine.« Während er sprach, hob er den eisernen Feuerhaken auf, und mit einer plötzlichen Bewegung bog er ihn wieder gerade.

»Eine Frechheit, mich mit der Polizei zu vergleichen.

Das soll mir ein Ansporn sein! Ich will nur nicht hoffen, dass Miss Stoner ihre Unvorsichtigkeit büßen muss. Aber jetzt, Watson, wollen wir erst einmal frühstücken. Dann muss ich zur Ärztekammer. Ich hoffe, dort einige Hinweise zu bekommen, die uns hilfreich sein könnten.«

Kurz vor ein Uhr kam Holmes zurück. Er hielt ein blaues Blatt Papier, das beschmiert war mit Randbemerkungen und Zahlen, in der Hand.

»Ich habe mir das Testament der verstorbenen Mrs. Roylott angesehen«, sagte er. »Das Geld ist in Wertpapieren angelegt. Im Jahre ihres Todes betrug das Jahreseinkommen etwas weniger als tausendeinhundert Pfund, aber durch den Sturz der Agrarpreise liegt es jetzt etwa bei siebenhundertfünfzig Pfund. Im Falle einer Heirat haben beide Töchter Anspruch auf zweihundert Pfund jährlich.

Damit ist es offensichtlich, dass, wenn beide Mädchen geheiratet hätten, diesem Edelmann nur ein äußerst armseliges Einkommen geblieben wäre. Schon die Heirat einer Tochter hätte ihn in ernsthafte Schwierigkeiten gebracht. Meine Morgenarbeit war nicht umsonst, dieses ist ein starkes Motiv, um eine Heirat zu verhindern. Ich fürchte, wir dürfen keine Zeit verlieren. Wir sollten ein Taxi rufen und zur Waterloo Station fahren, um den Zug nach Stoke Moran zu nehmen. Watson, du nimmst am besten deine Waffe mit. Bei einem Herrn, der eiserne Feuerhaken völlig verbiegen kann, ist eine Pistole noch das beste Argument. Das und eine Zahnbürste ist alles, was wir brauchen.«

Wir hatten Glück. In der Waterloo Station lief gerade ein Zug nach Leatherhead ein, den wir sofort nahmen. In Leatherhead mieteten wir uns einen Wagen und fuhren durch die wunderschöne Landschaft von Surrey nach Stoke Moran. Es war ein prachtvoller Tag mit schönstem Sonnenschein, nur vereinzelt waren Schäfchenwolken am Himmel zu sehen, die Bäume und Hecken am Wegesrande zeigten ihre ersten grünen Knospen, und durch die Luft zog ein angenehmer Geruch von feuchter Erde. In Gedanken vertieft saß Holmes vorn im Wagen, hatte die Arme verschränkt, den Hut tief ins Gesicht gezogen, und sein Kinn sank auf den Brustkorb. Plötzlich fuhr er hoch, stieß mich an und zeigte auf die Wiesen.

»Schau mal«, und Holmes wies auf einen weitläufigen, bewaldeten Park, der sich vor uns ausdehnte. Hinter den Baumwipfeln tauchte das Ziegeldach eines sehr alten Herrenhauses auf.

»Stoke Moran?«, fragte er den Kutscher.

»Ja, Sir, das ist das Haus von Dr. Grimesby Roylott.«

»Es wird dort gebaut. Wir sind richtig«, sagte Holmes.

»Dort liegt das Dorf.« Der Kutscher deutete auf ein paar Dächer, die man auf der linken Seite in der Ferne sehen konnte.

»Aber wenn Sie zum Gutshaus wollen, ist es der kürzeste Weg, wenn Sie über den Zaun klettern und den Fußweg über die Felder nehmen. Da vorne, der Fußweg, wo Sie die Dame sehen.«

Holmes hielt die Hände vor die Augen und meinte: »Das wird Miss Stoner sein.« Wir stiegen aus und bezahlten den Kutscher. Der Wagen wendete und fuhr zurück nach Leatherhead.

»Der Kutscher soll ruhig denken, dass wir Architekten sind oder mit den Bauarbeiten zu tun haben. Dann wird nicht weiter geklatscht«, sagte Holmes. »Guten Tag, Miss Stoner. Sie sehen, wir halten Wort.«

»Ich habe Sie voller Ungeduld erwartet!«, rief sie und drückte uns herzlich die Hand. »Alles verläuft bestens. Dr. Roylott ist in die Stadt gefahren, und höchstwahrscheinlich wird er nicht vor dem Abend zurückkehren.«

»Wir hatten schon das Vergnügen, Dr. Roylott kennenzulernen.« Holmes erzählte, was geschehen war. Miss Stoner wurde blass. »Mein Gott! Er ist mir also gefolgt.«

»Anscheinend.«

»Er ist so schlau. Ich weiß nie, wann ich vor ihm sicher bin. Was wird er wohl sagen, wenn er zurückkommt?«

»Sie müssen sich heute Nacht vor ihm in Acht nehmen. Wenn er gewalttätig wird, bringen wir Sie am besten zu Ihrer Tante nach Harrow. Wir müssen aber jetzt die uns zur Verfügung stehende Zeit nützen. Führen Sie uns gleich zu den Räumen, die wir ansehen wollen.«

Ein Gerüst war an dem bewohnten Flügel des Hauses aufgerichtet worden. Eine Seitenwand war teilweise durchgebrochen, aber in dem Moment waren keine Bauarbeiter zu sehen. Holmes schritt auf dem schlecht geschnittenen Rasen langsam auf und ab und betrachtete lange mit großer Aufmerksamkeit die Fensterfront.

»Dieses Fenster gehört also zu dem Zimmer, in dem Sie gewöhnlich schliefen, das mittlere zu dem Ihrer Schwester, und das nächstfolgende ist Dr. Roylotts Zimmer?«

»Ja, aber ich schlafe jetzt im mittleren.«

»Während der Bauarbeiten, so wie ich Sie verstanden habe. Ich kann allerdings nichts sehen, was an dieser Wand so dringend repariert werden müsste.«

»Ich bin überzeugt, dass es nur ein Vorwand war, damit ich in das andere Zimmer zog.«

»Auf der Rückseite dieses Flügels befindet sich wohl der Korridor, auf den die Türen dieser drei Zimmer führen. Er hat natürlich Fenster, oder?«

»Ja, aber nur sehr kleine. Zu klein, als dass jemand sich durchzwängen könnte.«

»Also wenn Sie beide die Türen in der Nacht abschlossen, waren Ihre Zimmer von der Seite her nicht betretbar. Würden Sie jetzt bitte so freundlich sein und in Ihr Zimmer gehen und die Fensterläden von innen schließen?«

Miss Stoner machte die Fensterläden zu. Mit Aufmerksamkeit untersuchte Holmes den Verschluss und versuchte, die Läden mit Gewalt zu öffnen, aber ohne Erfolg. Dann untersuchte er mit seinem Vergrößerungsglas die Angeln, in denen die Läden hingen. Sie waren aus massivem Eisen und fest in den stabilen hölzernen Rahmen eingelassen.

»Hm«, sagte Holmes und kratzte sich verwirrt das Kinn. »Meine Theorie weist einige Unstimmigkeiten auf. Diese Läden können unmöglich mit Gewalt geöffnet werden. Jetzt wollen wir uns einmal die Sache von innen ansehen, Watson.«

Durch eine schmale Seitentür betraten wir den weißgekalkten Korridor, auf den die drei Schlafzimmertüren führten. Holmes verzichtete darauf, das dritte Zimmer zu besichtigen. Wir gingen sofort in das Mittelzimmer, in dem Miss Stoner zur Zeit schlief und wo ihre Schwester dieses grauenhafte Schicksal ereilt hatte.

Es war ein freundliches kleines Zimmer mit einer niedrigen Zimmerdecke und einem offenen Kamin, eben ein

Raum, wie man ihn in vielen alten Landhäusern findet. In der einen Ecke stand eine Kommode, in der anderen ein schmales weißbezogenes Bett, und links vom Fenster stand ein Frisiertisch. Diese Möbelstücke, noch zwei Rohrstühle und ein Teppich in der Mitte – das war die ganze Einrichtung des Zimmers. Holmes zog sich einen Korbstuhl in die Ecke und setzte sich. Schweigend ließ er seine Blicke durch den Raum schweifen und prägte sich die geringste Kleinigkeit ein.

»Wohin geht diese Klingel?«, fragte er und deutete auf eine dicke Schnur, die über dem Kopfende des Bettes hing. Der Klingelknopf lag auf dem Kissen.

»Zum Zimmer der Haushälterin«, antwortete Miss Stoner.

»Sieht neuer aus als die anderen Dinge hier.«

»Sie wurde erst vor ein paar Jahren installiert.«

»Ich nehme an, Ihre Schwester bat darum?«

»Nein, ich habe auch nie gesehen, dass Julia sie benutzte. Was wir brauchten, holten wir uns selbst.«

»Ja, es scheint mir hier wirklich unnötig zu sein, eine Klingelschnur zu legen. Wenn Sie mich für einige Minuten entschuldigen möchten, ich wende mich einmal dem Fußboden zu.« Er legte sich mit dem Vergrößerungsglas in der Hand auf den Boden, kroch vor und zurück und überprüfte jede einzelne Bodenritze. Mit derselben Aufmerksamkeit wandte er sich den holzverkleideten Wänden zu.

Schließlich trat er vor das Bett. Ein paar Sekunden betrachtete er es schweigend. Auch begutachtete er immer wieder die Wand. Dann nahm er die Klingelschnur in die Hand und zog einmal kurz daran. »Nur eine Attrappe«, sagte er.

»Klingelt sie nicht?«

»Nein. Sie ist nicht einmal mit einem Draht verbunden. Sehr interessant! Sehen Sie, sie hängt an einem Haken über der kleinen Ventilatoröffnung.«

»Merkwürdig! Mir ist das nie zuvor aufgefallen.«

Holmes zog noch einmal an der Schnur. »Es ist nicht das Einzige in diesem Zimmer, das eigenartig ist. Zum Beispiel, was für ein Idiot von Architekt muss das gewesen sein, der einen Ventilator nach dem anderen Zimmer legt und nicht an die Außenwand.«

»Die Lüftungsanlage ist auch noch nicht sehr alt«, sagte Miss Stoner.

»Der Ventilator wurde zur selben Zeit wie die Klingelschnur eingebaut«, bemerkte Holmes.

»Ja, damals wurden verschiedene Kleinigkeiten geändert.«

»Interessante Kleinigkeiten – Klingelattrappen und Ventilatoren ohne Frischluft. Wenn Sie gestatten, Miss Stoner, werden wir uns jetzt im nächsten Zimmer umsehen.«

Dr. Grimesby Roylotts Zimmer war größer als das seiner Stieftöchter, aber genauso einfach eingerichtet. Ein Feldbett, ein kleines Holzregal, das vollgestellt war mit Büchern, ein Holzstuhl an der Wand, ein runder Tisch und ein großer Safe waren die Haupteinrichtungsgegenstände.

Holmes wanderte langsam umher und prüfte alles mit großem Interesse. »Was ist hier drin?«, fragte Holmes und legte die Hand auf den Safe.

»Die Geschäftspapiere meines Stiefvaters.«

»Sie haben also den Safe schon einmal geöffnet gesehen?«

»Ein einziges Mal vor einigen Jahren. Ich erinnere mich, dass er mit Papieren angefüllt war.«

»Eine Katze kann nicht drin sein?«

»Nein. Wie kommen Sie darauf?«

»Schauen Sie her.« Holmes hob eine kleine Untertasse mit Milch hoch, die auf dem Safe stand.

»Nein, Katzen halten wir nicht. Aber der Leopard ...«

»Natürlich! Ein Leopard ist allerdings eine ziemlich große Katze, und ich meine, mit einer Untertasse Milch gibt sich ein solches Tier nicht zufrieden. Es gibt noch eine Sache, die ich mir gerne anschauen würde.«

Er kniete sich vor dem Holzstuhl nieder und untersuchte aufmerksam den Sitz.

»Das hätten wir also auch«, sagte er schließlich. Er erhob sich und steckte das Vergrößerungsglas wieder ein. »Hallo! Noch eine Kleinigkeit!« Er hatte eine über dem Bettende hängende kleine Hundepeitsche entdeckt. Die Peitschenschnur war am Stiel so festgebunden, dass sie eine Schlinge bildete. »Watson, was hältst du davon?«

»Eine ganz alltägliche Peitsche. Aber aus was für einem Grund ist sie nur so festgebunden?«

»Das ist nicht ganz so alltäglich, was? Die Welt ist sowieso verrückt, und wenn dann noch ein intelligenter Mann seinen Verstand für Verbrechen benutzt, ist es das Schlimmste von allem. Miss Stoner, ich habe genug gesehen. Ich danke Ihnen.«

So grimmig entschlossen und so ernst hatte ich Holmes noch nie gesehen. Wir verließen den Ort der Untersuchung und schritten auf dem Rasen auf und ab. Weder Miss Stoner noch ich wagten es, ihn zu stören. Endlich blickte er auf.

»Miss Stoner, es ist wichtig, dass Sie sich in jedem einzelnen Punkt so verhalten werden, wie ich es Ihnen jetzt sagen werde. Die Lage ist sehr ernst. Ihr Leben hängt vom Befolgen meiner Worte ab.«

»Ich verspreche es Ihnen.«

»Dr. Watson und ich müssen diese Nacht in Ihrem Zimmer verbringen.«

Verblüfft starrten Miss Stoner und ich ihn an.

»Ja, es muss so sein. Lasst es mich erklären. Wenn ich mich nicht täusche, ist das dort drüben der Dorfgasthof?«

»Ja, die ›Krone‹.«

»Sehr gut. Kann man von dort Ihre Fenster sehen?«

»Gewiss.«

»Wenn Ihr Stiefvater zurückkehrt, müssen Sie unter dem Vorwand von Kopfschmerzen in Ihrem Zimmer bleiben. Sowie Sie hören, dass er sich zur Ruhe begibt, öffnen Sie den Fensterladen und stellen die Lampe als Zeichen für uns auf. Gehen Sie dann leise in das Zimmer, in dem Sie sonst schlafen. Das wird sicherlich, trotz der Bauarbeiten, für eine Nacht möglich sein.«

»O ja, das geht.«

»Den Rest überlassen Sie uns.«

»Was haben Sie vor?«

»Wir werden die Nacht in Ihrem Zimmer verbringen, um genau zu sein, in dem Zimmer Ihrer Schwester, und uns mit den Geräuschen beschäftigen, die Sie gestört haben.«

»Ich habe das Gefühl, Mr. Holmes, dass Sie bereits zu einer Schlussfolgerung gekommen sind«, sagte Miss Stoner und legte ihm ihre Hand auf den Arm.

»Vielleicht.«

»Dann flehe ich Sie an: Sagen Sie mir, wie meine Schwester ums Leben gekommen ist.«

»Ich ziehe es vor, Beweise zu haben, ehe ich darüber spreche.«

»Sagen Sie mir wenigstens, ob meine Vermutung stimmt, dass sie sich zu Tode erschreckt hat.«

»Nein, das glaube ich nicht. Höchstwahrscheinlich gibt es einen handfesten Grund. Jetzt müssen wir Sie aber verlassen, Miss Stoner. Wenn Dr. Roylott zurückkäme und uns hier fände, dann wäre alles vergeblich. Leben Sie wohl und seien Sie tapfer. Wenn Sie meinen Rat genau befolgen, können Sie versichert sein, dass die Gefahr, die Sie bedroht, bald beseitigt sein wird.«

Sherlock Holmes und ich hatten keine Schwierigkeiten, ein Schlaf- und Wohnzimmer in der ›Krone‹ zu mieten. Die Räume befanden sich im ersten Stock, und so konnten wir von unserem Fenster aus das Eingangstor und den bewohnten Flügel des Herrenhauses beobachten.

Bei Einbruch der Dunkelheit sahen wir Dr. Grimesby Roylott zurückkommen. Seine riesenhafte Gestalt ragte neben der des Burschen, der ihn gefahren hatte, auf. Der Junge hatte etwas Mühe mit dem Öffnen der schweren eisernen Pforte. Wir hörten das rauhe Gebrüll vom Doktor und sahen, dass der wütende Mann den Burschen mit geballten Fäusten bedrohte. Dann fuhr der Wagen weiter, und ein paar Minuten später ging in einem der Wohnzimmer das Licht an.

»Ich muss gestehen, Watson«, sagte Holmes, als wir im Dunkeln am Fenster saßen, »es sind mir Bedenken gekommen, dich heute Nacht mitzunehmen. Die Sache ist sehr gefährlich.«

»Kann ich dir behilflich sein?«

»Deine Gegenwart kann von unschätzbarem Wert sein.«

»Dann komme ich auf jeden Fall mit.«

»Das ist sehr freundlich von dir.«

»Du sprichst von Gefahr. Natürlich hast du wieder mehr in diesen Räumen gesehen als ich.«

»Nein, vielleicht gehen nur meine Schlussfolgerungen etwas weiter. Ich denke doch, dass du genauso viel bemerkt hast wie ich.«

»Mit Ausnahme der Klingelschnur fiel mir eigentlich nichts Außergewöhnliches auf.«

»Hast du auch den Ventilator gesehen?«

»Ja, aber trotzdem finde ich es nicht so ungewöhnlich, eine kleine Öffnung zwischen zwei Zimmern zu haben. Im Übrigen ist die Öffnung so schmal, dass kaum eine Ratte durchschlüpfen könnte.«

»Ich wusste, dass wir einen Ventilator finden würden, ehe wir überhaupt nach Stoke Moran kamen.«

»Na, na…«

»Doch. Erinnerst du dich, dass sie uns erzählte, ihre Schwester habe den Zigarrenrauch von Dr. Roylott gerochen. Es war also anzunehmen, dass zwischen diesen beiden Räumen eine Verbindung bestand, aber nur eine kleine, sonst wäre sie bei der amtlichen Untersuchung erwähnt worden. Ich tippte auf einen Ventilator.«

»Nun gut, aber was ist Schlimmes an einem Ventilator?«

»Die zeitliche Übereinstimmung. Eine Klingelschnur wird angebracht, ein Ventilator installiert, und eine im Bett schlafende junge Dame stirbt unvermittelt. Fällt dir das nicht auf?«

»Ich sehe immer noch keinen Zusammenhang.«

»Fiel dir nichts Ungewöhnliches am Bett auf?«

»Nein.«

»Es war am Fußboden festgeschraubt. Hast du jemals ein festgeschraubtes Bett gesehen?«

»Nein, nicht dass ich wüsste.«

»Die junge Dame konnte ihr Bett nicht verschieben. Das Bett musste immer in gleichbleibender Entfernung zu dem Ventilator und dem Seil – so können wir es ruhig bezeichnen, denn eine Klingelschnur war es nie – sein.«

»Holmes«, rief ich, »ich glaube, langsam verstehe ich. Wir sind wirklich im letzten Augenblick gekommen, um ein hinterlistiges und schreckliches Verbrechen zu verhindern.«

»Teuflisch und klug. Ein Arzt, der zum Verbrecher wird, ist besonders gefährlich. Er ist kaltblütig, und er weiß viel. Heute Nacht können wir ausziehen, das Fürchten zu lernen. Jetzt lass uns um Gottes willen in Ruhe eine Pfeife rauchen und für einige Stunden an etwas Erfreulicheres denken.« Gegen neun Uhr verschwanden die Lichter zwischen den Bäumen. Das Gutshaus versank im Dunkeln. Es verstrichen langsam zwei Stunden. Plötzlich, Punkt elf, leuchtete ein einzelnes helles Licht auf.

»Unser Zeichen!« Holmes sprang auf. »Es kommt aus dem mittleren Fenster.« Als wir aus dem Gasthof gingen, wechselten wir noch einige Worte mit dem Wirt und erklärten ihm, dass wir noch auf einen späten Besuch zu Bekannten gehen würden und dass wir möglicherweise dort die Nacht verbringen würden. Ein kalter Wind blies durch die Straßen. Es war nicht schwierig, in den Park zu gelangen. Im Schutze der Bäume erreichten wir den Rasen und überquerten ihn. Wir wollten eben durchs Fenster steigen, als aus dem verwilderten Buschwerk ein dunkler Schatten hervorsprang. Er sah aus wie ein grausig verkrüppeltes Kind, warf sich mit zuckenden Gliedern ins Gras und verschwand dann schnellfüßig in der Dunkelheit.

»Mein Gott!«, flüsterte ich. »Hast du das gesehen?«

Im ersten Augenblick war Holmes genauso erschrocken wie ich. In seiner Aufregung schlossen sich seine Finger mit einem harten Griff um mein Handgelenk. Dann fing er leise zu lachen an und flüsterte mir ins Ohr: »Ein reizender Haushalt, das war der Pavian.« Ich hatte die seltsamen Haustiere, für die der Doktor eine Vorliebe hatte, völlig vergessen. Da gab es ja auch noch den Leoparden; vielleicht würden wir ihn im nächsten Moment auf unseren Schultern wiederfinden. Ich muss gestehen, dass ich aufatmete, als ich schließlich mit Holmes zusammen im Schlafzimmer angelangt war. Er schloss geräuschlos die Läden, stellte die Lampe auf den Tisch und blickte sich im Zimmer um. Es war alles so, wie wir es tagsüber gesehen hatten.

Holmes kam ganz nahe zu mir heran und flüsterte beinahe unhörbar in mein Ohr:

»Das geringste Geräusch kann alles verderben.«

Ich nickte, zum Zeichen, dass ich verstanden hatte.

»Wir müssen ohne Licht dasitzen. Er würde es durch den Ventilator sehen.«

Ich nickte abermals.

»Schlafe nur nicht ein! Es könnte dich das Leben kosten. Hältst du die Pistole bereit, falls wir sie brauchen sollten? Ich setze mich aufs Bett, nimm du den Stuhl.«

Ich zog meinen Revolver heraus und legte ihn vor mich

auf den Tisch. Holmes hatte einen langen dünnen Rohrstock mitgebracht und legte ihn neben sich aufs Bett, daneben eine Schachtel mit Streichhölzern und einen Kerzenstumpen. Schließlich löschte er die Lampe. Ich werde niemals diese schreckliche Nachtwache vergessen. Ich konnte nicht das geringste Geräusch hören, und ich wusste, dass mein Kompagnon mit wachen Augen einige Fußschritte von mir entfernt saß und genauso nervös war wie ich. Wir warteten im absoluten Dunkeln. Aus der Ferne hörten wir alle Viertelstunde die tiefen Glockentöne der Kirchenuhr. Eine Ewigkeit schien zwischen diesen Tönen zu liegen! Zwölf Uhr. Eins, zwei. Um drei Uhr saßen wir immer noch in fieberhafter Spannung und warteten auf etwas, was immer es auch sein mochte. Plötzlich fiel ein Lichtstrahl durch den Ventilator.

Er erlosch sofort wieder, aber es folgte ein starker Geruch von verbranntem Öl und erhitztem Metall. Im anderen Raum hatte jemand eine Laterne angezündet, und ich hörte, wie sich jemand leise bewegte. Dann war wieder alles still, obwohl der Geruch stärker wurde. Eine halbe Stunde lauschte ich angespannt. Dann hörte ich plötzlich wieder etwas – ein schwaches, zischendes Geräusch, als ob Dampf aus einem kochenden Wasserkessel entweichen würde.

Im gleichen Moment sprang Holmes vom Bett auf, zündete ein Streichholz an und schlug wie wild mit seinem Stock auf die Klingelschnur ein.

»Siehst du sie, Watson?«, schrie er gellend. »Siehst du sie?«

Aber ich sah nichts. Als Holmes die Kerze anzündete,

hörte ich ein leises, klares Pfeifen. Der plötzliche Lichtstrahl blendete mich aber so, dass ich nicht erkennen konnte, worauf mein Freund so wild einhieb. Ich sah nur sein todbleiches und von Entsetzen gezeichnetes Gesicht.

Er hatte aufgehört zu schlagen und starrte zum Ventilator hinauf, als plötzlich durch die Stille der Nacht ein entsetzlich markerschütternder Schrei gellte, wie ich ihn nie zuvor gehört hatte. Er wurde lauter und lauter. Schmerz, Angst und Wut vereinten sich in einem schrecklichen Gebrüll. Man erzählte sich, dass man den Schrei bis ins Dorf hinunter hörte und dass er die Menschen aus dem Schlaf riss. Uns wurde ganz kalt ums Herz, und wir starrten uns gegenseitig an, bis die Schreie erstarben und uns wieder die Stille der Nacht umgab.

»Was war das?«, flüsterte ich mit erstickter Stimme.

»Es bedeutet, dass alles vorbei ist. Vielleicht ist es so am besten«, sagte Holmes. »Nimm deinen Revolver, wir gehen in Dr. Roylotts Zimmer.«

Mit ernstem Gesicht zündete er die Lampe an und begab sich auf den Korridor. Er klopfte zweimal an die Tür von Dr. Roylotts Zimmer, ohne eine Antwort zu erhalten. Dann drückte er die Türklinke nieder und trat ein. Ich folgte ihm mit entsicherter Pistole.

Auf dem Tisch stand eine Sturmlaterne. Ihr Lichtkegel fiel auf den weit geöffneten Safe. Neben dem Tisch auf dem Holzstuhl saß Dr. Roylott in einem langen grauen Morgenrock, die nackten Füße steckten in roten türkischen Pantoffeln. Auf seinem Schoß lag der kurze Stock mit der langen Peitsche, die wir tagsüber schon gesehen hatten. Sein Kinn war nach oben gereckt, und seine Augen waren mit einem schrecklich starren Blick auf eine Ecke der Zimmerdecke gerichtet. Um seine Stirn wand sich ein eigenartiges gelbes Band mit bräunlichen Tupfen. Als wir in das Zimmer traten, gab er keinen Laut von sich und bewegte sich nicht.

»Das Band! Das gefleckte Band!«, flüsterte Holmes.

Ich trat einen Schritt vor. In der gleichen Sekunde begann der unheimliche Kopfschmuck sich zu bewegen. Aus den Haaren des Doktors erhob sich der gedrungene, rautenförmige Kopf und der Körper einer ekelhaften Schlange.

»Es ist eine ›Swamp adder‹!«, schrie Holmes. »Die gefährlichste Schlange in Indien. Ihr Biss tötet in zehn Sekunden. Wirklich, Gewalt antwortet auf Gewalt, und der, der anderen eine Grube gräbt, fällt selbst hinein. Lass uns Miss Stoner an einen ruhigen Ort bringen und die örtliche Polizei verständigen.«

Während er sprach, nahm er die Hundepeitsche vom Schoß des toten Mannes, warf die Schlinge um den Hals der Schlange, zog sie von ihrem grauenhaften Platz weg und trug sie mit ausgestrecktem Arm zum Safe, warf sie dort hinein und schlug den Deckel zu. So starb Dr. Grimesby Roylott von Stoke Moran.

Nachdem wir die traurige Nachricht der verstörten Miss Stoner überbracht hatten, setzten wir sie in den Morgenzug, der sie in die Obhut ihrer Tante nach Harrow brachte. Erst als wir nach London zurückfuhren, klärte Holmes mich über die letzten mir noch dunklen Punkte auf.

»Ich war zu einem völlig falschen Schluss gekommen, Watson. Das beweist wieder einmal, wie gefährlich es sein kann, aus ungenauen Angaben Schlüsse zu ziehen. Die Anwesenheit der Zigeuner und die letzten gestammelten Worte, mit denen das arme Mädchen zweifellos das Schreckliche beschreiben wollte, das sie im flackernden Licht ihres Streichholzes gesehen hatte, brachten mich auf eine vollkommen falsche Spur, nämlich auf die Zigeuner. Doch als ich erkannte, dass die Gefahr für den Zimmerbewohner weder vom Fenster noch von der Tür her kommen konnte, stellte ich völlig neue Überlegungen an.

Meine ganze Aufmerksamkeit war jetzt, wie ich schon dir gegenüber erwähnt hatte, auf den Ventilator und die Klingelschnur gerichtet. Die Entdeckung, dass es sich dabei um eine Attrappe handelte und dass das Bett am Fußboden festgeschraubt war, erweckte sogleich in mir den Verdacht, dass das Seil nur als Brücke zwischen der Öffnung und dem Bett dienen konnte. Ich dachte sofort an eine Schlange. Da mir bekannt war, dass der Doktor indische Tiere hielt, baute ich diese Theorie aus. Ich fühlte, dass ich auf der richtigen Fährte war.

Siehst du, Watson, die Idee, Gift für einen Mord zu benutzen, das höchstwahrscheinlich durch keinen chemischen Test nachgewiesen werden konnte, passte sehr gut zu einem klugen und kaltblütigen Mann, der lange Jahre in Indien gelebt hat. Für ihn war auch die schnelle Wirksamkeit des Giftes wichtig. Es war unwahrscheinlich, dass bei einer Untersuchung die zwei kleinen Punkte, die die Giftzähne hinterlassen hatten, bemerkt werden würden.

Dann das Pfeifen. Dr. Roylott musste die Schlange ja wieder vor Tagesanbruch zurückrufen. Wahrscheinlich hat er sie mit Hilfe der Milch abgerichtet, auf seinen Pfiff zurückzukommen. Er ließ sie also zur geeigneten Stunde durch den Ventilator kriechen, mit der Gewissheit, dass sie an dem Seil hinabgleiten und auf dem Bett landen würde. Ob sie nun gleich beim ersten Mal zubiss oder nicht, konnte er zwar nicht im Voraus wissen, aber früher oder später musste es eben doch geschehen, und das Opfer war rettungslos verloren.

Diese Schlüsse zog ich, bevor ich den Raum des Doktors betreten hatte. Als ich dann noch den Stuhl untersuchte, bemerkte ich, dass er oft auf ihm gestanden haben musste, denn das war natürlich unumgänglich, wenn er zum Ventilator reichen wollte.

Der Safe, das Schälchen Milch, die zu einer Schlinge geknüpfte Peitschenschnur, das alles gab mir die letzte Gewissheit.

Das Metallgeräusch, das Miss Stoner gehört hatte, rührte offensichtlich daher, dass der Doktor die Tür zum Safe etwas zu hastig hinter dem unheimlichen Tier geschlossen hatte. So viel also wusste ich, als ich die Schlange zischen hörte. Ich dachte, du hättest sie auch gehört. Instinktiv zündete ich die Kerze an und griff die Schlange an. Ich schlug auf sie ein.«

»Mit dem Erfolg, dass du sie durch den Ventilator wieder zurücktriebst.«

»Nicht nur das. Ich reizte sie damit, dass sie auf der anderen Seite ihren Herrn angriff. Indirekt also trifft mich die Schuld an Dr. Grimesby Roylotts Tod, aber ich muss gestehen, Watson, diese Schuld lastet nicht allzu schwer auf meinem Gewissen.«

Ingrid Noll

Nasentropfen

Es regnet. An den dicken Eisenstäben vor meiner kleinen Zellenluke perlt das Wasser unermüdlich herunter. Ich singe: »Nasentropfen, die an mein Fenster klopfen …«

An die Nacht, in der das Unheil begann, kann ich mich genau erinnern. Wir waren gerade eingeschlafen, als das Telefon klingelte und ich dringend ins Krankenhaus gerufen wurde. Nun, das kommt vor, im Allgemeinen schlummere ich zwei Stunden später bereits wieder friedlich weiter.

Beim Einschlafen pflegte ich auf der rechten Seite zu liegen, meine Frau im Übrigen auch. Meine Gedanken kreisten noch um den perforierten Blinddarm, als ich von einem zugigen Lüftchen angefächelt wurde. Hilde schlief sowohl auf der falschen Seite als auch mit einer verblüffend neuen Atemtechnik. Schnarchen konnte man es nicht direkt nennen, es handelte sich um ein aufdringliches ›Püü-Haa‹. Nur wenige Minuten lang konnte ich es ertragen. Ich stieß sie an, sie drehte sich weg, und der Spuk war zu Ende.

In der nächsten Nacht fuhr mir ein Sturmwind ins Gesicht, das ›Püü‹ und ›Haa‹ ging in ein ratzendes Sägen über. Das Weib wendete sich nicht mehr gehorsam ab, sondern wirkte unverdrossen auf meinen Herzinfarkt hin – die häufigste Todesursache bei Ärzten.

Eine nächtliche Bettflucht war unmöglich. Bei meinem

Sohn mochte ich nicht um Asyl nachsuchen, seine Socken und Turnschuhe belästigten ein anderes meiner empfindlichen Sinnesorgane. Bei der Tochter ging es schon aus Gründen des Anstands nicht.

Nach schlaflosen Nächten, heftigen ehelichen Auseinandersetzungen und Drohungen beriet ich mich mit einem Kollegen. Er empfahl Nasentropfen. Bereits am nämlichen Abend zwang ich Hilde, das Medikament zu nehmen. Mit Erfolg: Die Nasenatmung funktionierte wieder.

Wenn ich gedacht hatte, das Problem sei hiermit gelöst, so irrte ich. Anfangs nahm meine Frau die Tropfen mit künstlichem Eifer. Als echte Schlampe vergaß sie ihre Pflicht aber schon nach wenigen Tagen und begann wieder zu schnarchen, grauenhafter denn je. Sie musste von mir gerüttelt, gerügt, ja gewaltsam beträufelt werden.

Dann begann sie mit diesen Ausflügen. Einmal im Monat besuchte sie ihre Freundin in der Stadt und übernachtete dort, obwohl man in zehn Minuten wieder zu Hause sein konnte. Diese Extravaganz bezeichnete sie als ihr gutes Recht. Niederträchtigerweise vergaß sie nie, die Tropfen in den Kulturbeutel zu packen. Bei meinen abendlichen Kontrollanrufen meldete sich niemand, selbst um drei Uhr nachts wurde der Hörer nicht abgenommen.

Sicherlich betrog sie mich. Bei mir wurde auf Teufel komm raus geschnarcht, mein Nebenbuhler dagegen durch lautlosen Schlaf beglückt. Insofern war es nicht verwunderlich, dass ich mich auf Hildes Geburtstagsfeier in ihre sanfte Freundin Sonja verliebte.

Kurz darauf reifte der geniale Plan, mich meiner Frau zu entledigen, ein für alle Mal. Vom Anästhesisten entwendete ich ein starkes Muskelrelaxans, das als Narkosemittel in flüssiger Form verfügbar war. Als Hilde erneut den Koffer packte, leerte ich die Nasentropfen aus dem Fläschchen, füllte es mit der gestohlenen Injektionslösung und legte das Überraschungsei in ihre Toilettentasche zurück, nicht ohne einen Markierungspunkt angebracht zu haben. Ich rechnete mit einem nächtlichen Atemstillstand und einem grauenhaften Schock ihres Lovers. Aber meine Frau kam gesund nach Hause.

In meiner Verzweiflung beschloss ich, Gleiches mit Gleichem zu vergelten. Am folgenden Samstag fuhr ich zu Sonja und blieb die ganze Nacht bei ihr. Wenn Hilde schon nicht sterben wollte, so sollte sie in Zukunft zumindest leiden wie ich.

Nach der Liebe schlief ich wie ein junger Gott. Sonja war, trotz einer Erkältung, selbst im Schlaf ein Muster an Disziplin.

Als ich meine Liebste wachküssen wollte, war sie starr und kalt. Auf ihrem Nachttisch standen Hildes Nasentropfen.

Edgar Allen Poe

Das schwatzende Herz

Wahr ist es: nervös, entsetzlich nervös war ich damals und bin es noch. Warum aber müsst ihr durchaus behaupten, dass ich wahnsinnig sei? Mein nervöser Zustand hatte meinen Verstand nicht zerrüttet, sondern ihn geschärft, hatte meine Sinne nicht abgestumpft, sondern wachsamer gemacht. Vor allem hatte sich mein Gehörsinn wunderbar fein entwickelt. Ich hörte alle Dinge im Himmel und auf Erden. Ich hörte viele Dinge in der Hölle. Und das sollte Wahnsinn sein? Hört zu und merkt auf, wie sachlich, wie ruhig ich die ganze Geschichte erzählen kann.

Ich kann nicht sagen, wann der Gedanke mich zum ersten Mal überfiel. Er war urplötzlich da und verfolgte mich Tag und Nacht. Ein wichtiges Motiv war nicht vorhanden. Hass war nicht vorhanden. Ich liebte den alten Mann. Er hatte mir nie etwas zuleid getan. Er hatte mir nie eine Kränkung zugefügt. Nach seinem Geld trug ich kein Verlangen. Ich glaube, es war sein Auge. Ja, das war es! Eins seiner Augen glich vollständig dem Auge eines Geiers – ein blasses blaues Auge mit einem Häutchen darüber. Wann immer es mich anblickte, erstarrte mir das Blut. Und so – nach und nach – immer zwingender – setzte sich der Gedanke in mir fest, dem alten Mann das Leben zu nehmen und mich auf diese Weise für immer von dem Auge zu befreien.

Nun merkt wohl auf! Ihr haltet mich für verrückt. Verrückte erwägen nichts. Aber *mich* hättet ihr sehen sollen! Ihr hättet sehen sollen, wie klug ich vorging – mit wie viel Vorsicht – mit wie viel Umsicht – mit wie viel Heuchelei ich zu Werke ging! Ich war nie freundlicher zu dem alten Mann als während der ganzen Woche, bevor ich ihn umbrachte. Und jede Nacht gegen Mitternacht drückte ich auf seine Türklinke und öffnete die Tür – oh, so leise! Und dann, wenn der Spalt weit genug war, dass ich den Kopf hindurchstecken konnte, hielt ich eine verdunkelte, ganz geschlossene Laterne ins Zimmer; sie war ganz verschlossen, sodass kein Lichtschein herausdrang. Und dann folgte mein Kopf. Oh, ihr hättet gelacht, wenn ihr gesehen hättet, wie geschickt ich ihn vorstreckte! Ich bewegte ihn ganz langsam vorwärts, um nicht den Schlaf des alten Mannes zu stören. Ich brauchte eine Stunde dazu, den Kopf so weit durch die Öffnung zu schieben, dass ich den Alten in seinem Bette sehen konnte. Ha! wäre ein Wahnsinniger wohl so weise vorgegangen? Und dann, wenn ich meinen Kopf glücklich im Zimmer hatte, öffnete ich vorsichtig die Laterne – oh, so vorsichtig! Ganz sachte, denn die Scharniere kreischten, öffnete ich sie so weit, dass ein einziger feiner Strahl auf das Geierauge fiel. Und das tat ich sieben Nächte lang, jede Nacht gerade um Mitternacht. Aber ich fand das Auge immer geschlossen, und so war es unmöglich, das Werk zu vollenden; denn es war nicht der alte Mann, der mich ärgerte, sondern sein Scheelauge. Und jeden Morgen, wenn der Tag anbrach, ging ich kühn zu ihm hinein und sprach mit ihm. Ich nannte ihn munter und herzlich beim Namen und fragte ihn, ob er eine gute Nacht verbracht habe. Ihr seht also, er hätte wirklich ein sehr schlauer Mann sein müssen, um zu vermuten, dass ich allnächtlich um zwölf Uhr, während er schlief, zu ihm hereinsah.

In der achten Nacht ging ich beim Öffnen der Tür mit ganz besonderer Vorsicht zu Werke. Der Minutenzeiger einer Uhr rückt gewiss schneller voran, als damals meine Hand. Niemals vor dieser Nacht hatte ich die Größe meiner Macht, meines Scharfsinns so gefühlt. Ich konnte kaum meinen Triumph unterdrücken. Da war ich nun hier und öffnete ganz sacht, ganz allmählich die Tür – und ihm träumte nicht einmal von meinem geheimen Tun und Denken. Ich kicherte bei diesem Gedanken, und vielleicht hörte er mich, denn er rührte sich – wie erschreckt. Jetzt könntet ihr denken, ich sei zurückgefahren. Aber nein! Sein Zimmer war ganz dunkel, denn er hatte die Fensterladen aus Furcht vor Einbrechern fest geschlossen; es war pechschwarz. Und ich wusste also, dass er das Öffnen der Tür nicht sehen konnte, und ich fuhr fort, sie langsam, langsam aufzumachen.

Ich war mit dem Kopf im Zimmer und machte mich daran, die Laterne zu öffnen; da glitt mein Daumen an dem Blechverschluss ab, und der alte Mann schrak im Bett empor und schrie: »Wer ist da?«

Ich verhielt mich ganz still und sagte nichts. Eine volle Stunde lang rührte ich kein Glied, und in dieser ganzen Zeit hörte ich nicht, dass er sich wieder niederlegte. Er saß noch aufrecht im Bett und horchte – gerade so, wie ich Nacht um Nacht auf das Ticken der Totenuhren an den Stubenwänden gehorcht habe.

Da hörte ich ein leises Ächzen, und ich wusste, das war

das Ächzen tödlichen Entsetzens. So stöhnte nicht Schmerz und nicht Kummer – o nein! Es war das Grauen! Das war der dumpfe, erstickte Laut, der aus den Tiefen der Seele kommt, wenn das Grauen sie gepackt hält. Ich kannte diesen Laut gut. In mancher Nacht, wenn alle Welt schlief, in mancher Mitternacht war er aus meiner eigenen Brust heraufgequollen und hatte mit seinem schrecklichen Klang das Entsetzen, das mich von Sinnen brachte, noch vermehrt.

Ich sage, ich kannte diesen ächzenden Laut gut. Ich wusste, was der alte Mann fühlte, und ich bemitleidete ihn, obschon ich innerlich kicherte. Ich wusste, dass er wach gelegen, schon seit dem ersten schwachen Geräusch, das ihn aufgeschreckt hatte. Seitdem war seine Angst von Minute zu Minute gewachsen. Er hatte versucht, sie als grundlos anzusehen, aber es gelang ihm nicht. Er hatte sich gesagt: »Es ist weiter nichts als der Wind im Schornstein«, oder: »Es ist nur eine Maus, die durchs Zimmer läuft«, oder: »Es ist nur eine Grille, die ein einziges Mal gezirpt hat.« Ja, er hatte versucht, sich mit diesen Vermutungen zu beruhigen; aber es war alles vergebens gewesen. *Alles vergebens,* weil der nahende Tod schon vor ihn hingetreten war und sein Opfer mit schwarzem Schatten umhüllte. Und die dunkle Gewalt des unsichtbaren Schattens war es, die ihn – obschon er weder sah noch hörte – *fühlen* ließ, dass mein Kopf im Zimmer war.

Nachdem ich lange Zeit sehr geduldig gewartet hatte, ohne doch zu hören, dass er sich wieder niederlegte, beschloss ich endlich, einen kleinen – einen winzig kleinen Spalt der Laterne zu öffnen. Ich begann also – ihr könnt euch gar nicht vorstellen, wie bedachtsam, wie leise – die

Laterne zu öffnen, bis schließlich ein einziger matter, spinnfadenfeiner Strahl herausdrang und auf das Geierauge fiel.

Es war offen, weit offen, und ich wurde rasend, als ich darauf hinstarrte. Ich sah es mit vollkommener Deutlichkeit: nichts als ein stumpfes Blau mit einem ekelhaften Schleier darüber. Ich erschauerte bis ins Mark. Aber ich konnte von des alten Mannes Gesicht und Gestalt nichts weiter sehen, denn ich hatte den Strahl wie instinktiv ganz genau auf die verfluchte Stelle gerichtet.

Und nun – habe ich euch nicht gesagt, dass das, was ihr für Wahnsinn haltet, nur eine Überfeinerung der Sinne ist? – nun, sage ich, vernahm mein Ohr ein leises, dumpfes, schnelles Geräusch, ein Geräusch wie das Ticken einer Uhr, die man mit einem Tuch umwickelt hat. Auch diesen Laut kannte ich gut. Es war des alten Mannes Herz, das so schlug. Es steigerte meine Wut, wie das Schlagen einer Trommel den Soldaten zu mutigerem Vorgehen anreizt.

Aber selbst jetzt bezwang ich mich und blieb still. Ich atmete kaum. Ich hielt die Laterne regungslos. Ich versuchte den Strahl so beständig wie möglich auf das Auge zu heften. Inzwischen steigerte sich das höllische Trommeln des Herzens. Es wurde jede Minute schneller und schneller und lauter und lauter. Das Entsetzen des alten Mannes muss furchtbar gewesen sein. Das Klopfen wurde lauter, sage ich, lauter von Minute zu Minute! – Hört ihr mich wohl? Ich habe euch gesagt, dass ich nervös sei, und das bin ich. Und nun, in so toter Nachtstunde, in diesem alten Hause, das so grauenhaft schweigsam war, erweckte dies eine seltsame Geräusch in mir ein maßloses Entsetzen. Doch noch einige

Minuten länger bezwang ich mich und stand still. Aber das Klopfen wurde lauter und lauter! Ich dachte, das Herz müsse zerspringen. Und nun fasste mich eine neue Angst: das Geräusch könnte von einem Nachbarn vernommen werden!

Da war des Alten Stunde gekommen! Mit einem lauten Geheul riss ich die Blendlaterne auf und sprang ins Zimmer. Er schrie auf – nur ein einziges Mal! Im Augenblick zerrte ich ihn auf den Boden hinunter und zog das schwere Federbett über ihn. Dann lächelte ich, froh, die Tat so weit vollbracht zu sehen. Aber noch viele Minuten hörte ich den erstickten Laut des klopfenden Herzens. Das kümmerte mich jedoch nicht. Das konnte nicht durch die Wände hindurch gehört werden. Endlich hörte es auf. Der alte Mann war tot. Ich entfernte das Bett und untersuchte den Leichnam. Ja, er war tot – tot wie ein Stein. Ich legte ihm meine Hand aufs Herz und ließ sie minutenlang da liegen. Kein Pulsschlag war zu spüren. Er war endgültig tot. Sein Auge würde mich nicht mehr belästigen.

Solltet ihr mich noch immer für wahnsinnig halten, so werdet ihr eure Anschauung sicher ändern, wenn ich euch schildere, welch kluge Vorsichtsmaßregeln ich ergriff, um den Leichnam zu verbergen. Die Nacht schwand hin, und ich arbeitete eilig, aber in großer Stille.

Aus dem Fußboden des Zimmers hob ich drei Dielen heraus und bereitete darunter dem Toten sein Grab. Dann legte ich die Bretter wieder an Ort und Stelle. So geschickt, so sorgfältig tat ich dies, dass kein menschliches Auge – nicht einmal das seine – irgendetwas Auffallendes hätte bemerken können. Da gab es nichts wegzuwaschen – keinen

Fleck irgendwelcher Art – nicht das kleinste Bluttröpfchen. Dafür war ich viel zu bedachtsam vorgegangen.

Als ich mit dieser Arbeit fertig war, war es vier Uhr – noch immer schwarz wie Mitternacht. Als die Turmuhr die Stunde anschlug, pochte es am Haustor. Ich ging leichten Herzens hinunter, um zu öffnen – denn was hatte ich *jetzt* zu fürchten? Es traten drei Männer herein, die sich sehr liebenswürdig als Polizeibeamte vorstellten. Ein Nachbar hatte in der Nacht einen Schrei vernommen; man hatte Verdacht gefasst, hatte dem Polizeiamt Mitteilung gemacht, und sie, die drei Beamten, waren abgesandt worden, um nach der Ursache zu forschen.

Ich lächelte – denn *was* hatte ich zu fürchten? Ich hieß die Herren willkommen. Den Schrei, sagte ich, hätte ich selbst ausgestoßen, in einem Traum. Der alte Mann sei abwesend, sei aufs Land gereist, bemerkte ich. Ich führte die Besucher durchs ganze Haus. Ich bat sie, sich umzusehen – gut umzusehen. Ich führte sie schließlich in *sein* Zimmer. Ich zeigte ihnen seine Wertsachen vollzählig und unberührt. Begeistert über meine Gewissensruhe brachte ich Stühle herbei und ersuchte die Herren, sich *hier* von ihrer Ermüdung zu erholen, während ich, im Bewusstsein meines vollständigen Sieges, voll ausgelassener Kühnheit meinen eigenen Stuhl genau dorthin stellte, wo unter den Dielen der Leichnam des Opfers ruhte.

Die Beamten waren zufrieden. Mein Benehmen hatte sie überzeugt. Ich war ungewöhnlich aufgeräumt. Sie saßen also, und während ich fröhlich Antwort gab, plauderten sie von privaten Angelegenheiten. Aber nicht lange, da fühlte ich, dass ich erbleichte, und ich wünschte sie fort. Mein

Kopf schmerzte, und ich glaubte, Ohrensausen zu haben; aber noch immer saßen sie da und plauderten. Das Sausen wurde deutlicher – es hörte nicht auf und wurde immer deutlicher. Ich sprach noch unbefangener, um das seltsame Gefühl loszuwerden. Aber es blieb und nahm zu an Deutlichkeit – bis mir endlich klar wurde, dass das Geräusch *nicht* in den Ohren selbst war.

Zweifellos: jetzt wurde ich *sehr* bleich – aber ich redete noch eifriger und mit erhobener Stimme. Doch das Geräusch wurde lauter – und was konnte ich tun? Es war *ein leises, dumpfes, schnelles Geräusch – ein Geräusch wie das Ticken einer Uhr, die man mit einem Tuch umwickelt hat.* Ich rang nach Atem – und dennoch – die Beamten hörten es noch immer nicht. Ich sprach schneller – heftiger, aber das Geräusch wuchs beständig. Ich stand auf und redete gereizt und zornig; meine Stimme war schrill, und ich gestikulierte wild – aber das Geräusch wuchs beständig. Warum *gingen* sie denn nicht? Ich lief mit wuchtigen Schritten auf und ab, als ob mich die Reden der Männer in Wut gebracht hätten – aber das Geräusch nahm fortwährend zu. O Gott! Was *konnte* ich tun? Ich schäumte – ich raste – ich fluchte! Ich ergriff den Stuhl, auf dem ich gesessen, und kratzte damit auf den Dielen hin und her – aber das Geräusch erhob sich über alles und nahm fortgesetzt zu. Es wurde lauter – lauter – *lauter!* Und immer noch plauderten die Männer freundlich und lächelten. War es möglich, dass sie nicht hörten? Allmächtiger Gott! – nein, nein! Sie hörten! – sie argwöhnten! – sie *wussten!* Sie trieben Spott mit meinem Entsetzen! – Das war es, was ich dachte, und das denke ich noch. Aber alles andere war besser als diese Pein. Alles war erträglicher als dieser Hohn. Ich konnte dies heuchlerische Lächeln nicht länger ertragen. Ich fühlte, dass ich hinausschreien musste – oder sterben! – Und jetzt – wieder! – horch! lauter! lauter! lauter! *lauter…!*

»Schurken«, kreischte ich, »verstellt euch nicht länger! Ich bekenne die Tat! – Reißt die Dielen auf! – Hier, hier! – Es ist das Schlagen dieses fürchterlichen Herzens.«

Ray Bradbury

Die Früchte am Grund der Schale

William Acton stand auf. Die Uhr auf dem Kaminsims tickte Mitternacht. Er blickte auf seine Finger, er blickte auf den großen Raum um sich her, und er blickte auf den Mann, der am Boden lag. William Acton, dessen Finger über Schreibmaschinentasten geglitten waren, geliebt hatten und morgens zum Frühstück Speck und Eier gebraten hatten, hatte nun mit denselben zehn Fingern mit ihrem Linienmuster einen Mord vollbracht.

Er hatte sich nie als Bildhauer betrachtet, aber als er jetzt zwischen seinen Händen hindurch auf den Körper hinabsah, der auf dem polierten Parkettboden lag, begriff er, dass er mittels einigen bildhauerischen Pressens und Umgestaltens und Verdrehens von menschlichem Lehm diesen Mann namens Donald Huxley in den Griff bekommen und seine Physiognomie, selbst die Form seines Körpers verändert hatte. Mit einem Griff seiner Finger hatte er den herausfordernden Glanz von Huxleys grauen Augen weggewischt, ihn ersetzt durch blinde Stumpfheit des Auges, kalt in der Höhle. Die Lippen, sonst immer rosig und sinnlich, waren geöffnet und entblößten ein Pferdegebiss, gelbe Schneidezähne, nikotingefärbte Eckzähne und goldgefüllte Backenzähne. Die Nase, zuvor ebenfalls rosig, war jetzt gefleckt, bleich, entfärbt, ebenso wie die Ohren. Huxleys Hände lagen offen am Boden, zum ersten Mal in ihrem Leben flehend statt fordernd.

Ja, es war eine künstlerische Schöpfung. Im Ganzen hatte Huxley die Veränderung auch gutgetan. Der Tod hatte einen Mann aus ihm gemacht, mit dem sich besser umgehen ließ. Jetzt konnte man mit ihm sprechen, und er musste zuhören.

William Acton blickte auf seine eigenen Finger.

Es war getan. Er konnte es nicht mehr rückgängig machen. Hatte ihn jemand gehört? Er lauschte. Draußen die üblichen Geräusche späten Straßenverkehrs. Keine Schläge an der Haustür, keine Schulter zertrümmerte den Eingang zu Brennholz, keine Stimmen verlangten Einlass. Der Mord, das Modellieren des Lehms von Wärme in Kälte, war getan, und niemand wusste davon.

Was nun? Die Uhr tickte Mitternacht. Jeder seiner Impulse sprengte ihn in Hysterie zur Tür hin.

Los, fort, lauf, komm nie wieder, steig in einen Zug, ruf ein Taxi, fort, weg, lauf, geh, bummle, aber um alles in der Welt *hinaus* mit dir!

Seine Hände schwebten und drehten sich vor seinen Augen.

Er verrenkte sie langsam und nachdenklich; sie fühlten sich luftig und federleicht an. Warum starre ich sie so an?, fragte er sich. War denn etwas so ungeheuer Interessantes an ihnen, dass er jetzt nach erfolgreichem Würgen stehen blieb und sie Linie um Linie untersuchen musste?

Es waren gewöhnliche Hände. Nicht dick, nicht dünn, nicht lang, nicht kurz, nicht haarig, nicht kahl, nicht gepflegt, doch auch nicht schmutzig, nicht weich und doch nicht schwielig, nicht runzlig und doch nicht glatt; durchaus keine Mörderhände – und doch auch nicht unschuldig. Offenbar empfand er sie als ein Wunder, das er betrachten musste.

Aber er interessierte sich weder für die Hände als Hände noch für die Finger als Finger. In der stumpfen Zeitlosigkeit nach vollbrachter Gewalttat fesselten ihn nur seine Finger*spitzen*.

Die Uhr auf dem Kaminsims tickte.

Er kniete neben Huxleys Körper nieder, zog ein Taschentuch aus Huxleys Tasche und begann, systematisch Huxleys Hals damit zu säubern. Er rieb und massierte den Hals und wischte mit wilder Energie Gesicht und Nacken ab. Dann stand er auf. Er blickte auf den Hals. Er blickte auf den polierten Boden. Er beugte sich langsam nieder und betupfte den Boden ein paarmal mit dem Taschentuch. Sein Blick verfinsterte sich, und er wischte den Boden, zuerst nahe am Kopf der Leiche, dann neben den Armen. Dann polierte er den Boden rings um den Körper. Er polierte den Boden im Umkreis von einem Meter um die Leiche. Dann polierte er den Boden im Umkreis von zwei Metern um die Leiche. Dann polierte er den Boden im Umkreis von drei Metern um die Leiche. Dann –

Er hielt inne.

Es kam ein Augenblick, da sah er das ganze Haus, die Korridore mit den Spiegeln, die geschnitzten Türen, die kostbaren Möbel. Und er hörte, als würde alles noch einmal Wort für Wort wiederholt, Huxley und sich selbst genau so sprechen, wie sie erst vor einer Stunde miteinander gesprochen hatten.

Den Finger auf Huxleys Klingel. Huxleys Tür, die aufging.

»Oh!« Huxley war erschrocken. »Ach, *du* bist es, Acton.«

»Wo ist meine Frau, Huxley?«

»Glaubst du wirklich, ich würde es dir sagen? Steh nicht so dämlich da draußen herum. Wenn du ernsthaft mit mir reden willst, komm herein. Durch die Tür dort. In die Bibliothek.«

Acton hatte die Tür zur Bibliothek *angefasst.*

»Einen Drink?«

»Ja, ich brauche einen. Ich kann nicht glauben, dass Lily fortgegangen ist, dass sie ...«

»Da ist eine Flasche Burgunder, Acton. Macht es dir was aus, sie aus dem Schrank da zu holen?«

Ja, sie holen, sie *ergreifen.* Sie *anfassen.* Er tat es.

»Hier habe ich ein paar interessante Erstausgaben, Acton. Befühl einmal diesen Einband. Fühl mal.«

»Ich bin nicht hergekommen, um mir Bücher anzusehen, ich ...«

Er hatte die Bücher, den Tisch in der Bibliothek *angefasst,* die Burgunderflasche und die Burgundergläser *angefasst.*

Jetzt, da er mit dem Taschentuch in der Hand reglos neben Huxleys Körper auf dem Boden hockte, starrte er auf das Haus, die Wände, die Möbel um ihn herum, und seine Augen weiteten sich, sein Kinn fiel herab. Er war wie betäubt von dem, was ihm jetzt klar wurde und was er sah. Er schloss die Augen, ließ den Kopf sinken, zerknüllte das Taschentuch in den Händen, biss sich auf die Lippen und zog sich in sich zusammen.

Die Fingerabdrücke waren überall, *überall!*

»Macht es dir was aus, den Burgunder zu holen, Acton, he? Die Burgunderflasche, he? Mit deinen Fingern, he? Ich bin furchtbar müde, verstehst du?«

Handschuhe.

Bevor er irgendetwas anderes tat, bevor er eine andere Stelle polierte, musste er Handschuhe haben, sonst würde er vielleicht unbeabsichtigt, nachdem er eine Fläche gereinigt hatte, erneut seine Identität verstreuen.

Er steckte die Hände in die Taschen. Er ging durch das Haus, zum Schirmständer, zur Hutablage im Flur. Huxleys Mantel. Er zog die Manteltaschen heraus.

Keine Handschuhe.

Die Hände wieder in den Taschen, ging er die Treppe hinauf, mit raschen, aber beherrschten Bewegungen; er erlaubte sich keine Hysterie, keine Unbesonnenheit. Er hatte am Anfang den Fehler begangen, keine Handschuhe zu tragen (aber schließlich hatte er keinen Mord geplant, und sein Unterbewusstsein, das vielleicht schon von dem Verbrechen wusste, bevor er es beging, hatte ihm nicht einmal angedeutet, dass er vor Ablauf des Abends Handschuhe brauchen würde), so musste er nun für diese Unterlassungssünde schwitzen. Irgendwo im Haus würde doch wenigstens *ein* Paar Handschuhe liegen. Er musste sich beeilen, denn es konnte ja sein, dass jemand Huxley besuchte, sogar um diese Zeit noch. Reiche Freunde, die sich zur Tür herein- und hinaustranken, lachend, schreiend, die kamen und gingen, ohne auch nur guten Tag und auf Wiedersehen zu sagen. Bis sechs Uhr morgens hatte er Zeit, höchstens, dann sollten Freunde Huxley zu einer Fahrt zum Flugplatz und nach Mexico City mitnehmen …

Acton lief die Stufen hinauf, öffnete Schubladen und benutzte das Taschentuch wie einen Löscher. Er durchwühlte siebzig oder achtzig Schubladen in sechs Zimmern, ließ sie offen, sozusagen mit hängender Zunge, zurück und lief weiter. Er fühlte sich nackt, unfähig, etwas zu tun, bevor er die Handschuhe fand. Vielleicht würde er das ganze Haus mit dem Taschentuch putzen und jede Fläche polieren, auf der sich möglicherweise Fingerabdrücke befanden, und dann zufällig hier oder dort an eine Wand stoßen und so sein eigenes Schicksal mit einem mikroskopischen, spiralligen Abdruck besiegeln! Das hieße, den Stempel seiner Billigung unter den Mord drücken, genau das! Wie früher jene Wachssiegel, als man noch mit dem Papyrus rasselte, Tinte schwang, das Ganze mit Sand bestreute, damit die Tinte trocknete, und dann unten seinen Siegelring in heißen karmesinroten Talg drückte. So würde es sein, wenn er einen, wohlgemerkt, einen einzigen Fingerabdruck auf der Szene hinterließ! Aber seine Billigung des Mordes ging nicht so weit, dass er ihm das besagte Siegel aufdrücken wollte.

Noch mehr Schubladen! Sei still, sei neugierig, sei vorsichtig, sagte er zu sich selbst.

Unten in der fünfundachtzigsten Schublade fand er Handschuhe.

»O mein Gott, o mein Gott!« Er sank seufzend gegen den Schreibtisch. Er probierte die Handschuhe an, hielt sie hoch, streckte sie zufrieden und knöpfte sie zu. Sie waren weich, grau, dick, undurchdringlich. Jetzt konnte er mit den Händen alles Mögliche tun, ohne eine Spur zu hinterlassen. Er griff sich vor dem Schlafzimmerspiegel an die Nase und saugte an den Zähnen.

»NEIN!«, schrie Huxley.

Ein gemeiner Plan war das gewesen.

Huxley war auf den Boden gefallen – absichtlich! Oh, was für ein boshaft schlauer Mann! Auf den Parkettboden war Huxley gefallen, und Acton ihm nach. Sie hatten sich gewälzt und miteinander gerungen und den Boden zerkratzt und über und über mit ihren verzweifelten Fingerspitzen bedruckt. Huxley war ein Stück weit weggeschlüpft, und Acton hinterher, um die Hände auf Huxleys Hals zu legen und zuzudrücken, bis das Leben herauskam wie Paste aus einer Tube!

Behandschuht ging William Acton ins Zimmer zurück, kniete am Boden nieder und begann mühsam mit der Arbeit, jeden wild verheerten Zentimeterbreit zu säubern, Zentimeter um Zentimeter polierte er und polierte er, bis er beinahe sein angespanntes, schwitzendes Gesicht im Fußboden sehen konnte. Dann kam er an einen Tisch und polierte das Tischbein bis hinauf zum breiten Mittelteil, an den Knäufen entlang und oben drüber. Er fand eine Schale mit Wachsfrüchten, polierte das Silberfiligran, nahm die Wachsfrüchte heraus und wischte sie sauber, ließ aber die Früchte am Grund der Schale unpoliert.

»*Die* habe ich *bestimmt* nicht angefasst«, sagte er.

Nachdem er den Tisch abgerieben hatte, stand er vor einem Bilderrahmen, der darüber hing.

»*Den* habe ich gewiss nicht angefasst«, sagte er.

Er stand da und blickte ihn an.

Er sah alle Türen im Zimmer an. Durch welche Tür war er heute Abend gegangen? Er konnte sich nicht erinnern. Polier sie alle! Er fing mit den Türgriffen an und rieb sie blank; dann rieb er die Türen von oben bis unten ab, um ganz sicherzugehen. Anschließend machte er sich an alle Möbel im Zimmer und wischte die Armlehnen der Stühle ab.

»Der Stuhl, in dem du sitzt, Acton, ist ein Louis-quatorze-Stück. *Befühle* das Material«, sagte Huxley.

»Ich bin nicht hergekommen, um über Möbel zu sprechen, Huxley! Ich komme wegen Lily.«

»Oh, hör auf damit, so ernst ist es dir doch nicht mit ihr. Sie liebt dich nicht, das weißt du. Sie hat mir gesagt, dass sie morgen mit mir nach Mexico City fliegen will.«

»Du und dein Geld und deine verdammten Möbel!«

»Es sind schöne Möbel, Acton; sei ein höflicher Gast und fühl daran.«

Fingerabdrücke kann man auch auf Stoffen finden.

»Huxley!« William Acton starrte den Körper an. »Hast du vermutet, dass ich dich töten würde? Hat dein Unterbewusstsein es geahnt, so wie mein Unterbewusstsein es ahnte? Und hat dein Unterbewusstsein dir eingegeben, dass du mich im Hause herumschicken musstest, damit ich Bücher, Geschirr, Türen, Stühle anfasse, befühle, *streichle?* Warst du *so* schlau und *so* gemein?«

Er reinigte die Stühle mit dem zusammengepressten Taschentuch. Da fiel ihm der Körper ein – er hatte ihn nicht gesäubert. Er ging hin, drehte ihn so und so herum und rieb jedes Stück seiner Oberfläche blank. Er putzte sogar die Schuhe, kostenlos.

Während er die Schuhe putzte, begann sein Gesicht vor Unruhe zu zittern, und einen Augenblick später stand er auf und ging zum Tisch hinüber.

Er nahm die Wachsfrüchte vom Grund der Schale und

polierte sie. »So ist es besser«, flüsterte er und kehrte zu dem Körper zurück.

Aber als er sich über ihn bückte, zuckten seine Augenlider, und seine Kinnlade bewegte sich hin und her; er überlegte, dann stand er auf und ging noch einmal an den Tisch zurück.

Er polierte den Bilderrahmen.

Während er den Bilderrahmen abrieb, entdeckte er ...

Die Wand.

»Das ist *Unsinn*«, sagte er.

»Oh«, schrie Huxley und wehrte ihn ab. Während sie miteinander kämpften, gab er Acton einen Stoß. Acton fiel hin, stand auf, fasste an die Wand und lief zu Huxley hinüber. Er erwürgte Huxley. Huxley starb.

Acton wandte sich standhaft von der Wand ab, gefasst und entschlossen. Die grausamen Worte und die Tat verblassten in seinem Gedächtnis; er schob sie fort. Er blickte die vier Wände an.

»Lächerlich!«, sagte er.

Aus den Augenwinkeln sah er etwas an einer Wand.

»Ich weigere mich, darauf zu achten«, sagte er, um sich abzulenken. »Jetzt zum nächsten Zimmer! Ich werde systematisch vorgehen. Mal sehen – wir waren im Flur, in der Bibliothek, in diesem Zimmer, im Esszimmer und in der Küche.«

An der Wand hinter ihm war ein Fleck.

Nun, etwa nicht?

Er drehte sich ärgerlich um. »Na gut, na gut, nur um sicherzugehen.« Er ging hin und konnte keinen Fleck finden. Ach so, ein ganz kleiner, ja, doch – *dort.* Er tupfte ihn ab.

Es war ohnehin kein Fingerabdruck. Er war damit fertig, und seine behandschuhte Hand stützte sich gegen die Wand, und er sah die Wand an, wie sie sich nach rechts und links ausdehnte, bis zu seinen Füßen und über seinem Kopf ausdehnte, und er sagte leise: »Nein.« Er blickte hinauf und hinunter, kreuz und quer, und er sagte ruhig: »Das wäre zu viel.« Wie viele Quadratmeter? »Ist mir völlig gleich«, sagte er. Aber ohne dass seine Augen davon wussten, bewegten sich seine behandschuhten Finger sanft rhythmisch reibend über die Wand.

Er spähte auf seine Hand und die Tapete. Er blickte über die Schulter einem anderen Zimmer zu. »Ich muss da hineingehen und die wichtigsten Gegenstände abwischen«, sagte er zu sich selbst, aber seine Hand blieb, wo sie war, als wollte sie die Wand oder ihn selbst aufrecht halten. Sein Gesicht verhärtete sich.

Wortlos begann er die Wand abzureiben, auf und ab, hin und zurück, auf und ab, so hoch er sich strecken und so tief er sich bücken konnte.

»Lächerlich, o mein Gott, wie lächerlich!«

Aber du musst sichergehen, sagte ihm sein Gedanke.

»Ja, man *muss* sichergehen«, antwortete er.

Er machte eine Wand fertig, und dann …

Er trat vor eine andere Wand.

»Wie spät ist es?«

Er sah nach der Kaminuhr. Eine Stunde war vergangen. Es war fünf nach eins.

Es klingelte an der Tür.

Acton stand wie versteinert und starrte auf die Tür, die Uhr, die Tür, die Uhr.

Jemand klopfte laut.

Eine lange Weile verging. Acton hielt den Atem an. Ohne frische Luft in seinem Körper verließen ihn die Kräfte, er begann zu schwanken; in seinem Kopf dröhnte die Stille, kalte Wogen, die donnernd gegen mächtige Felsen schlugen.

»He, du da drin!«, schrie eine betrunkene Stimme. »Ich weiß, dass du drin bist, Huxley! Mach auf, verdammt noch mal! Ich bin es, Billy-Boy, besoffen wie ein Schwein, Huxley, alter Junge, besoffener als *zwei* Schweine.«

»Hau ab«, flüsterte Acton unhörbar, an die Wand gedrückt.

»Huxley, du bist drinnen, ich höre dich *atmen!*«, schrie die betrunkene Stimme.

»Ja, ich bin hier drinnen«, flüsterte Acton, und er fühlte sich lang ausgestreckt und klobig am Boden, klobig und kalt und still. »Ja.«

»Verdammt!«, sagte die Stimme und verklang im Nebel. Die Schritte entfernten sich schlurfend. »Verdammt ...«

Acton stand noch lange da und fühlte das rote Herz in seinen geschlossenen Augen, in seinem Kopf schlagen. Als er schließlich die Augen öffnete, blickte er auf die saubere Wand vor sich und fand endlich wieder Mut zu sprechen. »Unsinn«, sagte er. »Diese Wand ist makellos. Ich rühre sie nicht an. Muss mich beeilen. Muss mich beeilen. Zeit, Zeit. Nur noch ein paar Stunden, bis diese gottverdammten Freunde hereinplatzen!« Er wandte sich ab.

Aus den Augenwinkeln sah er die kleinen Spinnweben. Wenn er ihnen den Rücken zudrehte, kamen kleine Spinnen aus den Holzteilen hervor und spannen zart ihre zerbrechlichen kleinen, fast unsichtbaren Gewebe. Nicht auf der Wand zur Linken, die schon abgerieben war, sondern auf den drei bis jetzt noch unberührten Wänden. Jedes Mal, wenn er sie anstarrte, verschwanden die Spinnen im Holz, aber nur, um wieder herauszukrabbeln, sowie er sich abwandte. »Diese Wände sind in Ordnung«, sagte er trotzig und fast schreiend. »Ich rühre sie nicht an.«

Er ging an einen Schreibtisch, an dem Huxley vorher gesessen hatte. Er öffnete eine Schublade und entnahm ihr, was er suchte. Ein kleines Vergrößerungsglas, das Huxley manchmal zum Lesen benutzt hatte. Er nahm die Lupe und trat unruhig vor die Wand.

Fingerabdrücke.

»Aber die sind nicht von mir!« Er lachte unsicher. »*Ich* habe sie da *nicht* hinterlassen! Ich *bestimmt* nicht! Ein Diener, der Butler oder vielleicht ein Zimmermädchen!«

Die Wand war voll davon.

»Sieh dir den da an«, sagte er. »Lang und spitz zulaufend, ich möchte wetten, der ist von einer Frau.«

»Möchtest du das wirklich?«

»Ja, wirklich!«

»Bist du ganz sicher?«

»Ja.«

»Bestimmt?«

»Nun … ja.«

»Unbedingt?«

»Ja, verdammt noch mal, ja!«

»Wisch ihn trotzdem weg, warum nicht?«

»Da, mein Gott!«

»Fort, verdammter Fleck! Stimmt's, Acton?«

»Und der da«, höhnte Acton. »Das ist der Fingerabdruck eines fetten Mannes.«

»Bist du sicher?«

»Fang nicht wieder *damit* an!«, antwortete er bissig und rieb ihn fort. Er zog einen Handschuh aus und hielt die Hand zitternd ins grelle Licht.

»Schau sie dir an, du Dummkopf! Siehst du, wie die Linien verlaufen? Siehst du es?«

»Das beweist nichts!«

»Oh, na gut!«

Wütend rieb er die Wand ab, von oben nach unten, hin und her, mit behandschuhten Händen, schwitzend, ächzend, fluchend, er bückte sich und richtete sich auf, und sein Gesicht wurde immer röter.

Er zog sein Jackett aus und legte es auf einen Stuhl.

»Zwei Uhr«, sagte er, als er die Wand fertig hatte, und starrte wild auf die Uhr.

Er ging zur Obstschale, nahm die Wachsfrüchte heraus, rieb die unteren ab, legte sie wieder zurück und rieb auch den Bilderrahmen. Er schaute zum Kronleuchter hinauf.

Seine Finger zuckten an seiner Seite.

Sein Mund öffnete sich, die Zunge bewegte sich über die Lippen, und er blickte zum Kronleuchter und blickte wieder fort, und blickte wieder zum Kronleuchter und blickte auf Huxleys Körper und dann zum Kristalllüster mit seinen langen Perlen aus irisierendem Glas.

Er holte einen Stuhl, trug ihn unter den Kronleuchter, stellte einen Fuß darauf, nahm ihn wieder herunter und warf den Stuhl heftig, lachend, in eine Ecke. Dann lief er aus dem Zimmer und ließ eine Wand ungewaschen.

Im Esszimmer trat er an einen Tisch.

»Ich möchte dir meine gregorianischen Messerwaren zeigen, Acton«, hatte Huxley gesagt. Oh, diese beiläufige, diese *hypnotische* Stimme!

»Ich habe keine Zeit«, sagte Acton. »Ich muss Lily sprechen ...«

»Unsinn, schau dir dieses Silber an, diese meisterhafte Ausführung.«

Acton blieb vor dem Tisch stehen, auf dem die Kästen mit den Bestecken ausgestellt waren; er hörte wieder Huxleys Stimme und erinnerte sich an all die Berührungen und Gesten.

Jetzt wischte Acton die Gabeln und Löffel und nahm alle Platten und die erlesenen Keramikteller vom Wandbrett ...

»Hier ist eine wunderschöne Keramik von Gertrude und Otto Natzler, Acton. Kennst du ihre Arbeiten?«

»Sie ist wunderschön.«

»Nimm sie in die Hand. Dreh sie um. Sieh die feine, dünne Wand der Schale, auf der Drehscheibe mit der Hand geformt, dünn wie eine Eierschale, unglaublich. Und die wunderbare vulkanische Glasur? Fass sie an, nur zu. *Ich* habe nichts dagegen.«

FASS SIE AN. NUR ZU. HEB SIE HOCH! Acton schluchzte krampfartig. Er schleuderte das Tongeschirr an die Wand. Es zersprang und breitete sich wild flockend über den Boden aus.

Einen Augenblick später war er auf den Knien. Jedes Stück, jede Scherbe musste gefunden werden. Dummkopf, Dummkopf, Dummkopf, rief er sich selbst zu, schüttelte den Kopf, schloss und öffnete die Augen und bückte sich unter den Tisch. Finde jedes Stück, du Idiot, nicht eines darf liegen bleiben. Dummkopf, Dummkopf! Er sammelte sie ein. Habe ich sie alle? Er betrachtete sie auf dem Tisch vor sich. Wieder suchte er unter dem Tisch, unter den Stühlen und Vitrinen, fand im Licht eines Streichholzes ein weiteres Stück und begann jeden kleinen Splitter zu polieren, als wäre er ein kostbarer Stein. Er legte sie alle fein säuberlich auf den glänzend polierten Tisch.

»Eine wunderschöne Keramik, Acton. Nur zu, *fass sie an.*«

Er zog das Leinentuch heraus und wischte es ab und wischte die Tische und Stühle und Türgriffe und Fensterscheiben und Fenstersimse und Vorhänge und wischte den Fußboden und fand heftig atmend, keuchend die Küche und zog seine Weste aus und seine Handschuhe zurecht und wischte das glitzernde Chrom … »Ich möchte dir mein Haus zeigen, Acton«, sagte Huxley. »Komm …« Und er wischte all das Geschirr und die Silberhähne und den Mixbecher, denn er hatte nun vergessen, was er angefasst hatte und was nicht. Huxley und er hatten sich lange hier in der Küche aufgehalten – Huxley stolz auf ihre Ausstattung und bemüht, seine Nervosität angesichts eines potentiellen Totschlägers zu verbergen, und vielleicht wollte er die Messer in der Nähe haben, falls er sie brauchte. Sie hatten müßig herumgestanden, diesen und jenen und noch einen Gegenstand berührt – er konnte sich unmöglich erinnern, welchen, wie viele oder wie lange –, und er machte die Küche fertig und kam in das Zimmer, in dem Huxley lag.

Er schrie auf.

Er hatte vergessen, die vierte Wand des Zimmers zu waschen. Und während er fort war, waren die kleinen Spinnen aus der vierten, ungewaschenen Wand hervorgekommen, liefen nun über die schon gesäuberten Wände und machten sie wieder schmutzig! An der Decke, am Kronleuchter, in den Ecken, am Boden hing eine Million spiralförmiger kleiner Netze und blähte sich bei seinem Schrei! Winzig, winzig kleine Netze, nicht größer – welche Ironie – als sein... Finger!

Als er genauer hinsah, waren die Netze auch über den Bilderrahmen gewoben, über die Obstschale, über die Leiche, den Fußboden, Fingerabdrücke betasteten das Papiermesser, zogen Schubladen heraus, fassten die Tischfläche an, fassten an, fassten an und fassten alles überall an. Er polierte den Boden, wie wild, wie wild. Er rollte die Leiche herum und weinte über ihr, während er sie wusch, und er stand auf und ging hinüber und polierte die Früchte am Grund der Schale. Dann stellte er einen Stuhl unter den Kronleuchter und polierte jedes der kleinen Feuer, die von ihm herabhingen, und schüttelte ihn wie ein kristallenes Tamburin, bis er in der Luft hin und her schwang wie eine Glocke. Dann sprang er vom Stuhl herunter und packte die Türgriffe und stieg auf weitere Stühle und putzte die Wände höher und höher hinauf und lief in die Küche und holte den Besen und wischte die Spinnweben von der Decke und polierte die untersten Früchte in der Schale und wusch die Leiche, die Türgriffe und die Silberbestecke und fand das Treppengeländer im Flur und folgte dem Treppengeländer nach oben.

Drei Uhr! Überall tickten Uhren mit grausamer, mechanischer Eindringlichkeit! Das Haus hatte unten zwölf

Räume und oben acht. Er berechnete, wie viele, viele Meter Raum und Zeit er brauchen würde. Hundert Stühle, sechs Sofas, siebenundzwanzig Tische, sechs Radios. Und darunter und darauf und dahinter. Er riss Möbelstücke von den Wänden fort und wischte schluchzend jahrealten Staub ab, stolperte und folgte dem Treppengeländer weiter die Stufen hinauf, nahm in die Hand, wischte weg, rieb und polierte, denn wenn er nur einen kleinen Fingerabdruck hinterließ, würde der sich fortpflanzen und eine Million weitere hervorbringen! – dann musste er die Arbeit noch einmal tun, und jetzt war es vier Uhr – seine Arme schmerzten, und seine Augen waren geschwollen und blickten starr, und er bewegte sich schwerfällig auf fremden Beinen, den Kopf gesenkt, die Arme bewegten sich, wischten, rieben, ein Schlafzimmer nach dem andern, einen Schrank nach dem andern …

Sie fanden ihn an jenem Morgen um halb sieben.

In der Dachkammer.

Das ganze Haus war auf Hochglanz poliert. Vasen strahlten wie Glassterne. Stühle waren abgeschrubbt. Bronze, Messing und Kupfer, alles glitzerte. Fußböden schimmerten, Treppengeländer blitzten.

Alles funkelte. Alles strahlte, alles war hell!

Sie fanden ihn in der Dachkammer; er polierte die alten Koffer und die alten Rahmen und die alten Stühle und die alten Kinderwagen und Spielsachen und Spieldosen und Vasen und Bestecke und Schaukelpferde und staubigen Münzen aus dem Bürgerkrieg. Er hatte die Dachkammer fertig, als der Polizeibeamte mit einer Pistole hinter ihm eintrat.

»Geschafft!«

Auf dem Weg aus dem Haus rieb Acton den Griff der Eingangstür mit seinem Taschentuch ab und schlug sie triumphierend zu!

Henry Slesar

Genau die richtige Art von Haus

Der Wagen, der vor dem Büro des Grundstückmaklers Aaron Hacker hielt, hatte ein New Yorker Nummernschild. Aaron brauchte nicht erst das gelbe Rechteck zu sehen, um zu wissen, dass der Besitzer dieses Wagens in den von Ulmen beschatteten Straßen von Ivy Corners fremd war. Es war ein rotes Kabriolett; etwas annähernd Ähnliches gab es hier nicht.

Der Mann stieg aus.

»Sally«, sagte Aaron zu der gelangweilten jungen Dame am einzigen Tisch, der noch im Büro stand. Auf ihre Schreibmaschine hatte sie ein broschiertes Buch gestellt, und verträumt kaute sie vor sich hin.

»Ja, Mr. Hacker?«

»Anscheinend ein Kunde. Wir sollten uns lieber was zu tun machen.« Klingen tat es wie eine sanfte Frage.

»Sofort, Mr. Hacker!« Sie lächelte strahlend, legte das Buch weg und spannte einen leeren Bogen in die Maschine. »Was soll ich schreiben?«

»Irgendwas – irgendwas!« Aaron furchte die Stirn.

Tatsächlich schien es ein Kunde zu sein. Der Mann kam geradewegs auf die Glastür zu, und in seiner rechten Hand hielt er eine zusammengefaltete Zeitung. Aaron schilderte ihn später als massiv; in Wirklichkeit war er nur dick. Gekleidet war er in einen farblosen Anzug aus sehr leichtem Stoff, und der Schweiß hatte das Gewebe derart durchtränkt, dass sich unterhalb der Achseln große dunkle Kreise gebildet hatten. Er mochte etwa fünfzig sein, hatte jedoch volles Haar, das schwarz und lockig war. Die Haut seines Gesichtes war gerötet und heiß; die schmalen Augen dagegen blieben klar und eisig.

Er kam durch die Tür, blickte in die Richtung, aus der das Geklapper der Schreibmaschine kam, und nickte dann Aaron zu. »Mr. Hacker?«

»Ja, Sir.« Aaron lächelte. »Was kann ich für Sie tun?«

Der dicke Mann wedelte mit der Zeitung. »Ich habe Ihren Namen in der Rubrik Grundstücksmarkt gefunden.«

»Stimmt. Jede Woche setze ich ein Inserat ein. Hin und wieder inseriere ich auch in der *Times.* Eine Menge Leute in der Großstadt interessieren sich für Städte wie unsere, Mr. ...«

»Waterbury«, sagte der Mann. Er zog ein weißes Taschentuch hervor und fuhr sich damit über das Gesicht. »Heiß heute.«

»Ungewöhnlich heiß«, erwiderte Aaron. »Hier bei uns ist es selten so heiß. Durchschnittstemperatur ist im Sommer rund fünfundzwanzig Grad Celsius. Wir haben nämlich einen See. Stimmt's, Sally?« Das Mädchen war viel zu beschäftigt, um ihn zu hören. »Na ja. Wollen Sie nicht Platz nehmen, Mr. Waterbury?«

»Danke.« Der dicke Mann setzte sich auf den angebotenen Stuhl und seufzte. »Ich bin schon durch die Gegend gefahren. Wollte mir alles erst einmal ansehen, bevor ich herfuhr. Nette kleine Stadt.«

»Doch, uns gefällt sie auch. Zigarre?« Er klappte eine Kiste auf, die auf seinem Tisch stand.

»Nein, danke. Ich habe nicht allzu viel Zeit, Mr. Hacker. Einverstanden, wenn wir gleich zum Geschäftlichen kommen?«

»Ist mir recht, Mr. Waterbury.« Er blickte zu dem klappernden Geräusch hinüber und runzelte die Stirn. »Sally!«

»Ja, Mr. Hacker?«

»Hören Sie doch endlich mit dem verdammten Geklapper auf!«

»Sofort, Mr. Hacker.« Sie legte die Hände in den Schoß und starrte auf das sinnlose Durcheinander von Buchstaben, das sie auf den Bogen gehämmert hatte.

»Also?«, sagte Aaron. »Ist es irgendein spezielles Grundstück, für das Sie sich interessieren, Mr. Waterbury?«

»Wenn Sie es genau wissen wollen – ja. Es handelt sich um ein Haus, das am Stadtrand liegt, genau gegenüber einem alten Bau. Was dieser Bau darstellt, weiß ich nicht – er steht leer.«

»Das Kühlhaus«, sagte Aaron. »Und war das andere vielleicht ein Haus mit Säulen?«

»Ja, das ist es. Wie steht es damit? Soweit ich mich erinnere, habe ich irgendwo eine Tafel ›Zu verkaufen‹ hängen sehen – aber hundertprozentig weiß ich es nicht.«

Aaron schüttelte den Kopf und kicherte trocken. »Doch, doch, Sie haben recht!« Er blätterte in einem Aktenordner und deutete dann auf einen mit Schreibmaschine beschriebenen Bogen. »Für längere Zeit kommt es wohl kaum in Frage, nicht?«

»Warum nicht?«

Er schob dem anderen den Ordner hin. »Lesen Sie selbst.« Das tat der Dicke.

Echter Kolonialstil. 8 Zimmer, 2 Bäder, automatische Ölheizung, geräumige Veranden, Bäume und Sträucher. Geschäfte und Schulen in der Nähe.
$ 75 000.

»Immer noch interessiert?«

Unruhig rutschte der Mann hin und her. »Und warum nicht? Hat die Sache einen Haken?«

»Na ja!« Aaron kratzte sich an der Schläfe. »Wenn es Ihnen hier wirklich gefällt, Mr. Waterbury – ich meine, wenn Sie sich tatsächlich hier niederlassen wollen, hätte ich jede Menge Häuser, die für Sie besser geeignet wären.«

»Einen Moment bitte!« Der Dicke machte einen unwilligen Eindruck. »Was soll das eigentlich bedeuten? Ich habe mich bei Ihnen nach diesem Kolonialhaus erkundigt. Wollen Sie es nun verkaufen oder nicht?«

»Habe ich gesagt, dass ich es verkaufen will?« Aaron kicherte. »Mein lieber Mann, dieses Grundstück habe ich jetzt seit fünf Jahren an der Hand. Und mir wäre sehr viel wohler, wenn ich die Kommission einstreichen könnte. Bloß habe ich dieses Glück bisher noch nicht gehabt.«

»Was wollen Sie damit sagen?«

»Damit will ich sagen, dass Sie es auch nicht kaufen werden. Mehr nicht. Den Auftrag habe ich allein der alten Sadie Grimes wegen übernommen. Sonst hätte ich nicht mal dieses Stück Papier dafür geopfert – das können Sie mir glauben.«

»Ich verstehe Sie immer noch nicht.«

»Dann werde ich es Ihnen erklären.« Er nahm eine Zigarre aus der Kiste, rollte sie jedoch nur zwischen den Fingern. »Vor fünf Jahren, als ihr Sohn starb, entschloss sie sich, das Haus zu verkaufen. Den Auftrag dazu gab sie mir. Ich wollte ihn gar nicht – wirklich nicht, Sir. Das habe ich ihr auch mitten ins Gesicht gesagt. Der alte Kasten ist doch niemals das Geld wert, das sie dafür fordert. Das können Sie mir glauben! Keine zehntausend ist er wert!«

Das Gesicht des Dicken rötete sich. »Keine zehn? Und sie will fünfundsiebzig haben?«

»Ja, stimmt. Aber fragen Sie mich nicht, warum. Das Haus ist nämlich wirklich alt. Aber nicht so wie die anderen, die solide wie ein Fels gebaut sind. Einfach alt ist es, nichts weiter. Gegen Termiten ist nie was getan worden. In den nächsten paar Jahren kommen bestimmt einige Balken von oben herunter. Die Kellerräume stehen die halbe Zeit unter Wasser. Die erste Etage ist auf der einen Seite um gut zwanzig Zentimeter abgesackt. Und das Grundstück ist der reinste Urwald.«

»Warum verlangt sie denn dann so viel?«

Aaron zuckte die Schultern. »Fragen Sie mich nicht. Vielleicht aus Sentiment. Seit der Revolution ist das Haus im Familienbesitz – kann sein, dass das der Grund ist.«

Der Dicke betrachtete nachdenklich den Fußboden. »Das ist allerdings schlecht«, sagte er, »sehr schlecht!« Dann hob er den Kopf, sah Aaron an und lächelte einfältig. »Und dabei gefällt es mir so. Es war – ich weiß nicht, wie ich es erklären soll. Genau die richtige Art von Haus.«

»Ich weiß, was Sie meinen. Ein freundliches altes Haus.

Und für zehntausend wäre es ein guter Kauf. Aber fünfundsiebzig?« Er lachte. »Trotzdem glaube ich, Sadies Gründe zu kennen. Viel Geld hat sie nicht. Ihr Sohn unterstützte sie und verdiente in der Stadt auch ganz ordentlich. Dann starb er, und sie wusste, dass es nur vernünftig wäre, wenn sie es verkaufte. Aber sie konnte es nicht über sich bringen, sich von dem alten Haus zu trennen. Und deswegen setzte sie den Preis so hoch, dass kein Mensch überhaupt auf die Idee kam, es zu kaufen. Aber ihr Gewissen hatte sie damit beruhigt.« Betrübt schüttelte er den Kopf. »Eine merkwürdige Welt ist das, nicht?«

»Ja«, sagte Waterbury zurückhaltend.

Dann stand er auf. »Ich will Ihnen was sagen, Mr. Hacker. Angenommen, ich führe mal hin und redete mit Mrs. Grimes? Angenommen, ich versuchte, ihr den Preis auszureden?«

»Machen Sie sich nichts vor, Mr. Waterbury. Genau das habe ich seit fünf Jahren versucht.«

»Wer weiß? Wenn ein völlig Fremder es versuchte...«

Aaron Hacker breitete die Hände aus. »Vielleicht haben sie recht. Wir leben schon in einer merkwürdigen Welt, Mr. Waterbury. Wenn Sie sich also dieser Mühe unterziehen wollen, bin ich gern bereit, Ihnen dabei behilflich zu sein.«

»Gut. Dann werde ich gleich hinfahren...«

»Großartig. Aber lassen Sie mich lieber noch bei Sadie Grimes anrufen. Ich werde ihr Bescheid sagen, dass Sie kommen.«

Langsam fuhr Waterbury durch die stillen Straßen. Die schattigen Bäume, die die Straßen einsäumten, warfen friedliche gesprenkelte Schatten auf die Motorhaube des

Kabrioletts. Der darunterliegende starke Motor lief leise flüsternd, so dass Waterbury das wellenweise Zwitschern der Vögel über sich hören konnte.

Das Haus der Sadie Grimes erreichte er, ohne einem anderen fahrenden Wagen begegnet zu sein. Er hielt vor dem verfallenen Holzzaun, der wie eine unordentliche Reihe von Wachtposten vor dem Haus stand.

Der Rasen war ein Gewirr aus Unkraut und Steppengras, und die Säulen, die auf der vorderen Veranda aufragten, waren von Kletterpflanzen umwickelt.

An der Tür befand sich ein Klopfer. Er ließ ihn zweimal gegen das Holz fallen.

Die Frau, die ihm öffnete, war klein und gedrungen. Ihr weißes Haar wirkte stellenweise leicht rosa, und die Falten ihres Gesichts verliefen abwärts in Richtung ihres kleinen störrischen Kinns. Trotz der Hitze trug sie eine dicke Wolljacke.

»Sie sind sicher Mr. Waterbury?«, sagte sie. »Aaron Hacker hat mir Bescheid gesagt, dass Sie kommen.«

»Der bin ich«, sagte der Dicke lächelnd. »Wie geht es Ihnen, Mrs. Grimes?«

»Ich bin zufrieden. Wahrscheinlich möchten Sie hereinkommen?«

»Schrecklich heiß hier daußen.« Er lachte leise.

»Na schön, dann kommen Sie. Ich habe schon Limonade in den Eisschrank gestellt. Nur bilden Sie sich bitte nicht ein, dass ich mich mit Ihnen auf einen Handel einlasse, Mr. Waterbury. Zu diesen Leuten gehöre ich nicht!«

»Das sieht man doch gleich«, sagte der Mann gewinnend und folgte ihr in das Haus.

Es war dunkel und kühl. Die Fensterläden waren undurchsichtig und heruntergelassen. Sie betraten ein viereckiges Wohnzimmer mit schweren barocken Möbeln, die phantasielos an den Wänden aufgereiht waren. Die einzige Farbe innerhalb des Zimmers kam von den verblichenen Farbtönen des Fransenteppichs, der in der Mitte auf dem kahlen Fußboden lag.

Die alte Frau ging sofort zu einem Schaukelstuhl und blieb dort regungslos sitzen, die runzligen Hände streng gefaltet.

»Also?«, sagte sie. »Wenn Sie etwas zu sagen haben, Mr. Waterbury, schlage ich vor, dass Sie es gleich tun.«

Der Dicke räusperte sich. »Mrs. Grimes, ich habe mich gerade mit Ihrem Grundstückmakler unterhalten …«

»Das weiß ich bereits«, fuhr sie dazwischen. »Aaron ist ein Dummkopf. Und zwar schon deshalb, weil er Sie hierherfahren ließ mit der Absicht, meinen Entschluss zu ändern. Für solche Sachen bin ich aber zu alt, Mr. Waterbury.«

»Ich, äh – ich weiß gar nicht, ob das in meiner Absicht lag, Mrs. Grimes. An sich wollte ich – äh – wollte ich mich nur ein bisschen mit Ihnen unterhalten.«

Sie lehnte sich zurück, und der Schaukelstuhl ächzte. »Reden Sie nur immer frei von der Leber. Genieren Sie sich nicht.«

»Ja …« Er wischte sich wieder das Gesicht ab und steckte das Taschentuch nur zur Hälfte wieder in die Tasche. »Ja, dann will ich es mal folgendermaßen ausdrücken, Mrs. Grimes. Ich bin Geschäftsmann – Junggeselle dazu. Ich habe lange Zeit gearbeitet und dabei ein hübsches kleines Vermögen zurückgelegt. Und jetzt möchte ich mich zur Ruhe setzen – am liebsten an einem Ort, wo es ruhig ist. Ivy Corners gefällt mir. Vor einigen Jahren bin ich einmal hier durchgekommen, und zwar auf dem Weg nach – äh, nach Albany. Und damals habe ich mir gesagt, dass ich mich hier einmal zur Ruhe setzen möchte.«

»Und?«

»Und als ich heute durch die Stadt fuhr und dieses Haus sah – da war ich begeistert. Es scheint für mich – genau richtig zu sein.«

»Mir gefällt dieses Haus auch, Mr. Waterbury. Deswegen verlange ich auch einen angemessenen Preis dafür.«

Waterbury zwinkerte mit den Augen. »Einen angemessenen Preis? Sie müssen doch zugeben, Mrs. Grimes, dass ein Haus dieser Art heutzutage nicht mehr als …«

»Jetzt ist aber Schluss!«, rief die alte Frau. »Ich habe es Ihnen vorhin schon gesagt – ich habe keine Lust, den ganzen Tag hier herumzusitzen und mich mit Ihnen zu streiten. Wenn Sie meinen Preis nicht zahlen wollen, brauchen wir gar nicht mehr darüber zu sprechen.«

»Aber Mrs. Grimes …«

»Auf Wiedersehen, Mr. Waterbury!«

Sie stand auf und gab damit zu verstehen, dass sie von ihm dasselbe erwartete.

Das tat er jedoch nicht. »Noch einen Moment, Mrs. Grimes«, sagte er, »nur noch einen einzigen Moment. Ich weiß, dass es verrückt ist, aber – ich bin einverstanden. Ich zahle Ihnen, was Sie verlangen.«

Sie blickte ihn eine ganze Weile an. »Haben Sie es sich auch genau überlegt, Mr. Waterbury?«

»Das habe ich. Geld habe ich genug. Wenn Sie unbedingt

Ihren Willen haben wollen – bitte, ich bin einverstanden.«

Sie lächelte dünn. »Die Limonade ist jetzt bestimmt kalt genug. Ich hole Ihnen ein Glas – und dann möchte ich Ihnen einiges über dieses Haus erzählen.«

Er wischte sich gerade die Stirn ab, als sie mit dem Tablett zurückkam. Gierig goss er die eiskalte gelbe Flüssigkeit in sich hinein.

»Dieses Haus«, sagte sie und setzte sich wieder bequem in den Schaukelstuhl, »befindet sich seit achtzehnhundertzwei im Besitz meiner Familie. Rund fünfzehn Jahre vorher war es gebaut worden. Mit Ausnahme meines Sohnes Michael wurde jedes Mitglied meiner Familie in dem oben liegenden Schlafzimmer geboren. Ich war die Einzige, die eine Ausnahme machte«, fügte sie aufsässig hinzu. »Ich hatte neumodische Ideen im Kopf – mit Krankenhäusern und so weiter.« Ihre Augen zwinkerten.

»Ich weiß selbst, dass es nicht zu den solidesten Häusern von Ivy Corners gehört. Nachdem ich mit Michael nach Hause gekommen war, wurde der ganze Keller überschwemmt, und seitdem haben wir ihn nie mehr ganz trocken bekommen. Aaron meinte, Termiten wären ebenfalls im Hause, aber gesehen habe ich diese lästigen Biester noch nie. Und außerdem liebe ich dieses alte Haus – verstehen Sie mich?«

»Natürlich«, sagte Waterbury.

»Michaels Vater starb, als Michael neun war. Damals hatten wir es schwer. Ich übernahm Näharbeiten, und mein eigener Vater hinterließ mir die kleine Jahresrente, von der ich heute lebe – nicht gerade großartig, aber ich komme zurecht. Michael vermisste seinen Vater sehr, vielleicht sogar mehr, als ich es tat. Und im Laufe der Zeit wurde er – Gott ja, wild ist das einzige Wort, das einem dabei einfällt.«

Mitfühlend schnalzte der dicke Mann leise mit der Zunge.

»Als er das Examen an der Highschool gemacht hatte, ging er aus Ivy Corners weg und in die Stadt. Gegen meinen Willen, damit kein Irrtum entsteht! Aber er war genauso wie viele junge Leute, voller Ehrgeiz, wenn auch noch ohne jedes Ziel. Was er in der Stadt anfing, weiß ich nicht. Aber Erfolg muss er gehabt haben – er schickte mir nämlich regelmäßig Geld.« Ihre Augen verschleierten sich. »Neun Jahre lang sah ich ihn nicht.«

»Ach«, sagte der Mann betrübt.

»Ja, es war für mich nicht leicht. Aber noch viel schlimmer war es, als er wieder nach Hause kam – und zwar wegen irgendwelcher Schwierigkeiten.«

»Oh?«

»Ich hatte keine Ahnung, wie groß diese Schwierigkeiten waren. Mitten in der Nacht tauchte er plötzlich auf, und dazu sah er viel dünner und älter aus, als ich es jemals für möglich gehalten hätte. Gepäck hatte er keines bei sich, nur einen kleinen schwarzen Koffer. Als ich versuchte, ihm diesen Koffer abzunehmen, hat er mich fast geschlagen – mich, seine leibliche Mutter!

Ich brachte ihn gleich zu Bett, als wäre er wieder ein kleiner Junge. Und die ganze Nacht habe ich damals gehört, wie er weinte.

Am nächsten Tag schickte er mich aus dem Haus. Nur für ein paar Stunden – er hätte irgendetwas vor, sagte er. Was es war, verriet er nicht. Als ich dann aber gegen Abend heimkam, merkte ich, dass der kleine Koffer verschwunden war.«

Die Augen des Dicken, die über das Limonadenglas hinwegsahen, wurden groß.

»Was soll das heißen?«, fragte er.

»Damals wusste ich es noch nicht. Aber gar nicht viel später bekam ich es heraus – schrecklich schnell. In jener Nacht kam ein Mann in unser Haus. Ich weiß gar nicht, wie er überhaupt hereingekommen ist. Merken tat ich es erst, als ich in Michaels Zimmer Stimmen hörte. Ich schlich an die Tür und versuchte zu lauschen, versuchte herauszufinden, in welchen Schwierigkeiten mein Junge steckte. Aber ich hörte bloß Schreie und Drohungen, und …«

Sie verstummte, und ihre Schultern sanken hinab.

»Und einen Schuss«, fuhr sie fort, »einen Revolverschuss. Als ich ins Zimmer kam, stand das Schlafzimmerfenster weit offen, und der Fremde war verschwunden. Und Michael – der lag auf dem Boden. Er war tot.«

Der Stuhl knarrte.

»Das war alles vor fünf Jahren«, sagte sie. »Vor fünf langen Jahren. Und es dauerte eine ganze Weile, bis ich erfuhr, was passiert war. Die Polizei hat mir die ganze Geschichte erzählt. Michael und der andere Mann waren in Verbrechen verwickelt – in ein schweres Verbrechen. Viele, viele tausend Dollar hatten sie gestohlen.

Michael hatte das Geld genommen und war damit weggelaufen, weil er es für sich behalten wollte. Er versteckte es irgendwo in diesem Haus – wo, das weiß ich bis heute nicht. Dann kam der andere Mann zu meinem Sohn, um seinen Anteil abzuholen. Als er feststellte, dass das ganze Geld verschwunden war – brachte er meinen Jungen um.«

Sie blickte hoch. »Und deswegen habe ich dieses Haus

zum Verkauf ausgeschrieben, für fünfundsiebzigtausend Dollar. Ich wusste, dass der Mörder meines Sohnes irgendwann hierher zurückkommen würde. Und irgendwann würde er dann dieses Haus zu jedem Preis kaufen wollen. Ich brauche nicht mehr zu tun, als zu warten, bis ich den Mann fände, der für das Haus einer alten Dame viel zu viel Geld zahlen wollte.«

Sanft schaukelte sie hin und her.

Waterbury stellte das leere Glas hin und leckte sich die Lippen ab; seine Augen konnten nichts mehr genau erkennen, und sein Kopf rollte willenlos von einer Seite zur anderen.

»Bah!«, sagte er. »Die Limonade schmeckt aber bitter.«

Bernhard Schlink

Der Fremde in der Nacht

Sie haben mich erkannt, nicht wahr?« Kaum hatte er sich neben mich gesetzt, sprach er mich an. Er war der letzte Passagier; hinter ihm schlossen die Stewardessen die Türen.

»Wir haben…« Wir hatten mit anderen Passagieren in der Lounge an der Bar gestanden. Der Regen schlug gegen die Scheiben, der Flug von New York nach Frankfurt wurde mehrfach verschoben, und wir vertrieben uns die Zeit und den Ärger mit Champagner und Geschichten von verspäteten Flügen und verpassten Gelegenheiten.

Er ließ mich nicht ausreden. »Ich habe es in Ihren Augen gesehen. Ich kenne den Blick: zuerst fragend, dann wissend, dann entsetzt. Woher wissen Sie … Dumme Frage, am Ende war meine Geschichte in allen Zeitungen und auf allen Kanälen.«

Ich sah zu ihm hinüber. Er mochte fünfzig sein, war groß und schlank, hatte ein angenehmes, intelligentes Gesicht, viel Grau im schwarzen Haar. An der Bar hatte er keine Geschichte zum Besten gegeben; mir war nur sein weich fallender, weich knitternder Anzug aufgefallen.

»Es tut mir leid« – warum sagte ich, es tut mir leid –, »ich habe Sie nicht erkannt.« Das Flugzeug hob ab und stieg steil hoch. Ich mag die Minuten, in denen es den Rücken gegen die Lehne presst und im Bauch zieht und der Körper spürt, dass er fliegt. Durch das Fenster sah ich auf das Lichtermeer der Stadt. Dann machte das Flugzeug einen großen Bogen, ich sah nur den Himmel, und schließlich lag unter mir das Meer, auf dem das Mondlicht glänzte.

Mein Nachbar lachte leise. »Immer wieder hat mich jemand angesprochen und habe ich mich verleugnet. Jetzt wollte ich den Stier bei den Hörnern packen, aber da ist kein Stier.« Er lachte weiter und stellte sich vor. »Werner Menzel. Auf einen guten Flug!«

Beim Aperitif wechselten wir Belanglosigkeiten, beim Abendessen sahen wir verschiedene Filme. Nichts bereitete mich darauf vor, dass er sich, als die Kabinenbeleuchtung ausgeschaltet war, mir zuwandte. »Sind Sie sehr müde? Ich weiß, dass ich kein Recht habe, Sie zu belästigen, aber wenn ich Ihnen meine Geschichte erzählen dürfte… Es wird nicht lange dauern.« Er stockte, lachte wieder leise. »Doch, es wird lange dauern, aber ich wäre Ihnen sehr dankbar. Wissen Sie, bisher haben die Medien meine Geschichte erzählt. Aber es war nicht meine Geschichte, es war ihre. Meine Geschichte gibt es noch nicht. Ich muss erst lernen, sie zu erzählen. Wie könnte ich es besser lernen, als wenn ich sie einem erzähle, der noch nichts von ihr gehört hat, dem Fremden in der Nacht.«

Ich gehöre nicht zu denen, die im Flugzeug nicht schlafen können. Aber ich wollte nicht unfreundlich sein. Außerdem lag in der Art, in der er vom Fremden in der Nacht sprach, eine ironische Zärtlichkeit, die mich berührte und verführte.

2

»Die Geschichte fängt vor dem Irakkrieg an. Ich hatte eine Stelle im Wirtschaftsministerium angetreten und wurde in einen Kreis von jungen Kollegen aus dem Innenministerium, dem Auswärtigen Amt und der Universität eingeladen. Ein Lese- und Gesprächskreis – damals wurde in Berlin der Salon wieder Mode. Wir trafen uns alle vier Wochen um acht, diskutierten, leerten die eine und andere Flasche Wein, und oft kamen um elf die Freundinnen dazu, auf dem Heimweg von Arbeit, Konzert oder Theater, mit Spott über unseren Büchererernst und Freude an unseren ausklingenden Gesprächen. Am Schluss wurde es oft besonders lebendig.

Manchmal luden unsere Diplomaten uns zu ihren Empfängen ein, nicht den wichtigen, aber denen mit ausländischen Dichtern oder Künstlern. Zuerst hielt ich mich mit meiner Freundin an die Leute, die wir schon kannten. Dann merkten wir, dass die anderen sich freuten, wenn wir sie ansprachen. Klar, es gab die, die zu bedeutend waren, als dass wir interessant für sie gewesen wären, und die, die so taten. Es waren Ausnahmen. Ich hätte es nicht gedacht – auf Empfängen kann man richtig Spaß haben.

Ich hätte merken können ... ich habe gemerkt, dass der Attaché der kuwaitischen Botschaft mit meiner Freundin flirtete. Hätte ich deshalb den Kontakt meiden sollen? Er flirtete spielerisch, er bewunderte mehr ihre Schönheit, als dass er um sie geworben hätte. So flirte ich auch, wenn mir eine Frau gefällt – um es sie wissen zu lassen, nicht um sie zu kriegen. Meine Freundin flirtete zurück; sie hat ihn nicht wirklich ermutigt, sondern ihm einfach ihre Freude über seine Komplimente gezeigt.«

Er hatte sich beim Sprechen auf die Armlehne gestützt. Jetzt lehnte er sich zurück. »Sie war wunderschön. Wie habe ich ihr blondes Haar geliebt! Seine hellen und dunklen Strähnen, die Wellen, in denen es auf ihre Schultern fiel, das Licht, in dem es ihr Gesicht leuchten ließ. ›Mein Engel‹, hätte ich ständig sagen mögen, ›mein Engel‹. Und ihre Gestalt!« Ich hörte ihn wieder leise lachen. »Sie wissen, wie gehässig Frauen sich selbst betrachten können. Vielleicht waren ihre Waden tatsächlich ein bisschen plump. Aber ich mochte sie. Sie gaben ihrer blonden Schönheit Bodenständigkeit. Sie passten dazu, dass ihr Großvater Bauer und ihr Vater Eisenbahner und dass sie eine zupackende Ärztin war. Ich mochte auch, dass die Verbindung zwischen ihrer Nase und ihrer Oberlippe aus einer Laune der Natur ein bisschen kurz geraten war und sie den Mund oft einen kleinen Spalt offen stehen ließ. Sie hatte dabei einen Ausdruck von verwunschenem Liebreiz, wie ein Kind, das über die Welt staunt. Aber wenn sie sich konzentrierte und die Lippen schloss, zeigte ihr Gesicht ihre ganze Entschlossenheit. Ah, und ihr Gang – kennen Sie das Chanson, in dem es heißt: *›Elle ne marche pas, elle danse‹?*« Er summte leise eine Melodie.

»Wir hätten die Einladung des Attachés nicht annehmen sollen. Aber meine Freundin fuhr gerne in ferne Länder, und ich, der nicht gerne reist … Ist das nicht verrückt? Ich reise nicht gerne, wäre auch damals lieber nicht gereist und muss, weil ich damals gereist bin, jetzt um mein Leben reisen. Also ich meinte, ich schuldete ihr die Reise, und freute mich, dass wir immerhin nicht dumme Touristen sein, sondern einen Ansprechpartner und eine Anlaufstelle haben würden. Niemand hat uns gewarnt, warum auch. Wir haben die Einladung angenommen und sind an Ostern geflogen.

Wir wohnten im Hotel und nicht in der Anlage von Häusern und Höfen und Gärten, in denen der Attaché mit seinem Clan wohnte. Ich fand schon genug, dass er sich um uns kümmerte. Wir waren immer mit ihm unterwegs, oft auch mit seinen Brüdern und Freunden. Wir fuhren in die Wüste, auf die Ölfelder und mit den Fischern aufs Meer, besichtigten die Universität und das Parlament und wetteten und gewannen bei Kamelrennen. Es war kein Abenteuer-, sondern ein Reiche-Leute-Urlaub; die Infrastruktur ist wie in Florida, die Restaurants haben französische Köche, die Picknicks werden an Tischen mit Tischdecken, Porzellan und Silber serviert, und wir wurden in großen Autos chauffiert. Es war beeindruckend. Aber ich war froh, wenn wir abends in unserer Suite waren. Oder wenn wir morgens auf dem Balkon saßen und die Sonne aufgehen sahen. Ob am Mittelmeer oder an der Nordsee – wir hatten die Sonne schon oft im Meer versinken, aber noch nie daraus aufsteigen sehen.«

3

Er legte mir die Hand auf den Arm. »Sie sind sehr geduldig. Wollen wir einen Roten trinken? Sie hatten den Bordeaux, aber der Pinot Noir aus dem Russian River Valley ist besser.« Er wartete meine Antwort nicht ab, klingelte und überredete die Stewardess, uns die ganze Flasche zu überlassen. Er klang munter, als belebe ihn das Erinnern und Erzählen. »An einem Morgen konnte man uns nicht abholen, und wir wollten eine Taxe nehmen. An der Auffahrt sprachen uns zwei Herren an, die einen Tisch weiter gefrühstückt und mit denen wir die Zeitungen getauscht hatten. Ob sie uns in die Stadt mitnehmen sollten? Wir stiegen ein, meine Freundin vorne, ich hinten, fuhren los, und an einer roten Ampel bat mich der Fahrer, rasch einen Brief in den Kasten zu werfen. Warum mich, werden Sie fragen, warum hat er nicht den anderen Herren gebeten oder ist selbst ausgestiegen. Der andere Herr hinkte, das war mir gleich aufgefallen, und der Fahrer saß links, und der Kasten war rechts, fast hätte ich aus dem Fenster reichen und den Brief einwerfen können. Also stieg ich aus, und die Ampel wurde grün, und das Auto fuhr los. Es gab viel Verkehr, ich dachte, der Fahrer will ihn nicht aufhalten und fährt ums Quadrat und kommt gleich wieder.«

Er redete nicht weiter. Er machte die kleinen Lampen aus, die von der Decke auf seinen und auf meinen Sitz schienen. Wollte er mich seinen Schmerz nicht sehen lassen? Ich sagte nichts, fasste seine Hand und drückte sie kurz.

»Ja, er kam nicht wieder. Ich stand und rief nach einer halben Stunde den Attaché an. Der hat mit dem Minister telefoniert, und der Minister hat sofort die Polizei losgeschickt und die Straßen gesperrt und die Flughafenkontrollen verstärkt und die Küstenwache alarmiert. Ich wurde aufs Präsidium gebracht und bekam Hunderte von Bildern gezeigt. Ich erkannte keinen der beiden Männer wieder.

Der deutsche Botschafter und seine Frau holten mich ab

und nahmen mich mit in ihre Residenz; sie wollten mich in der Situation nicht alleine lassen. Alle waren aufmerksam, freundlich, bemüht.

Ich habe in der ersten Nacht nicht geschlafen. Aber mit dem neuen Tag kommt doch ein neuer Mut, und ich bin voller Hoffnung aufgestanden. Ich bin auch in den nächsten Tagen voller Hoffnung aufgestanden. Bis ich mir eingestehen musste, dass es schlecht aussah. Der Botschafter erzählte mir, was er über den Handel mit europäischen Frauen im Vorderen Orient wusste. Als ich wieder in Deutschland war, las ich alles, was ich darüber finden konnte. Früher gab es Umschlagplätze, wenn Sie's so nennen wollen, wo die geraubten Frauen verkauft wurden und wo man versuchen konnte, seine Frau wiederzuersteigern. Heute werden heimlich Videos von den Frauen gemacht, die Interessenten schauen sich die Videos im Internet an, bieten und bestellen übers Internet. Erst dann wird die Frau geraubt. Wenn ihr Mann oder Freund oder die Polizei es merkt, sind alle Spuren längst beseitigt.

Was aus den Frauen wird, werden Sie wissen wollen. Wir reden über Spitzenfrauen und Spitzenpreise. Wenn die Frauen mitspielen, geht es ihnen gut. Wenn sie nicht mitspielen, wechseln sie ein paarmal die Hände und enden in einem Bordell in Mombasa.«

Ich versuchte, mich in seine Situation zu versetzen. Wie trauert man um die geliebte Frau, für die man nur hoffen kann, dass sie sich in den Armen eines anderen wohl fühlt? Die man allenfalls wiederkriegt, wenn nicht einmal mehr ein betrunkener Matrose in Mombasa sie haben will? Wie lange trauert man? Wie lange wartet man?

4

»Ein Jahr später kam der Irakkrieg. Ich dachte nicht, dass er etwas mit mir zu tun hätte oder ich mit ihm. Aber in Kuwait bekamen die reichen Familien Angst und zogen weg, nach Los Angeles oder Cannes oder Genf oder wo immer sie Häuser hatten.

In Genf ist sie ihm entkommen. Sie ist aus dem Fenster gestiegen, über den Zaun geklettert, hat auf der Straße ein Auto angehalten und mich sofort mit dem Telefon des Fahrers angerufen. Ich habe den nächsten Flug nach Genf genommen. Weil sie Angst hatte, sie könnte gesucht und gefunden werden, wollte sie nicht alleine sein, und der Fahrer, ein Student, brachte sie in den Lesesaal der Universitätsbibliothek. Da saß sie, bis ich kam.

Kennen Sie die Genfer Universitätsbibliothek? Ein prächtiger Bau mit einem Lesesaal wie aus einem Bilderbuch der Jahrhundertwende. Sie saß in der Mitte der ersten Reihe, auffällig gekleidet, geschminkt, parfümiert. Als ich an ihren Tisch trat, hielt sie den Kopf gesenkt. Ich berührte ihren Arm, und sie sah auf und schrie. Dann erkannte sie mich.«

Aus dem Cockpit meldete sich der Pilot, kündigte Turbulenzen an und ermahnte uns, die Sicherheitsgurte anzulegen und festzuziehen. Die Stewardessen gingen durch die Reihen, prüften, ob die Mahnung des Piloten befolgt wurde, weckten die Schlafenden, bei denen die Decke den Sicherheitsgurt verbarg, und sammelten die Gläser ein.

Mein Nachbar hörte auf zu reden und verfolgte das Geschehen. »Die meinen es ernst. Ich habe noch nie erlebt, dass die Stewardessen in der ersten Klasse die Passagiere wecken.« Er sah mich an. »Haben Sie Angst, wenn es beim Fliegen gefährlich wird? Oder glauben Sie an Gott? Dass Sie nicht tiefer fallen als in seine Hand? Ich glaube nicht an Gott. Ich glaube nicht an Gott und weiß nicht, ob ich noch an die Gerechtigkeit und an die Wahrheit glaube. Ich dachte früher, wer nicht mehr lange zu leben hat, sagt die Wahrheit. Aber vielleicht sind die, die nicht mehr lange zu leben haben, die schlimmsten Lügner. Wenn sie sich jetzt nicht in Szene setzen, wann dann? Die Wahrheit … Was ist die Wahrheit, auf die der Richter einem keinen Brief und kein Siegel gibt? Und was die Lüge, auf die er es einem gibt? Was ist die Wahrheit, wenn sie nur durch die Köpfe vagabundiert und nicht gehörig festgestellt wird?« Er lachte wieder sein leises, sanftes Lachen. »Entschuldigen Sie, ich bin ein bisschen durcheinander. Ich habe Angst, wenn es beim Fliegen gefährlich wird, und was gerade geschieht, riecht nach Gefahr. Aber ich höre auf, wie Pilatus oder Raskolnikow zu reden. Sie fragen sich sonst, warum Sie mir zuhören sollen.«

Dann war es, als packe eine große Hand das Flugzeug und spiele mit ihm. Sie schüttelte es, ließ es fallen, fing es wieder auf, ließ es wieder fallen. Meinen Körper hielt der Sicherheitsgurt. Aber meine Organe fühlten sich an, als hätten sie ihren Platz verloren; ich legte meine Hände auf meinen Bauch und hielt sie fest. Jenseits des Gangs erbrach eine Frau, vor mir rief ein Mann um Hilfe, hinter mir fielen Gepäckstücke herunter. Erst als das Flugzeug ruhig weiterflog, kam die Angst, und sie galt dem, was passiert war, und dem, was noch passieren mochte. Es war noch nicht vorbei. Das Flugzeug fiel noch mal, und die Schwerkraft zerrte noch mal am Körper und an den Organen.

5

»So war es, als wir wieder zusammen waren. Es schüttelte uns und zerrte an uns. Es war wie ein Gift. Manchmal ging es ruhig dahin, aber wir trauten einander nicht. Wir belauerten einander, bis einer es nicht mehr aushielt. Dann ging es kalt und schneidend los und wurde laut und grob.«

Er redete schon wieder? Wovon redete er? »Es schüttelte Sie und zerrte an Ihnen? Es?«

»So hat es sich angefühlt. Wie der Sturm, der unser Flugzeug schüttelt. Eine Macht, die stärker ist als wir. Wir sind uns im Lesesaal in die Arme gefallen, und ich habe sie die ganze Nacht gehalten, diese erste Nacht und die nächsten Nächte, und wir sind zusammengezogen, was wir uns davor nicht getraut hatten, und haben gedacht, alles wird gut. Aber sie hat nicht mit mir schlafen wollen, und zunächst habe ich gedacht, dass sie traumatisiert ist, wie nach einer Vergewaltigung, und Zeit und Behutsamkeit und Zärtlichkeit braucht, aber dann habe ich mich gefragt, ob sie mich noch liebt. War ein Stück ihres Herzens beim Attaché geblieben? War es mit ihm am Ende gar nicht so schlimm gewesen?«

»Mit dem Attaché?«

»Ja, er hat sie entführen lassen.«

»Der Attaché? Ist er verurteilt worden?«

»Sie brauchte, damit sie von Genf nach Berlin fliegen konnte, einen vorläufigen Personalausweis, und wir fuhren zum deutschen Botschafter nach Bern und haben ihm alles erzählt. Er sprach mit der Schweizer Polizei, die sagte, wir sollten in Deutschland mit der deutschen Polizei reden. Die deutsche Polizei sagte uns, sie könne sich nur an die Schweizer Polizei wenden. Niemand wollte politischen Ärger mit Kuwait. Wir hätten die Medien einschalten können; nach einem Bericht in der *Bild* und einem Interview im *Stern* hätten die Polizei und das Auswärtige Amt vielleicht etwas getan. Aber wir wollten uns nicht den Medien ausliefern.«

»Sie haben Ihre Freundin verdächtigt, obwohl sie …«

»Obwohl sie geflohen ist?« Er nickte ein paarmal. »Ich verstehe Ihre Frage. Ich habe es mich selbst immer wieder gefragt. Aber überwältigt werden, genommen werden, benutzt werden kann seinen sexuellen Reiz haben, für Frauen wie für Männer. Sie hatte mit ihm geflirtet und er mit ihr. Sie wollte nicht ihr Leben in seinem Harem verbringen. Also musste sie fliehen. Aber das heißt nicht, dass sie nicht das sexuelle Erlebnis ihres Lebens mit ihm hatte. Dass sie sich mir verweigert hat und dass ich sie verdächtigt habe, war auch nicht alles. Sie hat auch mich verdächtigt. Ich hätte sie mit der Reise nach Kuwait in Gefahr gebracht, und ich hätte nach der Entführung nicht alles getan, was ich hätte tun können.«

Die Kabinenbeleuchtung ging an, und die Stewardessen kümmerten sich um das Erbrochene jenseits des Gangs, den jammernden Passagier vor mir und das heruntergefallene Gepäck hinter mir. Mein Nachbar redete weiter, aber ich horchte auf das Brummen der Motoren, das falsch klang, und hörte ihm nicht mehr zu. Bis ich ihn sagen hörte:

»Aber sie war tot.«

»Tot?«

»Es waren nur zwei Stockwerke, und ich dachte, dass sie

sich was gebrochen hat, die Beine, einen Arm. Aber sie war tot. Sie ist mit dem Kopf aufgeschlagen.«

»Wie …«

»Ich habe sie gestoßen, aber sie hatte mich geschlagen. Ich wollte sie nur abwehren, ich wollte mich nicht noch mal schlagen lassen. Ich weiß, ich hätte sie nicht stoßen sollen. Wir hätten nicht streiten sollen. Aber wir haben damals viel gestritten, wir haben eigentlich nichts anderes mehr getan. Wir sind auch nicht das erste Mal körperlich aneinandergeraten. Aber es war das erste Mal auf dem Balkon, und meine Freundin war groß und das Geländer niedrig. Ich habe noch nach ihren Armen gegriffen und sie zu halten versucht, aber sie hat meine Hände weggeschlagen.« Er schüttelte den Kopf. »Ich denke, sie wusste nicht, was ihr drohte und was sie tat. Aber ich weiß es nicht. Wie, wenn sie lieber sterben als sich von mir retten lassen wollte?«

6

Ich fasste wieder seine Hand und drückte sie. Wie soll ein Mensch mit einer solchen Frage leben? Aber dann klang mir nicht nur das Brummen der Motoren falsch. »Sagten Sie nicht, Ihre Geschichte sei in allen Zeitungen und auf allen Kanälen gewesen? Die Medien interessieren sich doch nicht für einen Sturz vom Balkon!«

Er ließ sich Zeit. »Da war noch die Sache mit dem Geld.«

»Geld?«

»Nun«, er redete langsam und bekümmert, »der Attaché hat ihr erzählt, dass er sie von mir gekauft hat. Sie hat es nicht wirklich geglaubt, aber es hat sie doch beschäftigt, und daher hat sie mich manchmal danach gefragt und manchmal mit ihrer Freundin darüber gesprochen. Nach ihrem Tod hat es die Freundin der Polizei erzählt.«

»Das war alles?«

»Die Polizei hat das Geld auf meinem Konto gefunden. Als die drei Millionen eingingen, versuchte ich sofort, sie zurückzuüberweisen. Aber sie waren bar eingezahlt worden, in Singapur oder Delhi oder Dubai, und konnten nicht zurücküberwiesen werden.«

»Jemand hat einfach so drei Millionen auf Ihr Konto überwiesen?«

Er seufzte. »Als wir uns kennenlernten, hat der Attaché manchmal Witze gemacht und den Beduinen gespielt, der noch nach seinen Gepflogenheiten lebt. Ah, schöne blonde Frau! Tauschen Frau? Wollen Kamele? Ich habe das Spiel mitgespielt, und wir haben gehandelt und gefeilscht. Den Preis eines Kamels haben wir mit dreitausend angesetzt, und den Preis meiner Freundin habe ich auf tausend Kamele hochgetrieben. Es war ein Spiel.«

Ich traute meinen Ohren nicht. »Ein Spiel? Bei dem Sie schließlich lachend okay gesagt und eingeschlagen haben? Und als Sie nach Kuwait reisten, hatten Sie keine Angst, dass aus dem Spiel Ernst wird?«

»Angst? Nein, ich hatte keine Angst. Ich war ein bisschen neugierig, ob er das Spiel weiterspielen und mir tausend Kamele zeigen oder Rennpferde oder Sportwagen anbieten würde. Gekitzelt hat's mich, aber nicht geängstigt.« Er legte mir wieder die Hand auf den Arm. »Ich weiß, dass ich einen furchtbaren Fehler gemacht habe. Aber wenn Sie den Attaché kennen würden, würden Sie mich verstehen. In England auf einer Public School erzogen, gebildet, witzig, weltläufig – ich dachte wirklich, wir spielen ein harmloses interkulturelles Spiel.«

»Aber als Ihre Freundin verschwunden war … Jedenfalls, als das Geld kam, wussten Sie, wer sie hatte. Wann kam es?«

»Als ich aus Kuwait zurückkam, war es auf meinem Konto. Was hätte ich machen sollen? Nach Kuwait fliegen und dem Attaché sagen, er solle sein Geld wieder nehmen und mir meine Freundin wiedergeben? Mich, wenn er mir ins Gesicht lacht, beim Emir beschweren? Unseren Außenminister bitten, er soll mit dem Emir sprechen? Hätte ich ein paar Kerle von der Russenmafia engagieren und mit ihnen die Anlage aufrollen sollen, in der der Attaché gewohnt und sie vermutlich gefangen gehalten hat? Ich weiß, ein richtiger Mann, der seine Frau liebt, haut sie raus. Wenn er dabei zugrunde geht, geht er dabei zugrunde. Besser mit Anstand sterben als in Feigheit leben. Ich weiß auch, dass ich mit drei Millionen eigentlich genug Geld hatte, um mir die Russen und die Waffen und den Hubschrauber und was man sonst noch braucht zu besorgen. Aber das ist Film. Das ist nicht meine Welt. Das kann ich nicht. Die Kerle von der Russenmafia würden mir einfach mein Geld abnehmen, und die Waffen wären verrostet, und der Hubschrauber hätte einen Getriebeschaden.«

7

Ich hatte die Motoren vergessen. Aber der Pilot hatte das falsche Brummen auch gehört und vielleicht Lämpchen aufleuchten und Zeiger ausschlagen gesehen. Er meldete sich aus dem Cockpit und kündigte an, wir würden in einer Stunde in Reykjavik landen. Es bestehe kein Grund zur Sorge; mit dem kleinen Problem, das es vielleicht gebe, könnten wir bis Frankfurt fliegen, aber zur Sicherheit wolle er es in Reykjavik prüfen lassen.

Die Ankündigung ließ die Passagiere unruhig werden. Kein Grund zur Sorge? Warum lande er, wenn wir weiterfliegen könnten? Könnten wir doch nicht weiterfliegen? Sei die Situation dann nicht doch gefährlich? Andere tauschten aus, was sie über Reykjavik und Island wussten, über die hellen Sommer und die dunklen Winter, die Geysire und die Schafe, die Islandponys und das Islandmoos. Rücklehnen wurden hochgefahren, Tische und Monitore ausgeklappt, Stewardessen gerufen. Die Passagiere wurden munter, laut, geschäftig. Bis einer entdeckte, dass aus einem Triebwerk schwarzer Rauch kam. Die Nachricht ging von Mund zu Mund, und wer sie weitergegeben hatte, verstummte. Binnen kurzem war es im Flugzeug still.

Mein Nachbar flüsterte: »Vielleicht hat im Gewitter ein Blitz ins Triebwerk eingeschlagen. Ich habe mir sagen lassen, das kommt oft vor.«

»Ja.« Auch ich flüsterte. Ich meinte, das Triebwerk knirschen zu hören, als sei ihm etwas in die Turbine geraten, das es vergebens versuche kleinzumahlen. Als sei es verletzt und erschöpft und könne nicht mehr. Ich hatte Angst, und zugleich ergriff mich das Geräusch der wunden Maschine wie das Ächzen eines wunden Menschen. »Was haben Sie mit dem Geld gemacht?«

»Ich weiß, ich hätte es nicht anrühren, ich hätte es liegenlassen sollen. Aber ich habe ein Händchen für Geld. Ich habe immer schon mein bisschen Geld angelegt und jeden Fonds, jeden Index geschlagen.« Er hob entschuldigend die Arme. »Jetzt hatte ich richtig Geld. Jetzt konnte ich endlich loslegen. Ich habe aus den drei Millionen in drei Jahren fünf gemacht. Wem hätte es genützt, wenn das Geld nicht gearbeitet hätte? Niemandem hätte es genützt. Kennen Sie das Gleichnis von den anvertrauten Pfunden? Von dem Herrn, der seinen drei Knechten je zehn Pfunde gibt und nach seiner Rückkehr die beiden Knechte, die mit dem Geld gearbeitet haben, belohnt und den, der das Geld einfach hat liegenlassen, bestraft? Wer hat, dem wird gegeben, wer aber nicht hat, dem wird auch das genommen, was er hat. So ist es.

Aber vor Gericht merkte ich, dass die anderen kein Verständnis dafür hatten.« Er schüttelte den Kopf. »Die Richter redeten mit mir, als hätte ich meine Freundin tatsächlich verkauft. Warum hätte ich sonst das Geld genommen und mit ihm gearbeitet? Als hätte ich sie umgebracht. War sie hinter alles gekommen und hatte mir gedroht oder mich erpresst? Der Staatsanwalt konnte es nur nicht beweisen. Bis die Nachbarin auftauchte.«

8

Ich hatte das Triebwerk und den schwarzen Rauch nicht im Auge, aber das Knirschen im Ohr. Bis es aufhörte. Zugleich ging ein Seufzen durchs Flugzeug, ein Seufzen der Passagiere, die das Triebwerk sahen, aus dem gerade ein Feuerstoß gekommen war.

Mein Nachbar zitterte und hielt sich mit beiden Händen an den Lehnen fest. »Ich kann mir nicht helfen, ich habe Angst beim Fliegen, auch wenn ich, ich weiß nicht, wie oft, um die Erde geflogen bin. Wir sind nicht dafür geschaffen, durch den Himmel zu fliegen und aus zehntausend Meter Höhe vom Himmel auf die Erde oder ins Meer zu fallen. Zugleich ist mein Kopf mit dem Tod beim Absturz völlig einverstanden. Man weiß, es ist bald so weit, trinkt noch ein Glas Champagner, nimmt vom Leben Abschied, und bums ist es vorbei.« Er hatte wieder geflüstert, aber bei »bums« die Stimme erhoben und in die Hände geklatscht. Die Stewardess kam, und er bestellte Champagner. »Sie auch?«

Ich schüttelte den Kopf.

Als die Stewardess eingeschenkt hatte, redete er weiter. »Wissen Sie, ich fühle mich in einem neuen Haus, einem neuen Stadtviertel erst wohl, wenn ich mit den Menschen vertraut bin. Wenn ich über das Leben der Frau im Zeitungsladen Bescheid weiß und ihr morgens nicht mehr sagen muss, was ich haben will. Wenn ich den Apotheker so gut kenne, dass er mir das rezeptpflichtige Medikament auch ohne Rezept gibt. Wenn der Italiener ein paar Häuser weiter mir die Pasta macht, die nicht auf der Karte steht.

Die Nachbarin, die von ihrem Balkon auf meinen schauen

kann, ist eine alte Dame, die sich mit dem Gehen und erst recht mit dem Tragen schwertut und der ich oft über die Straße und die Treppe hoch und mit den Einkäufen geholfen habe. Ich mag sie, und sie mag mich auch. Während des Prozesses ruft sie mich an und bittet mich zu sich und sagt mir, dass sie sich hoffentlich irrt, aber vor Gericht nur sagen kann, was sie gesehen hat, und dass es für sie jedenfalls so ausgesehen hat, als hätte ich meine Freundin nicht nur geschubst, sondern über das Geländer gedrückt. Sie hat sich furchtbar gequält und bei mir entschuldigt und mir versichert, dass sie denkt, dass sich alles aufklärt. Sei es wirklich ich gewesen, der an dem fraglichen Abend mit meiner Freundin gekämpft hat? Sie habe mich nicht erkennen können.

Was für eine Chance hätte mein Verteidiger vor Gericht gegen eine reizende alte Dame gehabt, ehemals Lehrerin, im Kopf wach und klar, die mich auch noch mag? Dazu kam ein alter Freund meiner Freundin, ein bekannter Journalist, der dafür sorgte, dass der Fall Schlagzeilen machte und ich schlecht aussah. Sie kennen diese alten Freunde, die Frauen manchmal haben? Aus der Schule oder schon aus dem Kindergarten? Die bei der Frau nicht landen, sie aber mit Anhänglichkeit und Unterwürfigkeit durchs Leben begleiten? So dass die Frau sich fragt, warum ihr Partner nicht auch so anhänglich und unterwürfig ist? Er mochte mich nicht, auch wenn er nichts über die Sache wusste. Dass meine Freundin und ich zusammen waren, genügte.

Ich wollte nicht ins Gefängnis. Weil ich nur wegen fahrlässiger Tötung angeklagt war, war ich nicht in Untersuchungshaft und mein Geld nicht beschlagnahmt. Ich habe das Geld auf die Virgin Islands geschafft und mich am Abend, bevor die alte Dame aussagen sollte, aus Deutschland verabschiedet.«

Es ließ mir keine Ruhe. »Haben Sie Ihre Freundin geliebt? Sie hat in Ihrer Geschichte nicht einmal einen Namen.«

»Ava. Ihre Mutter schwärmte für Ava Gardner. Ja, ich habe sie geliebt. Sie war wunderschön, und wir hatten nie Probleme miteinander, ich meine, bis wir die schlimmen Probleme miteinander bekamen. Mit ihr zusammen auftreten, auf einem Empfang oder bei einer Premiere oder auch nur im Restaurant, mit ihr im Cabriolet durch die Stadt oder auch übers Land fahren, mit ihr über den Markt bummeln, mit ihr in einem Hotel am Strand Urlaub machen – wir waren ein Paar, das sich sehen lassen konnte, und wir ließen uns gerne sehen. Das klingt ein bisschen oberflächlich? Das klingt nicht nach Leidenschaft, sondern nach Eitelkeit? Es war nicht oberflächlich. Wir liebten beide das gute Leben. Wir mochten beide, wenn die Welt schön war und wir schön in die schöne Welt treten konnten. Wir mochten es nicht nur, wir liebten es leidenschaftlich. Unsere Leidenschaft war anders, nicht himmelhoch jauchzend, zu Tode betrübt, nicht Sturm und Drang. Aber es war eine echte, tiefe Leidenschaft.«

»Warum sind Sie, als es nicht mehr schön war, nicht gegangen? Warum haben Sie Ava nicht gehen lassen?«

»Das verstehe ich auch nicht. Als sie anfing, mich zu verhören und zu beschuldigen und zu verurteilen, konnte ich es einfach nicht auf mir sitzenlassen. Ich musste mich verteidigen, ich musste sie auch angreifen. Ich wollte, dass sie mich respektiert.«

»Haben Sie sie um Verzeihung gebeten?«

»Sie wollte, dass ich sie um Verzeihung bitte.«

Ich wartete, aber er beantwortete meine Frage nicht. Ehe ich mich entscheiden konnte, ob ich die Frage wiederholen oder auf sich beruhen lassen sollte, setzte das Flugzeug mit sanftem Ruck auf der Rollbahn in Reykjavik auf.

9

Die Stewardess hieß uns in Reykjavik willkommen und sagte die Ortszeit mit zwei Uhr an. Die Rollbahnen waren leer, die Gebäude lagen dunkel, und das Flugzeug hatte den Anlegefinger bald erreicht. Wir wurden aufgefordert, unser Handgepäck mitzunehmen; vielleicht gehe es mit einem anderen Flugzeug weiter.

Auch in dieser Situation wurde die Form gewahrt; wir Passagiere der ersten Klasse wurden vom oberen zum unteren Deck und aus dem Flugzeug geleitet, während die Passagiere der anderen beiden Klassen warteten. In der Lounge, die eigens aufgemacht worden war, saßen die Passagiere der ersten und der Business-Klasse zusammen. Wieder standen an der Bar die Passagiere der ersten Klasse, die schon in New York an der Bar gestanden hatten. Es gab keinen Champagner, und wer nicht selbst eine Geschichte von einem Flugzeugunfall oder -beinaheunfall zu erzählen hatte, hörte den Geschichten der anderen lustlos zu. Warum sollte er sich für Gefahren interessieren, denen andere entronnen waren?

Wieder stand mein Nachbar stumm dabei. Ich sah

manchmal zu ihm hin, und er lächelte zurück, und sein Lächeln war leise und sanft wie sein Lachen. Sonst hörte ich den Geschichten zu. Bis ein Glas auf dem Boden zersprang. Der Erzähler unterbrach seine Geschichte, die Zuhörer wandten den Kopf. Meinem Nachbarn war das Glas entglitten. Aber er bückte sich nicht nach den Scherben und wischte sich nicht die Flecken von der Hose. Er rührte sich nicht.

Ich ging zu ihm und legte ihm die Hand auf den Rücken. »Kann ich Ihnen helfen?«

Er hatte Mühe, mich wahrzunehmen und mir zu antworten. »Er... er ist...« Er spürte die Blicke der anderen und redete nicht weiter. Ein Kellner kam, kehrte die Scherben zusammen und wischte den Wein auf. Ich wollte meinen Nachbarn zum Fenster führen, wo es ruhiger war. Aber er wehrte mit eigentümlich quengelnder Stimme ab. »Nein, nicht ans Fenster.« Ich sah mich um. Auch bei den Ständern mit den Zeitungen war es ruhiger.

»Soll ich einen Arzt ausrufen lassen?«

»Einen Arzt... Nein, ein Arzt kann mir nicht helfen.« Er atmete ein paarmal tief ein und aus. Dann hatte er sich wieder in der Gewalt. »Dort am Fenster, der Mann im hellen Anzug – ich wusste, dass er mir folgt, aber ich dachte, ich sei ihm ein oder zwei Flugzeuge voraus. Er hat mich vor zwei Jahren angeschossen. Ich weiß nicht, ob er mich erschießen wollte und ich Glück hatte oder ob er mir einen Denkzettel verpassen wollte.«

»Er hat auf Sie geschossen? Haben Sie ihn angezeigt?«

»Krankenhäuser rufen die Polizei, wenn sie Schussverletzungen behandeln. Ich habe ihn beschrieben und wieder

Bilder angeschaut, aber es hat zu nichts geführt. In Kapstadt, wo es passiert ist, wird auch sonst mal geschossen, und die Polizei meinte, vielleicht sei ich einfach zwischen die Fronten geraten. Ich wusste es besser. Aber was hätte es genützt, das der Polizei zu erzählen?«

Ich wartete, ob er es mir erzählen würde.

»Als ich Deutschland verließ, bin ich hierhin und dorthin geflogen und schließlich in Kapstadt geblieben. Wenn Sie Geld haben und sich richtig bewegen, lässt man Sie in Südafrika in Ruhe. Ich hatte am Rand von Kapstadt das Pförtnerhaus eines Weinguts gemietet, das Meer auf der einen, Weinberge auf der anderen Seite, ein kleines Paradies. Aber nach ein paar Monaten bekam ich seinen Brief. Er hatte sich nicht als Absender auf die Rückseite des Umschlags gesetzt, das musste er auch nicht. Die Geschichte, die er mir schickte, sagte alles. Einem Scheich läuft eine Frau mit einem anderen Mann davon. Sie ist seine Lieblingsfrau, sein Augapfel, jung und schön wie der Morgen. Der Scheich ist traurig, aber obwohl er ein stolzer Mann ist, hat er ein großes Herz und versteht, dass eine Frau, die liebt, ihrer Liebe folgt. Jahre später tötet der neue Mann die Frau im Zorn. Der Scheich, der toleriert hat, dass sein Eigentum seiner eigenen Wege geht, toleriert nicht, dass jemand anderes sein Eigentum zerstört. Also lässt er den neuen Mann erschlagen.

Als ich am nächsten Morgen mit dem Auto vom Grundstück auf die Straße bog, stand der Mann mit dem hellen Anzug auf der anderen Straßenseite. Er trägt immer einen hellen Anzug, und immer ist der Anzug ein bisschen zu groß. Er könnte armselig und lächerlich aussehen. Aber da ist eine Drohung in seiner Haltung und seinen Bewegungen und seinem Gang, und er sieht nicht armselig und lächerlich aus, sondern bedrohlich. Im Rückspiegel sah ich ihn über die Straße gehen und in ein Auto steigen, und wenig später sah ich sein Auto meinem folgen.«

10

Er ging ein paar Schritte zu einem Stuhl, drehte ihn so, dass er den Mann im hellen Anzug nicht sehen konnte, setzte sich, legte die Arme auf die Knie, faltete die Hände und ließ den Kopf hängen. Ich holte einen anderen Stuhl und setzte mich ihm gegenüber.

»Dann hat er in Kapstadt auf Sie geschossen?«

»Ich sah ihn in den nächsten Wochen immer wieder. Er lehnte an der Laterne gegenüber dem Restaurant, in dem ich aß, er stand vor der Buchhandlung, aus der ich kam und vor der er noch nicht gestanden hatte, als ich hineinging, er saß mir gegenüber, als ich im Bus von der Zeitung aufsah. Ich hatte das Meer vor der Tür und machte jeden Morgen und jeden Abend einen langen Spaziergang am Meer. Als er mir eines Abends am Meer entgegenkam, bin ich zu Hause geblieben. Aber manchmal musste ich doch raus, und als ich in Kapstadt Einkäufe machte, hat er auf mich geschossen. Am helllichten Tag, auf offener Straße.

Nach ein paar Tagen im Krankenhaus habe ich wieder das Fliegen angefangen und Haken um Haken geschlagen und schließlich gehofft, ich hätte ihn abgeschüttelt. Er hat auch ein ganzes Jahr gebraucht, bis er mich wieder fand.«

Ich sah zum Mann im hellen Anzug. Er richtete seine Augen auf mich, als spiele er mit mir das Kinderspiel, bei dem es den Blick des anderen ohne Blinzeln auszuhalten und zu erwidern gilt. Nach einer Weile sah ich weg.

Mein Nachbar lächelte. »Was für ein Jahr! Ich liebe das Meer und habe wieder ein Haus am Meer gefunden, diesmal in Kalifornien. Auch in Amerika lässt sich's, wenn man Geld hat und sich richtig bewegt, unerkannt und unbehelligt leben. Zuerst war mir lästig, dass ich meine Kreditkarten nicht benutzen konnte; sie hinterlassen eine Spur. Aber wenn man's nicht eilig hat, geht es auch ohne Kreditkarten. Der Vermieter wollte ohnehin lieber Bares als Plastik; vermutlich betrog er das Finanzamt.

Kennen Sie die Küste nördlich von San Francisco? Manchmal felsig und rauh, dann wieder sandig und sanft, der Pazifik abweisender und unerbittlicher als jedes andere Meer, die zum Meer abfallenden Berge morgens nebelverhangen und dann, in der Mittags- und Abendsonne, mit ihrem trockenen braunen Gras golden leuchtend – es ist, als würde die Welt in ihrer Schönheit jeden Tag neu erschaffen. Mein Haus lag am Hang, so weit unterhalb der Straße, dass ich den Verkehr nicht hörte, und so nahe am Meer, dass mich sein Rauschen vom Morgen bis zum Abend begleitete, nicht laut und bedrohlich, sondern leise und versöhnlich. Ah, und die Sonnenuntergänge! Besonders mochte ich die in Rot und Rosa, Gemälde von verschwenderischer Farbenpracht. Aber berührt haben mich ebenso die verhaltenen, bei denen die Sonne blass in den Dunst über dem Meer eintaucht und spurlos verschwindet.«

Er lachte leise, ein bisschen ironisch, ein bisschen verlegen. »Ich bin ins Schwärmen gekommen? Ja, das bin ich wohl. Ich könnte noch viel mehr schwärmen: von der kräftigen, salzigen Luft und den Gewittern und den Regenbogen über dem Meer und dem Wein. Und von Debbie, die schön und blond war und auch nicht durch das Leben ging, sondern durch das Leben tanzte. Sie war Avas Wiedergängerin, aber während die Wiedergängerinnen, von denen wir lesen, den Lebenden übelwollen, wollte Debbie mir gut. Sie wohnte eine halbe Stunde weiter, hatte ein Haus auf dem Berg, ein Pferd und einen Hund und malte Illustrationen für Kinderbücher. Sie war gut – weil sie ein Gespür für den Augenblick hatte, wie Kinder es haben? Sie lebte im Augenblick, und ohne sie hätte ich mein letztes Jahr in Freiheit nicht so genossen, wie ich es genossen habe.«

»Ihr letztes Jahr in Freiheit?«

Er zeigte mit dem Kopf zum Mann im hellen Anzug. »Nach einem Jahr stand er wieder an der Einfahrt zu meinem Grundstück. Ich hätte ihn umbringen können – o ja, ich hatte mir Waffen besorgt und schießen gelernt und traf mit dem Zielfernrohr auf große Entfernung. Aber dann wäre ein anderer gekommen. Ich dachte, vielleicht ist der Attaché zufrieden, wenn ich in Deutschland vor Gericht stehe, und akzeptiert das Urteil, wie immer es ausfällt. Vielleicht ist danach Ruhe.«

»Sie wollen sich stellen?«

»Deshalb fliege ich nach Deutschland. Wenn es geht, möchte ich nicht gleich bei der Passkontrolle im Flughafen festgenommen werden. Ich würde gerne zuerst meine Mutter sehen und mit meinem Verteidiger reden. Es kommt besser an, wenn man mit dem Verteidiger zum Richter geht und sich stellt, als wenn man von der Polizei festgenommen und vorgeführt wird. Ich weiß noch nicht, wie ...« Er wandte sich mit seinem leisen, sanften Lächeln an mich. »Wollen Sie mir Ihren Pass leihen? Wir sehen einander hinreichend ähnlich. Sie sagen, die Brieftasche sei Ihnen gestohlen worden, und kriegen ein bisschen Ärger, aber schlimm wird's nicht werden. Das Schlimme, wenn einem die Brieftasche gestohlen wird, ist, dass man sich alles neu besorgen muss, und darum müssen Sie sich keine Sorge machen. Nach ein paar Tagen finden Sie die Brieftasche in Ihrer Post.«

Ich sah ihn nur an.

»Das kam ein bisschen plötzlich? Tut mir leid. Wie wäre es, wenn wir beide eine Mütze Schlaf nähmen?« Er sah sich um. »Am Fenster ist noch ein Sessel frei und einer bei der Garderobe – Sie verstehen, dass ich den am Fenster Ihnen überlasse und mir den anderen nehme?« Er stand auf. »Gute Nacht. Ich danke Ihnen für Ihr Zuhören.« Er holte bei der Bar seinen Koffer, nahm Mantel und Hut von der Garderobe, setzte sich, legte die Beine auf den Koffer, deckte sich mit dem Mantel zu und zog den Hut übers Gesicht.

11

Ich trat ans Fenster. Draußen war heller Tag. Die Sonne war rot aufgegangen und hing jetzt gelb am weißen Himmel. Es ist ein alter Traum von mir, im Sommer nach Petersburg zu fahren und die weißen Nächte zu erleben. Hier hatte ich meine weiße Nacht. Aber statt auf Wasser, Brücken, flanierende Menschen und verliebte Paare sah ich auf leere Rollbahnen, dunkle Anlegefinger und Betonbauten. Kein Flugzeug, kein Auto, kein Mensch war unterwegs.

In der Lounge war es ruhig geworden. Niemand sah fern, niemand trank an der Bar, niemand redete. Manche hatten den Computer aufgeschlagen, manche ein Buch. Viele versuchten zu schlafen, einige hatten sich auf dem Boden ausgestreckt. Ich ging an den Schalter am Eingang und fragte, wie es um den Weiterflug stehe. Die junge Frau hatte gehört, in Frankfurt werde ein Flugzeug bereitgestellt. Vor acht werde es nicht da sein, vier Stunden dauere es bis zum Weiterflug sicher noch.

Ich ging zurück, zog den freien Sessel aus dem Licht des Fensters in den Schatten der Wand und setzte mich. Hier konnte mich der Mann im hellen Anzug nicht mehr sehen. Davor hatte er, wann immer ich zu ihm sah, seine Augen auf mich gerichtet.

Es ist wohl an der Zeit, dass ich mich vorstelle. Mein Name ist Jakob Saltin, ich habe Physik studiert, mich auf Verkehrsströmungslehre spezialisiert und leite das Institut für Verkehrswissenschaft an der Universität Darmstadt. Wie viele Züge brauchen wie viele Gleise, wie viele Autos wie viele Spuren? Wie werden Staus verursacht und wie vermieden? Wo müssen Ampeln stehen, und wo dürfen sie nicht stehen? Wie werden sie optimal geschaltet? Es ist eine faszinierende Wissenschaft. Aber sie ist nüchtern wie alle Wissenschaft, und ich bin es auch.

Ich lese keine schöne Literatur mehr – wann sollte ich die Zeit dazu finden? Aber vor Jahren habe ich eine Geschichte gelesen, in der ein Reisender einem anderen Reisenden erzählt, dass er seine Frau umgebracht hat. Sie hatte einen

Liebhaber – hat er ihn auch umgebracht? Jedenfalls hat er aus Leidenschaft und Verzweiflung gehandelt, ihm waren die Musik und der Alkohol zu Kopf gestiegen. Mit dem Alkohol bin ich mir nicht sicher, aber mit der Musik. Wenn ich mich recht erinnere, hat der eine Reisende dem anderen nur zugehört. Der andere hat ihn um nichts gebeten.

Mein Nachbar hatte seine Geschichte an mir ausprobiert. Er musste sie demnächst der Polizei, dem Staatsanwalt und dem Richter erzählen und wollte wissen, wie sie ankam. Was für eine Figur er in ihr machte. Was er auslassen und was er ausschmücken musste. Hatte er gerade mich als Zuhörer gewählt, weil wir einander in Gestalt, Gesicht und Alter tatsächlich einigermaßen ähneln? Hatte er mich von Anfang an um meinen Pass bitten wollen? Und mich mit seiner Geschichte so berühren, dass ich ihm die Bitte nicht abschlagen konnte?

Aber nein, der Flug war ausgebucht; er hatte sich den Sitz nicht aussuchen können und mich als Zuhörer auch nicht. Warum war ich so misstrauisch? Die Russenmafia ist nicht seine Welt, hatte er gesagt – diplomatische Empfänge in Berlin, Picknicks in der kuwaitischen Wüste, teure Häuser an der Küste Afrikas und Amerikas und Spekulationen mit Frauen, Kamelen und Millionen sind nicht meine. Er wusste nicht, wie oft er schon um die Welt geflogen war – ich war noch nie um die Welt geflogen und wäre nicht in der ersten Klasse gesessen, wenn nicht die Business-Klasse überbucht gewesen wäre und ich ein Upgrade bekommen hätte. Für die Welt, aus der mein Nachbar mir erzählt hatte, habe ich kein Gespür. Hatte ich es für meinen Nachbarn? Hatte er seine Freundin ermordet?

Für uns Verkehrswissenschaftler sind Unfälle Parameter unter anderen. Ich bin nicht zynisch, aber ich bin auch nicht sentimental. Ich weiß, dass es Unfälle auch bei der Gattung Mensch gibt. Es gibt Menschen, in denen nichts steckt als die Gier nach dem schnellen Geld und dem leichten Leben. Ich kenne sie als Studenten und als Kollegen, in der Wirtschaft und in der Politik. Nein, mein Nachbar gehörte nicht dazu. Er suchte nicht das leichte Leben, sondern das schöne. Er gierte nicht nach Geld, er spielte damit.

Oder bestand zwischen beidem kein Unterschied? Das Schwierige im Leben ist zu wissen, wann man an seinen Prinzipien festhalten muss und wann man ab- und zugeben darf. Ich weiß es in meinem Metier. Aber sonst?

Dann schlief ich ein. Ich schlief nicht tief; ich hörte, wenn ein Koffer umfiel, wenn ein Handy laut klingelte und wenn jemand die Stimme hob. Um halb acht informierte uns der Lautsprecher, dass in einer Stunde ein Flugzeug landen und uns nach Frankfurt bringen werde. Am Büfett gebe es Frühstück.

Mein Nachbar kam zu mir. »Wollen wir?« Wir gingen zum Büfett, nahmen Kaffee und Tee, Croissants und Joghurt und setzten uns an einen Tisch. »Sie konnten schlafen?« Wir hatten eine höfliche Konversation über das Schlafen auf Reisen und die Qualität von Flugzeugsitzen und Sesseln in Lounges.

Als wir aufgefordert wurden, zum Flugzeug zu gehen, gingen wir zusammen los. Auf den Gängen waren Menschen unterwegs, die Läden hatten geöffnet, und auf den Tafeln und über die Lautsprecher wurden Ankünfte und Abflüge mitgeteilt. Der Flughafen war aufgewacht.

12

Auch beim Flug von Reykjavik nach Frankfurt saßen wir nebeneinander. Wir redeten nicht mehr viel. Er fragte mich nach Frau und Kindern. Ich bin wortkarg, wenn es um meine Frau geht, die gestorben ist, und um meine Tochter, die mich verlassen hat. Dass meine Frau noch am Leben und meine Tochter noch bei mir wäre, wenn ich beiden mehr gegeben hätte – wie sollte ich davon erzählen? Vielleicht stimmt es auch nicht und mache ich mir unnötige Vorwürfe.

Ich wartete, ob er mich noch mal um meinen Pass bitten würde. Eigentlich mag ich nicht in fremder Leute persönliche Probleme hineingezogen werden. Ich habe genug damit zu tun, die Probleme des Verkehrs zu lösen. Sie verlangen meinen ganzen Einsatz, und sie sind den Einsatz wert; würden sie gelöst, wäre die Welt ein besserer Ort. Ich bin stolz darauf, dass ich für Mexiko ein Verkehrskonzept entwickelt habe, das den Verkehr, der Tag um Tag stockte, wieder zum Fließen und die Stadt, die erstickte, wieder zum Atmen gebracht hat. Oder doch hätte bringen können, wenn die Politiker das Verkehrskonzept richtig umgesetzt hätten.

Aber mein Nachbar war kein Fremder mehr. Ich hatte im Dunkel neben ihm gesessen, mit ihm eine Flasche Pinot Noir geleert, seine Geschichte angehört, ihn belebt und bewegt und verstört gesehen, seine Hand gedrückt und ihm meine Hand auf den Rücken gelegt. Ich war entschlossen, ihm meinen Pass zu geben.

Aber er kam auf seine Bitte nicht zurück, und ich dränge

mich nicht auf. Wir saßen auf dem oberen Deck in der letzten Reihe, und als das Flugzeug in Frankfurt seine Parkposition am Anlegefinger erreicht hatte, waren wir als Erste im unteren Deck und an der Tür. Als das Signal zum Öffnen gegeben wurde, umarmte er mich. Ich kann der heutigen Umarmungs- und Küsschen-Küsschen-Kultur eigentlich nichts abgewinnen. Aber ich erwiderte seine Umarmung; zwei Männer waren sich begegnet, zwei Fremde in der Nacht, hatten miteinander geredet, hatten einander nicht alles gegeben, was sie einander hätten geben können, aber waren einander nahegekommen. Vielleicht erwiderte ich die Umarmung auch besonders herzlich, weil ich Champagner getrunken hatte und ein bisschen beschwipst war.

Dann wurde die Tür geöffnet, und mein Nachbar rollte seinen Koffer nicht, sondern nahm ihn auf und rannte los. Im Flughafengebäude sah ich ihn nicht mehr. Ich sah ihn auch nicht an der Passkontrolle. Er war weg.

13

Mit meinem Pass. Als ich an der Passkontrolle nach der Brieftasche griff, war sie nicht da. Ich habe nicht weitergesucht; meine Brieftasche hat ihren Platz in der linken Innentasche, und wenn sie da nicht ist, ist sie nicht da. Ich weiß, wo meine Sachen sind.

Während des Flugs war meine wie seine Jacke in Verwahrung der Stewardess gewesen; mein Nachbar musste die Stewardess irgendwann um seine Jacke gebeten, aber meine Sitznummer angegeben, meine Jacke ausgehändigt bekommen und die Brieftasche herausgenommen haben. Er wollte nicht riskieren, dass ich seine Bitte abschlagen würde.

Die Polizei war freundlich. Ich sagte, dass ich den Pass in New York vorgezeigt und seitdem nicht mehr benutzt hätte. Dass ich keine Ahnung hätte, wo ich die Brieftasche verloren oder wo man sie mir gestohlen haben könnte. Ein Polizist begleitete mich zurück zum Flugzeug, aus dem die Passagiere noch ausstiegen, und ich suchte meine Brieftasche vergebens beim Sitz, in den Ablagen und im Kleiderschrank der Stewardessen. Danach wurde ich auf die Wache gebeten. Zum Glück ist mein Bild auf der Webseite der Universität und war das Büro des Dekans besetzt; es bestätigte, dass es mit mir seine Richtigkeit hat.

Ich nahm eine Taxe. Erst als wir in Darmstadt, aber noch nicht bei mir zu Hause waren, dachte ich daran, dass ich bei mir nur das Geld hatte, das ich lose in der Tasche trug, viel zu wenig für die lange Fahrt. Ich sagte es dem Fahrer und sagte ihm auch, dass ich zu Hause ausreichend Geld hätte. Aber er traute mir nicht, ließ sich geben, was ich hatte, und warf mich unter Gejammere und Geschimpfe aus dem Wagen.

Es war sehr warm, aber nicht schwül. Nach der Nacht und dem Morgen in Flugzeugen und Lounges, in der Polizeiwache und Taxe fand ich die Luft belebend, obwohl es nur die Darmstädter Stadtluft war, die an der roten Ampel nach Benzin und vor dem türkischen Imbiss nach heißem Fett roch. Mit jedem Schritt ging es mir besser; ich war beflügelt vom Gefühl, etwas geschafft zu haben. Was? Ich konnte es nicht sagen. Aber das machte nichts.

Was ich nicht sagen konnte, wollte auch niemand wissen. Es wäre anders gewesen, wenn meine Frau zu Hause auf mich gewartet oder wenn ich gewusst hätte, dass meine Tochter mich am Abend anrufen und willkommen heißen und nach meinen Erlebnissen auf der Reise fragen würde.

Am frühen Nachmittag war ich zu Hause. Mein kleines Haus hat einen kleinen Garten. Ich schlug den Liegestuhl auf und legte mich hinein. Ich stand noch mal auf und holte eine Flasche Wein und ein Glas. Ich trank und schlief ein und wachte auf, und immer noch hatte ich das gute Gefühl, etwas geschafft zu haben. Ich stellte mir meinen Nachbarn vor, wie er mit meinem Pass durch die Kontrolle ging, wie er bei seiner Mutter klingelte, sie in die Arme nahm und mit ihr Tee trank und wie er mit seinem Verteidiger redete und zum Richter ging.

14

Am nächsten Morgen ging mein Leben weiter. In den letzten Wochen des Semesters ist besonders viel zu tun; zu den Vorlesungen und Seminaren und Sitzungen kommen noch Prüfungen, und überdies holte ich nach, was ich wegen der Konferenz in New York hatte ausfallen lassen. Ich hatte keine Zeit, an meinen Nachbarn und seine Geschichte zu denken. Ja, er war ein interessanter Zeitgenosse und seine Geschichte eine interessante Geschichte. Aber das Ganze war die Sache einer Nacht gewesen, einer durch den Verlust von sechs Stunden auf dem Flug von West nach Ost erheblich verkürzten, durch den Aufenthalt in Reykjavik wieder ein bisschen verlängerten, aber insgesamt doch kurzen Nacht.

Nach einer Woche kam meine Brieftasche mit der Post.

Ich war nicht erstaunt, ich hatte mich auf meinen Nachbarn verlassen. Aber ich war erleichtert; die EC- und die Kreditkarten hatten mir manchmal gefehlt.

Die Nachricht, die mein Nachbar mir in die linke Innentasche meiner Jacke gesteckt hatte, fand ich erst Wochen später. »Ich hätte Ihre Brieftasche lieber nicht genommen. Sie waren ein wunderbarer Gefährte. Aber ich brauche Ihre Brieftasche, und Sie brauchen nicht das Problem, ob Sie meine Bitte erfüllen oder abschlagen sollen. – Mögen Sie mich im Gefängnis besuchen?«

Da hatten die Zeitungen schon gebracht, dass er sich gestellt hatte und der Prozess bald fortgesetzt würde. Als sie über den Prozess berichteten, erwähnten sie auch die alte Dame, die gesehen haben wollte, dass mein Nachbar seine Freundin nicht nur geschubst, sondern über das Geländer gezwungen hatte. Sie war nicht vor Gericht erschienen; wenige Tage bevor mein Nachbar sich gestellt hatte, war sie verschwunden. Aber ihre Aussage vor der Polizei wurde verlesen. Ich hätte gedacht, dass eine von der Polizei hieb- und stichfest protokollierte Aussage für den Angeklagten gefährlicher sei als eine Aussage vor Gericht, die der Verteidiger zerpflücken kann. Aber das Gegenteil stimmt. Einen Zeugen oder eine Zeugin auseinanderzunehmen ist schwieriger, als einem Polizisten vorzuwerfen, er habe dieses und jenes nicht gefragt und daher eine einseitige und wertlose Aussage bekommen und protokolliert.

Sie war verschwunden, wenige Tage bevor mein Nachbar sich gestellt hatte. Mir war das nicht recht. Hatte er … Nein, ich konnte es mir nicht vorstellen. Es gibt so viele Gründe, aus denen ein alter Mensch plötzlich verschwindet. Er kann auf einer Wanderung zu nahe an einen Abgrund geraten und hinunterstürzen, sich verlaufen und erschöpft niederlegen, in der Ferienwohnung einen Herzinfarkt bekommen und über Monate und Jahre nicht gefunden werden. Solche Sachen kommen immer wieder vor.

Mein Nachbar bekam acht Jahre – manchen Kommentatoren erschien die Strafe zu hoch und anderen zu niedrig. Das Gericht hatte ihm die fahrlässige Tötung nicht abgenommen, ihn aber auch nicht wegen Mords verurteilt, sondern wegen Totschlags in der Erregung einer quälenden, schon länger andauernden, sich plötzlich zuspitzenden Auseinandersetzung.

Ich will mich nicht einmischen. Mein Metier ist der Verkehr, nicht das Strafrecht. Ich beurteile, wie der Verkehr einer Stadt vor dem Infarkt zu retten ist. Ob jemand schuldig ist, entscheiden die Richter, die tagein, tagaus nichts anderes tun. Aber überzeugt hat mich das Urteil nicht. Eigentlich hat es seine Richtigkeit, dass, wer ein fremdes Leben nimmt, das eigene gibt. Ihn ein Leben lang einzusperren macht keinen Sinn. Was hat das Leben in der Zelle mit dem Leben zu tun, das nicht mehr ist? Weil es Fehlurteile gibt, darf es keine Todesstrafe geben, ich weiß. Aber acht Jahre? Es war eine lächerliche Strafe. Wer so straft, traut seinem eigenen Urteil nicht. Wer so straft, sollte lieber freisprechen.

Ich habe daran gedacht, meinen Nachbarn im Gefängnis zu besuchen. Aber ich tue mich schon mit Besuchen im Krankenhaus schwer. Wenn der Kranke mir leidtut, finde ich doch nicht die richtigen Worte, und wenn er mir nicht leidtut, finde ich sie erst recht nicht. Gute Besserung – das ist nie falsch. Was wünscht man dem Gefangenen?

15

Nach fünf Jahren stand er bei mir vor der Tür. Es war wieder Sommer, ein warmer später Nachmittag. Ich nahm ihm die Tasche ab, führte ihn in den Garten, schlug zwei Liegestühle auf und holte zwei Gläser Limonade.

»Seit wann sind Sie wieder frei?«

Er streckte sich. »Ist das schön hier! Die Bäume, die Blumen, der Geruch des gemähten Grases, der Gesang der Vögel. Mähen Sie den Rasen selbst? Haben Sie die Hortensien selbst gepflanzt? Ich habe gehört, dass die Farbe von Hortensien sich nach den Mineralien im Boden bestimmt. Ist es dann nicht erstaunlich, dass die blaue und die rosa Hortensie bei Ihnen so nahe beieinander wachsen? Seit wann ich wieder frei bin? Seit gestern. Ich habe die letzten Jahre auf Bewährung gekriegt und mit der Bewährung die eine und andere Auflage, aber keine, die mich hindern würde, für ein paar Tage nach Amerika zu fliegen und mich um mein Geld zu kümmern.« Er lächelte. »Sie liegen gewissermaßen auf meinem Weg nach Amerika.«

Ich sah ihn an. Im Gesicht konnte ich keine Spuren der vergangenen Jahre entdecken. Das Haar war grau, ließ ihn aber nicht älter, sondern besser aussehen. Er redete so angenehm, bewegte sich so gelassen und saß so entspannt wie damals.

»War es schlimm?«

Er lächelte wieder, und auch sein Lächeln war still und sanft wie damals. »Ich habe die Bücherei auf Vordermann gebracht, gelesen, was ich immer schon lesen wollte, und Sport getrieben. Ich habe mich mit Leuten arrangiert, mit denen ich mich lieber nicht arrangiert hätte. Aber müssen wir das nicht immer, wenn wir unter Leute gehen?«

»Was ist mit dem Mann im hellen Anzug?«

»Er stand gestern nicht vor dem Gefängnis. Ich hoffe, genug ist genug.« Er holte tief Luft. »Sie wissen, dass ich, was ich ausleihe, auch zurückgebe. Können Sie mir helfen? Im Gefängnis spart sich's nicht gut, und ich wüsste nicht, wen ich sonst um das Geld für den Flug bitten könnte. Meine Mutter ist gleich nach dem Prozess gestorben.«

»Die alte Dame, die Sie beobachtet hat …« Es kam einfach raus. Dann wusste ich nicht weiter.

Er lachte. »Ob sie mir das Geld leiht? Ich habe Zweifel. Und ist sie damals nicht verschwunden?«

»Haben Sie …« Wieder wusste ich nicht weiter.

»Ob ich damals die Belastungszeugin ermordet habe?« Er sah mich mit freundlichem, nachsichtigem Spott an. »Warum denken Sie so schlecht von mir? Warum denken Sie als Erstes an Mord und nicht daran, dass ich die alte Dame mit meinem Geld gekauft habe? Mit dem sie nicht ins Grab, sondern auf die Balearen oder die Kanaren verschwunden ist?« Er schüttelte den Kopf. »Denken Sie, dass Sie den Mord hätten verhindern können? Dass Sie ihn hätten verhindern müssen? Sie haben recht, wenn ein Mord passiert ist, stellen sich die Fragen.« Er schaute immer noch spöttisch. »Aber wenn einer passiert ist, kann ich es Ihnen nicht sagen. Ich muss Ihnen sagen, dass er nicht passiert ist. Sie sehen, so kommen wir nicht weiter.«

Nein, so kamen wir nicht weiter. »Wie viel Geld brauchen Sie?«

»Fünftausend Euro.« Ich muss erstaunt geschaut haben,

denn er erläuterte lächelnd: »Sie werden verstehen, dass ich zu alt bin, in der Holzklasse zu fliegen und in der Jugendherberge zu schlafen.«

»Ich kann Ihnen einen Scheck schreiben.« Ich stand auf.

»Können Sie mir das Geld auch bar geben? Ich weiß nicht, ob man mir so viel Geld ohne weiteres auszahlt.«

Es war kurz vor sechs, und die Schalter waren geschlossen. Aber mit meiner EC-Karte und meinen Kreditkarten würde ich das Geld schon zusammenkriegen. »Dann lassen Sie uns fahren.«

»Es eilt nicht. Mir ging sogar der Gedanke durch den Kopf, ob ich vielleicht Ihre Gastfreundschaft für ein paar Tage…«

Er hoffte, dass ich ihn den Satz nicht zu Ende sprechen lassen würde. Dass ich ihn erfreut einladen würde, für ein paar Tage mein Gast zu sein. Warum auch nicht? Zwar mag ich in meinem Haus keine Unordnung. Aber ich habe ein Gästeschlaf- und ein Gästebadezimmer, und was meine Gäste an Unordnung anrichten, bringt die Putzfrau wieder in Ordnung und merke ich nicht. Ich freue mich, wenn ich am Abend jemanden habe, mit dem ich ein Glas trinken und reden kann; es ist besser, als alleine zu sitzen. Aber ich reagierte nicht sofort.

»Wir hätten ein paar schöne Tage zusammen. Aber leider geht's nicht. Ich muss los, je früher, desto besser. Meinen Sie, Sie können mich zum Flughafen bringen?«

Ich fuhr mit ihm zum Flughafen, holte fünftausend Euro aus verschiedenen Automaten und gab sie ihm. Wir verabschiedeten uns, diesmal nicht mit einer Umarmung, sondern mit einem Händedruck. Sollte ich ihn einladen, mich wieder zu besuchen? Ich konnte mich nicht schnell genug entschließen. »Alles Gute!«

Er lächelte, nickte und ging.

16

Ich sah ihm nach, bis er im Getümmel verschwunden war. Dann ging ich aus dem Flughafen über die Straße ins Parkhaus und nahm den Aufzug aufs Dach. Ich fand mein Auto nicht sofort und, als ich es gefunden hatte, nicht den Schlüssel in meinen Taschen. Der Himmel hatte sich bewölkt, es wehte ein kalter Wind.

Ich hörte auf zu suchen und stand und sah auf die anderen Parkhäuser, die Hotels, den Flughafen und die Flugzeuge, die aufstiegen oder zur Landung niedersanken. Bald würde mein Nachbar in einem der aufsteigenden Flugzeuge sitzen.

Das war das Ende unserer Begegnung. Als wir uns das erste Mal verabschiedet hatten, hatte ich mir keine Gedanken darüber gemacht, ob wir uns wiedersehen würden. Jetzt wusste ich, dass es nicht geschehen würde. Würde ich eines Tages einen Brief mit einem Scheck in meiner Post finden?

Ich fror. Was sich in seiner Gegenwart so gut angefühlt hatte, fühlte sich auf einmal schlecht an, was so nah und warm, auf einmal fremd und kalt. Dass ich bei seiner Erzählung mit ihm gehofft und mit ihm gebangt hatte. Dass ich ihm den Pass gegeben hätte, wenn er ihn nicht genommen hätte, und mein Gästezimmer, wenn er nicht geflogen wäre. Dass ich mich darüber gefreut hatte, dass er der Polizei bei der Einreise ein Schnippchen schlagen, seine Mutter besuchen und sich mit seinem Verteidiger beraten konnte. Dass ich ihm wider alle Vernunft geglaubt hatte, dass der Tod seiner Freundin ein Unglück und das Verschwinden der alten Dame ein Rätsel war.

Was hatte ich getan? Warum hatte ich mich auf ihn eingelassen? Warum mich von ihm benutzen lassen? Nur weil er ein stilles, sanftes Lächeln hatte, im Umgang angenehm war und einen weich fallenden, weich knitternden Anzug trug? Was stimmte mit mir nicht? Wo war meine Nüchternheit geblieben, die mich zum wachen Beobachter und klaren Denker und guten Wissenschaftler macht und auf die ich stolz bin? Ich habe sonst doch einen guten Blick für Menschen. Ich gebe zu, dass ich mir über meine Frau zunächst Illusionen gemacht hatte. Aber ich habe bald gemerkt, dass hinter ihrem hübschen Gesicht und ihrer netten Art nichts steckte, kein Gedanke, keine Kraft, kein Charakter. Und so süß ich meine Tochter fand und so lieb ich sie hatte, habe ich doch, als sie größer wurde, sofort gesehen, dass sie immer nur haben wollte und keinen Einsatz gezeigt und keine Leistung gebracht hat.

Nein, dass ich mich von diesem Menschen so hatte einwickeln lassen, war unbegreiflich.

Und dass ich so lange gebraucht hatte, bis ich schließlich … Hatte ich meinen Verstand überhaupt nur wiedergewonnen, weil ein kalter Wind wehte? Würde ich, wenn es warm geblieben wäre, immer noch …

Ich sah ein Flugzeug aufsteigen, einen Jumbo der Lufthansa. Auf dem Weg nach Amerika? Vielleicht hatte er sein Ticket schnell bekommen und es noch auf dieses Flugzeug geschafft. Kränkte ihn, dass er nicht in der ersten, sondern in der Business-Klasse saß?

Für einen Augenblick brach die untergehende Sonne durch die Wolken und ließ das Flugzeug gleißend leuchten. Als glühe es, als wolle es in einem Feuerball auflodern und in Stücke zerspringen. Nichts würde von Werner Menzel bleiben und nichts von meiner Torheit.

Dann verschwand die Sonne hinter den Wolken, und das Flugzeug stieg höher und flog eine Kurve und nahm seine Bahn. Ich fand den Schlüssel, stieg ins Auto und fuhr nach Hause.

Nachweis

Jakob Arjouni (*8. Oktober 1964, Frankfurt am Main)
Das Innere. Aus: Jakob Arjouni, *Ein Freund.* Copyright © 1998 by Diogenes Verlag, Zürich

Ray Bradbury (*22. August 1920, Waukegan/Illinois)
Die Früchte am Grund der Schale. Aus dem Amerikanischen von Margarete Bormann. Aus: Ray Bradbury, *Ausgewählte Erzählungen.* Copyright © 2008 by Diogenes Verlag, Zürich

Arthur Conan Doyle (22. Mai 1859, Edinburgh – 7. Juli 1930, Crowborough / Sussex)
Das gefleckte Band. Aus dem Englischen von Margarethe Nedem. Aus: Arthur Conan Doyle, *Sherlock Holmes Geschichten.* Copyright © 1984 by Diogenes Verlag, Zürich

Friedrich Dürrenmatt (5. Januar 1921, Konolfingen bei Bern – 14. Dezember 1990, Neuchâtel)
Die Panne. Aus: Friedrich Dürrenmatt, *Die Panne.* Copyright © 1985, 1998 by Diogenes Verlag, Zürich

Patricia Highsmith (19. Januar 1921, Fort Worth / Texas – 4. Februar 1995, Locarno)
Ein seltsamer Selbstmord. Aus dem Amerikanischen von Werner Richter. Aus: Patricia Highsmith, *Leise, leise im Wind.* Copyright © 2004 by Diogenes Verlag, Zürich

Sławomir Mrożek (*29. Juni 1930, Krakau)
Die Suppe. Aus dem Polnischen von Christa Vogel. Aus: Sławomir Mrożek, *Das Leben für Fortgeschrittene.* Copyright © 2006 by Diogenes Verlag, Zürich

Ingrid Noll (*29. September 1935, Shanghai)
Nasentropfen. Aus: Ingrid Noll, *Falsche Zungen.* Copyright © 2004 by Diogenes Verlag, Zürich

Edgar Allen Poe (19. Januar 1809, Boston – 7. Oktober, Baltimore)
Das schwatzende Herz. Aus dem Amerikanischen von Gisela Etzel Aus: Edgar Allen Poe, *Meistererzählungen.* Copyright © 1965, 1989 by Diogenes Verlag, Zürich

Bernhard Schlink (*6. Juli 1944, Bielefeld)
Der Fremde in der Nacht. Aus: Bernhard Schlink, *Sommerlügen.* Copyright © 2010 by Diogenes Verlag, Zürich

Henry Slesar (12. Juni 1927, New York – 2. April 2002, ebenda)
Genau die richtige Art von Haus. Aus dem Amerikanischen von Günter Eichel. Aus: Henry Slesar, *Erlesene Verbrechen und makellose Morde.* Copyright © 1964 by Diogenes Verlag, Zürich

Bitte beachten Sie
auch die folgenden Seiten

Jakob Arjouni im Diogenes Verlag

»Ein großer, phantastischer Schriftsteller, der genau und planvoll und lesbar schreibt.«
Maxim Biller / Tempo, Hamburg

»Seine Virtuosität, sein Humor, sein Gespür für Spannung sind ein Lichtblick in der Literatur jenseits des Rheins, die seit langem in den eisigen Sphären von Peter Handke gefangen ist.« *Actuel, Paris*

»Seine Texte haben Qualität. Sie sind ambitioniert, unaufdringlich-provokativ, höchst politisch.«
Barbara Müller-Vahl / General-Anzeiger, Bonn

»Arjouni weiß als Dramatiker genauso wie als Krimiautor, wie er Spannung erzielt, ohne platt zu wirken.«
Christian Peiseler / Rheinische Post, Düsseldorf

Happy birthday, Türke!
Ein Kayankaya-Roman
Auch als Diogenes Hörbuch erschienen, gelesen von Rufus Beck

Mehr Bier
Ein Kayankaya-Roman

Ein Mann, ein Mord
Ein Kayankaya-Roman
Auch als Diogenes Hörbuch erschienen, gelesen von Rufus Beck

Magic Hoffmann
Roman
Auch als Diogenes Hörbuch erschienen, gelesen von Jakob Arjouni

Ein Freund
Geschichten
Daraus vier Geschichten auch als Diogenes Hörbuch erschienen: *Schwarze Serie,* gelesen von Gerd Wameling

Kismet
Ein Kayankaya-Roman

Idioten. Fünf Märchen

Hausaufgaben
Roman

Chez Max
Roman
Auch als Diogenes Hörbuch erschienen, gelesen von Jakob Arjouni

Der heilige Eddy
Roman
Auch als Diogenes Hörbuch erschienen, gelesen von Jakob Arjouni

Cherryman jagt Mister White
Roman

Patricia Highsmith im Diogenes Verlag

Im Frühling 2002 hat der Diogenes Verlag eine Werkausgabe von Patricia Highsmith mit weltweit unveröffentlichten Stories aus dem Nachlass und mit Neuübersetzungen ihres zu Lebzeiten erschienenen Werks gestartet (u. a. von Nikolaus Stingl, Melanie Walz, Irene Rumler, Christa E. Seibicke, Dirk van Gunsteren, Werner Richter und Matthias Jendis). Alle Bände in neuer Ausstattung, kritisch durchgesehen nach den Originaltexten und mit einem Nachwort zu Lebens- und Werkgeschichte. Die Edition macht sich erstmals die Aufzeichnungen der Autorin zur Entstehungsgeschichte einzelner Werke, zu Plänen und Inspirationsquellen zunutze und informiert über den schöpferischen Prozess und über die Lebenszusammenhänge, wie sie sich aus den Notiz- und Tagebüchern der Autorin rekonstruieren lassen.

»Der Diogenes Verlag, lang möge er leben, hat eine Patricia-Highsmith-Werkausgabe gestartet, alle Bände mit hervorragenden Nachworten von Paul Ingendaay. Ein beklemmender Sog, ein Genuss, ein Fest.«
Alex Rühle / Süddeutsche Zeitung, München

»Die Werkausgabe von Patricia Highsmith ist eine verlegerische Großtat.«
Heinrich Detering / Frankfurter Allgemeine Zeitung

»Mit der erstmals vollständig und höchst nuanciert neu übersetzten Werkausgabe kommen auf Highsmith-Leser glänzende Tage zu. Der wahre Genuss. Wir warten schon.«
Tobias Gohlis / Die Zeit, Hamburg

»Obwohl heute eine der weltweit meistgelesenen Schriftstellerinnen der Gegenwart, bleibt das Werk von Patricia Highsmith noch zu entdecken.«
Le Monde, Paris

Werkausgabe in 32 Bänden. Herausgegeben von Paul Ingendaay und Anna von Planta in Zusammenarbeit mit Ina Lannert, Barbara Rohrer und Kate Kingsley Skattebol. Jeder Band mit einem Nachwort von Paul Ingendaay.

Bisher erschienen:

Zwei Fremde im Zug
Roman. Aus dem Amerikanischen von Melanie Walz

Der Schrei der Eule
Roman. Deutsch von Irene Rumler

Das Zittern des Fälschers
Roman. Deutsch von Dirk van Gunsteren

Die stille Mitte der Welt
Stories. Deutsch von Melanie Walz

Lösegeld für einen Hund
Roman. Deutsch von Christa E. Seibicke

Der talentierte Mr. Ripley
Roman. Deutsch von Melanie Walz

Ripley Under Ground
Roman. Deutsch von Melanie Walz

Die Augen der Mrs. Blynn
Stories. Deutsch von Christa E. Seibicke

Der Schneckenforscher
Stories. Deutsch von Dirk van Gunsteren
Daraus die Story *Als die Flotte im Hafen lag*
auch als Diogenes Hörbuch erschienen,
gelesen von Evelyn Hamann

Ripley's Game oder Der amerikanische Freund
Roman. Deutsch von Matthias Jendis

Ediths Tagebuch
Roman. Deutsch von Irene Rumler

Tiefe Wasser
Roman. Deutsch von Nikolaus Stingl

Die zwei Gesichter des Januars
Roman. Deutsch von Werner Richter

Der süße Wahn
Roman. Deutsch von Christa E. Seibicke

Die gläserne Zelle
Roman. Deutsch von Werner Richter

Leise, leise im Wind
Stories. Deutsch von Werner Richter

Zwei Stories (›Der Mann, der seine Bücher im Kopf schrieb‹ und ›Leise, leise im Wind‹) auch als Diogenes Hörbuch erschienen:
Der Mann, der seine Bücher im Kopf schrieb
gelesen von Jochen Striebeck

Der Junge, der Ripley folgte
Roman. Deutsch von Matthias Jendis

Venedig kann sehr kalt sein
Roman. Deutsch von Matthias Jendis

Kleine Mordgeschichten für Tierfreunde
Kleine Geschichten für Weiberfeinde
Stories. Deutsch von Melanie Walz

Ausgewählte Stories auch als Diogenes Hörbuch erschienen:
Kleine Mordgeschichten für Tierfreunde
gelesen von Alice Schwarzer

Elsies Lebenslust
Roman. Deutsch von Dirk van Gunsteren

Ripley Under Water
Roman. Deutsch von Matthias Jendis

Salz und sein Preis
Roman. Deutsch von Melanie Walz
(vormals: *Carol.* Roman einer ungewöhnlichen Liebe)

Keiner von uns
Stories. Deutsch von Matthias Jendis

Der Stümper
Roman. Deutsch von Melanie Walz

Ein Spiel für die Lebenden
Roman. Deutsch von Bernhard Robben

Nixen auf dem Golfplatz
Stories. Deutsch von Matthias Jendis

›Small g‹ – Eine Sommeridylle
Roman. Deutsch von Matthias Jendis

Der Geschichtenerzähler
Roman. Deutsch von Matthias Jendis

Leute, die an die Tür klopfen
Roman. Deutsch von Manfred Allié

Geschichten von natürlichen und unnatürlichen Katastrophen
Stories. Deutsch von Matthias Jendis

In Vorbereitung:

Materialienband
(vorm.: *Patricia Highsmith – Leben und Werk*)

Suspense oder Wie man einen Thriller schreibt
Werkstattbericht

Außerhalb der Werkausgabe lieferbar:

Nixen auf dem Golfplatz
Erzählungen. Deutsch von Anne Uhde

Zeichnungen
Ausgewählt und herausgegeben von Daniel Keel
Mit einem Vorwort der Autorin und
einer biographischen Skizze von Anna von Planta

Katzen
Drei Stories, drei Gedichte,
ein Essay und sieben Zeichnungen